KB217903

이상한
아이들
클럽

이상한 아이들 클럽

Atnoonbooks

페트라 소우쿠포바

제1장

이상한 아이들

밀라

밀 나는 이상하다. 나도 알고 있다. 오래전부터 알고 있던 사실이라 사람들이 종종 날 쳐다보는 눈빛에도 익숙해졌다. 익숙해졌다는 말이 정확하지 않을지도 모르겠다. 어차피 난 신경 쓰지 않으니까. 그저 사람들이 내가 이상하다고 생각하는 것을 봐 온 것뿐이다.

내가 유치원생이었을 때, 아이스크림을 들고 벤치에 앉아 엄마를 기다리고 있을 때였다. 잘 기억이 나지 않지만 엄마는 장을 보고 있었던 것 같다. 그때 건물 지붕 위를 걷고 있던 까치가 눈에 들어왔다. 주변에 사람들이 많은데도 까치 발톱이 지붕판을 톡톡 두드리는 소리가 귀에 꽂혔다. 나는 그 모습을 빤히 지켜봤다. 까치는 톡톡톡 옆으로 갔다가 다시 톡톡톡 되돌아왔다. 그때 갑자기 어떤 아주머니가 내게 말을 걸었다.

"얘, 너 괜찮니?"

내가 까치에게서 눈을 떼고 아주머니를 쳐다보자 아주머니가 아이스크림을 들고 있는 내 손을 가리켰다. 아이스크림이 그새 완전히 녹아 내 손을 타고 원피스였나 아무튼 옷과 바닥에 줄줄 흐르고 있었다. 생각보다 까치를 오래 보고 있었나 보다. 그때 마침 엄마가 나타나자 아주머니는 기다렸다는 듯이, "그쪽 딸, 괜찮은 거예요? 애가 여기 앉아서 한참을 꼼짝도 않았어요! 얼마나 이상하던지! 경기 같은 거라도 온 줄 알았다고요." 했다.

그래서 내가 "엄마, 나는 저기 있는 까치를 보고 있었어." 하며 지붕을 가리켰지만 까치는 당연히 그사이 온데간데없이 사라지고 없었다. 엄마는 아주머니에게, "애들이 원래 그렇잖아요." 하며 '꼭 이래야 했니?' 하는 눈빛으로 나를 흘겨봤다. 나는 어깨를 으쓱했다. 일부러 그런 것도 아닌데 뭐.

“정말 아이한테 아무 문제도 없는 거죠?” 아주머니는 우리를 못 믿는 눈치였다.

“그렇다니까요.” 엄마가 날카롭게 받아쳤다. “뭐가 자꾸 못 미더우신 거예요? 아이스크림 좀 흘린 것 가지고.”

“참나, 걱정해서 정말 죄송하네요.” 마귀할멈도 지지 않고 받아쳤다.

기분이 점점 나빠졌다. 저런 아줌마는 마귀할멈이라고 불러도 되는 거야. 나는 속으로 말했다. 그때 나는 아직 어려서 엄마가 내 생각을 읽진 않을까, 저기 마귀할멈에게 들키진 않을까 내심 겁이 났다.

“엉망이 됐잖아. 응?” 하지만 엄마는 화내지 않고 내게 휴지를 건넸다.

“엄마, 내가 이상해?”

“얘 좀 봐. 저런 마귀할멈이 하는 말을 믿어?”

“아니, 그래서 하는 말은 아니고.” 진심이었다. 나도 내가 이상하다고 생각하니까. 하지만 난 그게 거슬리지 않는다. “유치원 친구들도 나한테 그랬거든.” 결국 엄마에게 사실대로 말했다.

“누가?”

“엘리슈카, 소핀카, 아니츠카, 아담, 다니엘 1번, 다니엘 2번, 필립. 아, 요한카도 그랬어.”

“걔네가 다 그래? 그런데 왜 엄마한테 아무 말도 안 했어?”

“몰라. 그래서 지금 말하잖아.”

“걔네가 너 괴롭혀? 내일 당장 선생님께 가봐야겠다.”

“엄마, 안 괴롭힌다니까.”

“정말이지?”

나는 고개를 저었다. 응. 아무도 안 괴롭혀. 우리는 아직 어린 아이들이었으니까. 심지어 냄새 나는 사샤도 아무도 놀리지 않았다. 그런 건 나중에야 시작되는 법이니까. 난 그때쯤이면 익숙해져 있을 거고. 그렇지 않대도 그냥 괜찮다.

“이상하다니…. 이상하다는 건 바보 같은 말이야. 그럼 모두들 이상하겠지. 모든 사람은 서로 다르니까. 누구는 가만히 동물을 바라보는 걸 좋아하고 누구는 춤추는 걸 좋아하니까. 그러니까 아무도 이상하지 않아. 네가 나쁜 행동을 하는 것도 아니잖아. 이렇게 온통 아이스크림을 묻히고 있는 거 빼곤 말이지.” 엄마는 농담을 하고 내 손에 남은 아이스크림과 휴지를 버리러 갔다. 나는 손을 씻으러 분수대로 갔다. 손바닥을 물줄기에 꾹 눌렀다가 치우자 물줄기가 위로 힘껏 솟아올랐다. 솟아올랐던 물이 내 위로 잔뜩 흩뿌려지자 엄마가, “뭐야, 너 이상한 애야?” 했다. 우린 함께 웃음을 터트렸다.

엄마는 그냥 내 기분을 풀어주려는 거다. 엄마도 사실은 내가 이상하다고 생각하니까. 엄마와 아빠는 자주 이 문제로 이야기를 나눈다. 하지만 그건 내가 엿들어서가 아니라 관찰력이 좋아서 아는 거다. 난 자연을 관찰하는 게 제일 재미있다. 사람들을 관찰하는 건 재미없지만 어쩌다가 한 번씩 사람들을 관찰하면 누군가 이상하게 행동하는 걸 바로 알아차릴 수 있다. 그리고 우리 부모님은 나의 이상함을 대할 때마다 자기들도 이상하게 행동한다. 예를 들어, 아빠는 날 따라와서 아무렇지 않게 코알라 이야기 같은 걸 하지만, 볼펜을 딸각거리거나 손가락으로 탁자를 두드리는 게 눈에 보인다. 엄마도 마찬가지다. 엄마는 예민해지면 갑자기 버럭 화를 냈다가 곧바로 사과하기도 하고 나를 오랫동안 빤히 쳐다보기도 한다는 걸 눈치챘다.

그리고 가끔 엄마가 좋은 방법이 떠올랐다면서 말을 꺼낸다는 건 그냥 내가 하면 안 되는 행동을 또 저질렀다는 뜻이다. 엄마가 나보고 동물을 그렇게나 좋아하니까 사육사 수업을 들어보자고 한 것처럼 말이다. 물론 난 동물을 좋아하지만 수업 같은 건 지루하다. 수업 내내 시키는 일만 하다가 동물과는 마음껏 놀지도 못하니까. 그리고 어차피 얼마 지나지 않아 나를 쫓아낼 게 뻔했다. 그런 곳에서 아이들을 쫓아내기도 하는지는 모르겠지만. 지난번에 내가 마당에 고슴도치를 풀어줬다가 다 같이 한참 동안 고슴도치를 찾아야 했던 적이 있었기 때문이다. 그날 마렉 선생님이 나한테 거의 소리를 지를 뻔했었지. 하지만 고슴도치는 야생 동물이잖아. 그런데 왜 자연으로 돌아가면 안 된다는 거야?

내 이상함의 가장 큰 특징이라면 아무래도 내가 뭔가를 하고 있으면 시간이 다른 속도로 흘러간다는 점이다. 부모님은 그걸 보고 내가 나만의 세계에 빠져 있다고 말한다. 참 거창한 말이다. 전에는 내가 생각에 잠겨 있다고 했었지만 그건 정확한 표현이 아니다. 왜냐하면 나는 생각에 잠겨 있는 게 아니라, 관찰을 하고 있기 때문이다. 아무튼 내가 나만의 세계에 빠져 있으면 시간이 다른 속도로 흐른다. 아까 말한 아이스크림 이야기처럼. 가끔 내가 어디로 가고 있는지 생각하지 않고 걷다가 길을 잃기도 한다.

그래도 마트 앞에 혼자 있는 건 괜찮다. 그럴 때는 내가 다른 곳으로 가버리지 않는다는 걸 엄마도 아니까. 하지만 걸어 다니면 길을 잃을 확률이 높다. 정말 그런 적도 있고. 경찰까지 나서서 날 찾은 적도 있다. 그때 나는 아주 어렸으니까. 잘 기억은 안 나지만 내 앞에 갑자기 경찰차가 서더니 그 안에서 경찰들이 튀어나와 날 붙잡아 가서 엄청 울었던 건 기억이 난다. 하지만 아빠는 그때 경찰이 아니라 이웃집 아주머니가 날 찾은 거라고 했는데 뭐, 잘 모르겠다. 그런데 내가 왜 이런 이야기를 하는 거지? 아, 항상 마트 앞에서 엄마를 기다린다는 말을 하다가 그런 거구나. 아니야, 항상은 아니고 가끔이지.

오늘은 마트 앞에 앉아 비둘기를 구경하면서 내 간식을 뜯어주고 있었다. 그때 맞은편 벤치에 할아버지 한 분이 와서 앉으셨는데 숨을 엄청 가쁘게 쉬고 계셨다. 더워서겠지. 당연한 일이었다. 나는 치마에 티셔츠 차림인데 할아버지는 정장에 모자 차림이었으니까. 옛날 영화에서 막 걸어 나온 사람 같았다. 그사이 비둘기들이 날아올랐다. 비둘기가 꽤 가까이서 날아오르면 작은 바람이 쳐서 비둘기에게 부딪힐 듯 부딪히지 않는 그 느낌이 정말 좋다. 그래서 말인데 난 동물원에 있는 인도네시아 정글관도 좋아한다. 거기에서 자유롭게 다니는 날여우들은 박쥐과지만 과일만 먹고 저 비둘기들처럼 날아다닐 때 사람들과 부딪히지 않거든. 아, 또 이야기가 딴 길로 샜다.

아무튼 그때 할아버지가 난데없이 입고 있던 재킷에서 친칠라를 꺼냈다. 아마 주머니에 넣어두고 있었던 것 같다. 난 설치류는 잘 모르지만 방과후 교실에 두 마리가 있어서 친칠라를 본 적은 있다. 이름은 반 아이들이 지었다. 수컷은 남자아이들이 피카츄라고 지었고 암컷은 여자아이들이 샬롯이라고 지었다. 둘 다 오그라들기 짝이 없는 이름이다.

할아버지를 지켜봤다. 친칠라가 소매를 타고 기어 올라가 어깨에 앉았는데 멀리서 보니 할아버지에게 뭔가 귓속말을 하는 것같이 보였다. 친칠라가 저럴 수도 있다는 데서 조금 놀랐다. 피카츄와 샬롯은 멍청한 데다

물기도 하고 무엇보다 저렇게 풀어두면 곧장 도망가 버릴 테니까.

친칠라도 훈련을 시킬 수 있는 걸까, 나도 한번 해볼까 하는 생각을 하는 사이 남자아이 하나가 할아버지 옆에 와서 앉았다. 나보다 조금 작은 아이었지만 책가방을 멘 걸 보니 학교에 다니는 건 분명했다. 그 애는 자기가 지키고 있었던 것 같은 유아차에서 어린이용 물병을 꺼내 할아버지에게 건넸다. 그러니까 저 애들은 저 할아버지 손자인가 보다. 할아버지가 그 아이에게 친칠라를 주었는데 친칠라가 아무렇지 않은 걸 보니 저 애 손이 익숙한 것 같다. 나는 자리에서 일어났다. 그래. 가서 친칠라는 어떻게 훈련시키냐고 물어봐야겠어.

그런데 내가 가까이 가기도 전에 남자아이의 엄마가 나타났다. 내가 아는 사람이었다. 이전에 아빠와 저 아주머니의 집에 간 적이 있었다. 아빠가 저 아주머니에게 건설 상담을 해드리러 간 적이 있었으니까. 우리 아빠는 변호사인데 건설과 관련된 일을 맡고 있다. 사실 정확히 어떤 건지는 모른다. 그런 건 지루해. 하지만 아주머니 얼굴에 갈색 점이 있어서 기억하고 있다. 점이라기보다 그냥 갈색 원 같다. 그만큼 큰 점이 눈 바로 밑에 있어서 마치 지도 위에 도시 하나를 갈색으로 그려 놓은 것 같다.

하지만 아주머니가 날 알아보지 못해서 나도 먼저 인사하지 않았다. 어차피 아주머니는 나한테 관심도 없었고 오로지 그 남자애와 할아버지에게만 관심이 있어 보였는데, 남자애는 아무래도 할아버지의 손자가 아닌 것 같았다. 아주머니가 그 애가 친칠라를 만지고 있어서 화를 냈으니까. 그 애가 훌쩍거리기 시작했다. 아직 꼬맹이 티가 난다. 친칠라를 갖고 싶다며 할아버지가 준다고 했단다. 그러자 아주머니가 "안 돼. 죄송합니다, 할아버지. 얼른 가자, 페트르!" 하며 손을 잡아끌었다. 남자애는 당장이라도 엉엉 울 것 같은 얼굴이었다. 유아차 안에 있던 아기도 울음을 터뜨렸다. 그런데 그때 할아버지가 마구 기침을 하기 시작했다. 마침 거기 서 있는데 그냥 지나치는 게 이상할 것 같았다. 하지만 나한테는 마실 게 없는데.

"물 좀 가져다 드릴까요? 제가 얼른 들어가서 사 올게요."

"고맙지만 됐다. 착한 아이구나." 할아버지가 고개를 저었다.

나는 고개를 갸우뚱했다. 결국 아무것도 안 하고 여쭤보기만 했을 뿐인데 왜 고맙다는 거지?

"너 이 친칠라가 갖고 싶니?"

"당연하죠. 하지만……."

"나는 이제 이 친칠라를 키울 수가 없단다. 하지만 아주 순한 녀석이야. 이름은 찍찍이야. 걱정할 건 없어. 친칠라는 아주 멋진 동물이거든."

할아버지가 바퀴 달린 장바구니에서 뚜껑이 없는 빈 신발 상자를 꺼내 내 옆에 놓았다.

"난 항상 주머니에 넣어 다녔지. 너는 친칠라에게 새 집을 사주기 전까지 이 상자에 넣어두렴."

그리고 할아버지는 벤치에서 일어나더니 나와 친칠라만 남겨두고 쿨럭거리면서 가버렸다. 친칠라에 대해서 아무것도 모르지만 상관없다. 인터넷에서 어떻게 키우면 되는지 찾아보면 되니까. 몸은 보드랍고 꼬리가 정말 예뻤다. 내가 아는 다른 설치류 동물들과는 달랐다.

그때 우리 엄마가 나타났다.

"너, 대체 이게 뭐니?"

"친칠라야."

"누구 친칠라인데?"

"내 친칠라야."

엄마는 친칠라의 주인을 찾으려는 듯 주위를 두리번거렸다.

"밀라."

엄마가 날 이렇게 부르는 건 화났을 때뿐이다. 물론 내 이름은 밀레나도 밀라다도 아닌 밀라가 맞지만, 평소에 우리 부모님은 나를 '밀라야', '밀리', 아니면 '우리 딸' 이렇게 부른다. 하지만 지금 우리 엄마는….

"밀라. 거북이 키우는 것도 허락해 줬고 그래서 수조도 샀잖아. 앞으로 다른 동물은 꿈도 못 꾸고 싶은 거지? 그런 게 아니면 그 쥐는 당장 주인에게 돌려줘. 엄마는 쥐 질색인 거 알잖아."

맞는 말이다. 나도 알고 있어. 그냥 까먹어서 그렇지. 엄마는 쥐를 정말 싫어하고 조금 더 큰 시궁쥐는 얼굴이 새파랗게 질릴 만큼 무서워한다. 한번은 여름에 다 같이 산장에 갔는데 거기에서 생쥐가 나오는 바람에 엄마가 의자 위로 펄쩍 뛰어올라가 소리를 꽥꽥 지른 적이 있었다. 톰과 제리에 나오는 장면 같아서 웃겼지만 웃지는 않았다. 엄마가 생쥐같이 작고 웃긴 걸 보고 그렇게 겁에 질린 모습을 하고 있는 게 괜히 이상했으니까. 아빠랑 같이 그 생쥐를 잡아서 정원에 풀어줬더니 오히려 생쥐가 걸음아 날 살려라 하고 우리에게서 도망쳤었지. 엄마가 그래도 그 산장에서 나가고 싶어 해서 아빠와 말다툼을 했었는데.

"이건 친칠라야." 소용없을 걸 알면서도 내가 말했다.

"상관없어! 이런 건 절대 우리 집에 못 들여. 너도 알잖아! 그러니까 가서 돌려주고 곧장 집으로 와. 핸드폰 켜져 있는지 봐."

엄마에게 핸드폰을 내밀었다.

나는 열한 살이니까 당연히 혼자 밖에 나갈 수 있다. 대신 핸드폰 벨소리를 항상 켜두어야 하고 어두워지면 집에 돌아와야 한다. 여전히 가끔 길을 잃긴 하지만 이제 아기는 아니니까 구글 지도를 보면서 집을 찾아갈 수 있다. 그래서인지 부모님은 이제 아침에 학교에 갈 때만 차로 데려다주

신다. 몇 번 지각을 했더니 우리 담임 개미핥기가 내가 학교를 빼먹으려고 그런 게 아니었다고 해도 믿어주지 않았기 때문이다. 개미핥기가 제일 싫어. 이렇게 이름을 꺼내는 것도 싫고 떠올리기도 싫은 사람이라니까.

"엄마 말 안 들려? 그거 당장 돌려주고 오라니까." '그거'라고 할 때 말투만 들으면 내가 죽은 동물이나 썩은 과일같이 끔찍한 걸 들고 있는 줄 알겠어. 그 말을 끝낸 엄마는 가방을 팍 집어 들고 빠르게 가버렸다. 화가 나면 항상 저런다니까. 나는 친칠라를 들여다봤다. 친칠라는 코를 씰룩거리고 있었다. 할아버지는 가버렸고 모르는 사람인데 이 친칠라를 어떻게 해야 할까?

그때 갑자기 좋은 생각이 떠올라서 자리에서 벌떡 일어났다. 나는 친칠라를 조심스럽게 상자에 담아 얼굴에 큰 점이 있는 아주머니 집으로 향했다. 그 집이 대충 어느 골목에 있는지 아니까 아마 가보면 알 거야. 몇 층인지는 잘 모르겠지만 현관문에 작은 미키마우스 스티커가 붙어 있었던 건 기억 나.

페트르

페 밤이 되면 루츠카가 있다는 게 다행이라는 생각이 든다. 루츠카는 나랑 같은 방에서 자니까. 루츠카가 잠들기 전까진 무섭지 않다. 톰은 자기 방을 따로 쓰는 데다 항상 바로 잠들어 버리니까 별 도움이 안 되고. 루츠카가 가끔 잠들지 못해서 엄마를 방으로 부르거나 침대에서 계속 뒤척이면 마음이 편해져서 내가 먼저 잠들 때도 있다. 루츠카가 먼저 잠들면 새근새근하는 숨소리를 들으면 된다. 부모님이 나랑 여동생이 작은방을 같이 쓰도록 한 건 내가 겁이 많아서다. 남동생은 멀쩡하게 혼자 방을 쓰지만 그래도 난 방에 혼자 있지 않고 여동생의 숨소리가 들리는 게 좋다.

하지만 그걸로 충분하지 않은 날이 더 많다. 동생의 숨소리도 내 뇌를 멈추지 못한다. 아무것도 생각하지 않으려고 노력할수록 더 많은 생각이 밀려들어서 잠을 잘 수가 없다. 그럴 때마다 나는 어린 아기처럼 엄마만 찾게 된다. 램프가 켜져 있어도 희미해서 별로 도움이 되지 않는다. 여전히 방 안은 군데군데 까만 점으로 가득하니까. 루츠카가 자고 있어서 방에 불을 켤 수도 없다.

가끔은 너무 무서워서 침대에서 몸을 일으킬 수도 없는 날도 있다. 침대 밑에 방에서 제일 크고 까만 구멍이 있는데 거기에 뭔가가 살고 있을 것 같기 때문이다. 내가 침대 밑으로 다리를 뻗자마자 그게 내 다리를 낚아채 버릴 것만 같다. 침대 밑에 사는 무언가보다 다른 게 더 무서운 날은 침대에서 냉큼 뛰어내려 안방으로 후다닥 달려간다. 근데 그건 아빠가 싫어한다. 내가 엄마 옆에서 자면 아빠가 내 침대에서 자야 하는데 아빠는 내 침대에서 자면 허리가 아프니까. 그래도 절대 방에 혼자 있고 싶지 않으니까 아빠가 불편한 건 상관없어.

아빠는 내가 무섭다고 할 때마다 고개를 절레절레 저으면서, "다 큰 녀석이 깜깜한 게 무섭다니……. 말도 안 되는 소리하지 말고 네 방에 가서 자. 톰을 봐라. 너보다 어린데도 혼자서 잘만 자잖아."라던가, "아들. 귀신 같은 건 없다니까? 영화에 나오는 귀신들은 다 배우들이 연기하는 거야."라고 한다. 하지만 첫 번째, 나는 어둠이 무서운 게 아니다. 무서운 건 바로 그 어둠 안에 있을 수도 있는 존재들이다. 당연히 귀신 같은 건 없고 다 배우들이란 것도 알아. 나도 이제 조그만 어린애가 아니니까. 아니, 조그만 건 맞지. 난 키가 작으니까. 난 곧 열 살인데도 키가 엄청 작다. 우리 반에서 여자애들까지 다 포함해도 내가 제일 작으니까. 그런데 그건 부모님, 특히 우리 엄마가 작아서 그런 거다. 하지만 문제는 그게 아니다. 문제는 어둠 속에 뭔가 있고 그게 뭔지 알 수 없다는 거다.

아빠가 해리포터에 나오는 볼드모트 아니, 그 역을 맡은 배우가 빨대로 레모네이드를 마시는 웃긴 영상을 보여준 적이 있다. 아빠는 그 배우가 촬영 때문에 분장을 한 거고 분장이 망가지면 안 되니까 빨대를 쓰는 거라고 했다. 영상에서 본 볼드모트는 영화에서만큼 무서워 보이지는 않았지만 그래도 밤에 내 방에서 볼드모트와 마주치고 싶지 않다는 생각을 했었다.

그리고 아빠가 톰은 나보다 어린데도 혼자서 잘 자고 무서워하는 것도 없다고 하면서 나랑 톰을 비교하는 게 내 두려움을 해결해 줄 거라고 생각한다면 아주 틀린 생각이다. 하지만 아빠한테 그렇게 말한 적은 없다.

아무튼 지금 나는 욕조에 들어와 있다. 여동생이 자꾸 인형놀이를 하자고 해서 조금 귀찮다. 인형들이 배를 타고 영국으로 가서 차를 마시고 오는 상황이라는데 정말 지루한 놀이이긴 해도 덕분에 같이 있는 거니까 좋다. 해가 지고 하늘이 점점 어두워지면 나는 어디든 혼자 있는 게 싫다. 남동생은 아직도 학교 숙제를 하고 있다. 동생은 낮 시간에는 계속 하키 훈련을 받아서 항상 늦은 시간까지 숙제를 한다. 그런데 마침 루츠카가 씻을 시간이 되어서 내가 같이 있어주는 거다.

"이리 와, 우리 딸." 엄마가 욕실로 들어와서 루츠카를 욕조에서 안아 올렸다. 루츠카가 아직 욕조에서 더 놀고 싶다고 애교를 부려서 물기를 닦이는 데 시간이 조금 걸린다. 엄마는 루츠카를 달래면서 둘이서 알콩달콩 장난을 친다. 엄마는 이제 나와 톰과는 저런 장난을 치지 않는다. 어렸을 땐 그랬겠지만 어른들은 이제 다 큰 애들과는 장난치지 않으니까. 엄마가 루츠카를 다 닦이고 잠옷을 입히려고 같이 옆방에 간 사이 나는 욕실에 혼자 남았다. 세탁기가 돌아가는 소리가 들린다. 다행이야. 너무 조용하면 무섭다고. 그런데 세탁기에서 이상한 소리가 날 때도 있어서 무서울 때도 있다. 휴, 복잡해.

오늘은 일단 세탁기 소리가 신경 쓰이지 않는다. 사실 오늘 이상한 일이 있었다. 정말 좋은 일이었지만 생각할수록 무섭다. 이제 곧 열 살이 되면 덜 무서울까? 어쩌면 조금씩 나아지고 있는지도 모르지. 요즘 몇 번이나 아빠보다도 먼저 잠들어서 새벽에 깨지 않았으니까. 잠들었다가 새벽에 깨는 게 최악이다. 우리가 모두 잠들고 나면 부모님이 주무시러 가기 전이나 화장실에 가면서 우리 방에 있는 램프도 꺼버려서 완전 깜깜한 어둠 속에서 눈을 떠야 하기 때문이다.

엄마랑 같이 안 잔 지도 정말 오래됐다. 아빠가 드디어 내가 엄마를 찾는 시기가 끝난 것 같다고 말해서 나도 자는 문제가 조금 나아졌다고 생각했는데 오늘은 잘 모르겠다. 오늘은 잠들지 못할 게 분명해.

낮에 마법사 할아버지를 만났기 때문이다. 동화 속 이야기 같은 말이란 건 알지만, 도저히 어떻게 설명해야 할지 모르겠다. 나도 마법사나 귀신이나 산타 할아버지 같은 건 없다는 정도는 안다. 난 어린애가 아니니까. 하지만 그 할아버지는 정말 마법사가 맞았다고. 겉보기엔 이상할 것 없는 할아버지였다. 나이가 있어 보였고 나이 든 사람한테서 나는 냄새가 조금 났다. 할아버지는 내가 앉아 있던 벤치 옆에 와서 앉았다. 나는 그때 엄마가 장을 보는 사이에 유아차 안에서 잠든 루츠카를 보고 있었다. 지루했고 볕이 좋아서 그런지 졸렸다. 나는 오후에 어딘가 앉아 있으면 금방 꾸벅꾸벅 조는 편이다. 주변에서 편안한 소리가 들리면 더 졸린 편인데 오늘은 옆에서 비둘기들이 구구거리는 소리가 듣기 좋았다. 졸고 있는데 할아버지가 보고 있기 힘들 정도로 더워 보이는 옷을 입고 마구 기침을 하셨다. 그래서 나는 유니콘이 그려진 여동생의 플라스틱 물병을 건넸다. 안에는 라즈베리 주스가 있었다. 엄마는 항상 애들은 플라스틱 물병이 얼마나 해로운지 모른다면서 질색을 한다. 그러면 학교에서 도대체 어디에 물을 담아 마시라는 거야. 참 유난이라니까.

뭐, 할아버지가 정말 더우시다면 플라스틱 물병이라고 거절하지는 않으시겠지. 그리고 정말 개의치 않아 하셨다. 그도 그럴 게 할아버지는 옷을 잔뜩 껴입고 모자를 쓴 데다 손수건으로 이마를 계속 닦아내고 계셨으니까. 주스를 마신 할아버지는 기침이 멎더니 잠시 숨을 고르고는 난데없이 겉옷 주머니에서 친칠라를 꺼냈다. 나는 그때까지만 해도 친칠라가 뭔지 몰랐다. 그냥 뚱뚱하고 털이 복슬복슬한 쥐같이 보였는데 할아버지가 그게 친칠라라고 알려주었다. 그리고 할아버지는 친칠라의 이름이 찍찍이고 혹시 나보고 키우고 싶지 않냐고 물었다.

난 가끔 어른들의 농담이 진짜인지 가짜인지 헷갈린다. 그래서 이번엔 아무 말도 하지 않았다. 어차피 엄마 아빠는 한 번도 동물을 허락한 적이 없었다. 그런데 그 할아버지가 자기는 이제 어디론가 떠나야 하는데 친칠라와 같이 갈 수가 없어서 나보고 데려가 줄 수 없냐고 했다. 난 분명히 착한 아이일 거라면서. 내가 착한 아이인지는 모르겠지만 그렇다고 자주 말썽을 부리지도 않고 동물이 갖고 싶기도 해서 데려가고 싶지만 엄마가 절대 허락하지 않을 거라고 했다.

“아쉽게 됐구나.” 할아버지가 말했다. 그때 엄마가 마트에서 나와서는 바로 무슨 일이냐고 따져 물었다. 내가 어떻게 된 일인지 설명하자 엄마는 말도 안 된다면서 누가 모르는 사람한테서 동물을 받아 가느냐고 할아버지에게 대체 무슨 정신이시냐며 조금 지나치다 싶을 정도로 쏘아붙였다. 화가 난 게 보였다. 그때 유아차에 있던 동생이 깨서 울자 엄마가 내 손을 낚아채며 얼른 가자고 했다. 엄마가 내 손을 그렇게 낚아채는 게 정말 싫었지만 일단 따라 걸으면서 엄마 몰래 조금 울었다. 정말 화가 났다. 엄마는 나랑 어떻게 할지 이야기해 볼 생각도 없었으면서……. 엄마는 오는 길에 말도 안 되는 일이라고 세상에 누가 모르는 사람한테서 동물을 받아오느냐고 쏘아붙였다. 그럼 아는 사람이면 동물을 받아올 수 있게 해주기라도 할 건가? 나는 그럼 아까 그 할아버지랑 정식으로 서로 인사를 하고 아는 사이가 되면 찍찍이를 데려올 수 있는 거냐고 물었다.

하지만 엄마는 단호하게 고개를 저었다. “그만해. 안 그러면 오늘 텔레비전 못 볼 줄 알아.” 그래서 나도 더 이상 아무 말도 하지 않았지만 정말 불공평하기 짝이 없었다. 아주 예쁘고 순한 친칠라를 키울 수 있었는데. 그 친칠라는 정말 잘 길들어져 있었다. 할아버지가 내 손에 그냥 얹어두었을 때 도망가지도 않았다. 난 또 아무것도 얻지 못했다.

그런데 오후에 갑자기 누군가 우리 집 초인종을 눌렀다. 엄마가 나가 봤더니 문 앞에 사람은 없고 찍찍이가 담겨 있는 상자만 덩그러니 놓여 있었다. 엄마가 내게 말했다. “이게 대체 뭐야?”

이런 걸 기적이라고 하는구나. 그 할아버지는 분명히 마법사였던 거야. 마법사가 아니라면 어떻게 우리 집을 알았고 찍찍이가 여기까지 올 수 있었겠냐고. 그리고 나는 우리가 이 친칠라를 키우게 될 거란 것도 알았다. 여기까지 왔는데 우리가 키우지 않으면 어쩌겠어. 엄마도 분명히 아는 것 같았다. 내가 친칠라를 키우자고 부탁하면서 엄마를 끌어안자(난 엄마가 이렇게 하면 좋아하는 걸 알지!) 엄마가 잠시 뜸을 들이다가 친칠라를 데리고는 있겠지만 그 할아버지를 다시 만나면 돌려줘야 한다고 했다. 하지만 난 이제 그 할아버지를 다시 만날 수 없을 거란 걸 알고 있었다. 엄마는 내가 그 할아버지에게 우리 집이 어딘지 말해서 화가 났다고 했다. 모르는 사람에게 그런 걸 말해주면 안 된다고. 그런데 나도 그 정도는 안다. 난 다섯 살이 아니라고 맙소사. 그래서 엄마에게 할아버지한테 그런 말을 한 적이 없다고 했다.

"거짓말 하지 마."

"거짓말 아니야."

"그럼 그 영감이 우리를 따라왔다는 거야?" 엄마가 인상을 쓰며 좋은 일을 해준 그 할아버지를 영감이라고 불렀다. 우리 집 현관문에는 이름도 붙여두지 않았는데 여기 산다는 건 어떻게 안 거지? 어느 건물에 사는지는 알아도 몇 층에 사는 것까지는 몰랐을 텐데.

나는 엄마에게 그냥 거짓말을 하기로 결심했다. 그래서 미안하다고 사실 어디에 사는지 알려줬다고 말했다. 그러자 엄마가 그건 정말 미친 짓이라면서 모르는 사람한테 그런 걸 이야기해 주는 건 위험한 일이라며 잔소리를 이어갔다. 하지만 난 그것도 모를 만큼 바보는 아닌걸. 아무한테 말한 적도 없고 말할 생각도 없지만 이번엔 조용히 잔소리를 견뎠다.

그러고 나서 아빠에게도 잔소리를 들었다. 아빠는 날 데리고 반려동

물 용품점에 가서 찍찍이가 우리 집에 있으면서 필요한 물건을 사면서 엄마랑 똑같은 말을 했다. 엄마랑 아빠가 돌아가면서 내일 친칠라 문제를 해결하겠다고 하는데, 나도 뭐 어떻게 해결하겠다는 건지 궁금하다. 다 같이 마트 앞 벤치에 앉아서 기다리기라도 할 건가?

이름도 새로 지어줘야지. 찍찍이는 루츠카가 지어준 것 같으니까.

오늘은 작은 친칠라 집 하나만 샀다. 아빠는 큰 건 너무 비싸고 어차피 우리 집에 오래 있을 것도 아니라고 생각하나 보다. 어차피 좀 있으면 다시 큰 집을 사줘야 할 거라고 생각했지만 일단은 아무 말도 하지 않았다.

이제 친칠라에게 찍찍이 말고 다른 멋진 이름을 지어줘야 하는데 좋은 이름이 떠오르지 않는다. 친칠라를 새 집에 넣어주고 물을 먹고 톱밥을 파는 걸 지켜봤다. 가게 아주머니가 친칠라는 모래 위에서 뒹구는 걸 좋아하는데 그 모습이 정말 귀여울 거라고 해서 모래도 사서 넣어뒀다.

그런데 문득 그 할아버지가 초자연적인 일을 했다는 건 마법사가 있다는 거고 그럼 귀신처럼 다른 초자연적인 것도 사실 존재할지도 모른다는 생각이 들었다. 물론 둘 다 그저 배우일 뿐이라는 건 알지만 꼭 볼드모트나 다스 베이더가 아니더라도 배우가 아닌 정말 무시무시한 존재가 진짜로 있다면? 순간 물속에 오래 있으면 생기는 퉁퉁 불은 손가락 주름처럼 쭈글쭈글 주름진 얼굴이 떠올랐다. 눈알 없이 해골처럼 텅 빈 눈구멍만 있는 얼굴. 큰 키에 바싹 말랐는데 손가락이 무섭도록 긴 인간. 사람도 귀신도 아닌 시커먼 소용돌이가 사람을 빨아들여 피와 영혼을 빨아먹는 모습.

이 모든 게 머릿속에 걷잡을 수 없이 떠올라서 눈을 질끈 감았다.

무서워!

그렇다고 이제 와서 부모님에게 내 마음을 설명할 수도 없다. 벌써 그 할아버지에게 어디 사는지 알려줬다고 말했기 때문에 더 이상 내 말을 믿지 않겠지. 그래서 오늘은 잠들지 못할 것 같다. 물론 내가 오늘 오후에 또 다시 낮잠을 자버린 탓도 있다. 집에 돌아왔는데 아직 한낮이고 밝을 때 침대에 누우면 쉽게 잠이 온다. 겨울에 따뜻한 차를 마시는 것 같은, 따뜻함이 몸속으로 흘러들어오는 느낌이다. 그것처럼 피곤함이 몸속에 퍼져 바로 잠에 빠져든다. 부모님은 그런 날 내버려둘 때도 있고 깨울 때도 있지만 난 매일 조금씩은 낮잠을 자는 편이다. “그렇게 자면 밤에 못 잔다.” 아빠는 내가 낮잠 자는 걸 싫어해서 퇴근하고 돌아왔는데 잠들어 있으면 바로 깨운다. 그럴 때마다 아빠가 정말 싫다. “그렇게 쳐다보지 마, 밤에 마저 자면 되잖아.”

그런 생각을 하던 때 남동생이 내가 앉아 있는 욕조 안으로 들어왔다. 하키 훈련 때문에 몸 여기저기에 멍이 들고 이도 하나 빠졌다. 부모님이 곧 치과에 데려간다고 하셨다.

“뭘 봐, 바보야.”

“안 봤거든, 멍청아.”

“형이 친칠라를 키우니까 난 뱀을 사 달라고 해야지. 그리고 형 방에 풀어버릴 거야.”

오늘도 빠지지 않고 시비를 건다. 이 정도는 이제 기분 나쁘지도 않지만 동생이 가끔 벽 안에서 이상한 소리를 들었다고 했는데 나도 그 소리를 들어버리면 머리가 쭈뼛 서는 것 같다. 한번은 톰이 새벽에 옷장에서 내 옷을 모두 꺼내서 내 몸 위에 쌓은 적이 있었다. 내가 옷의 무게 때문에 옴짝달싹하지도 못하는 사이, 그 위에 크고 끈적끈적한 벌레 모양 장난감을 올려놨던 날은 한참이 지났지만 여전히 최악의 기억이다. 그때 난 정말 어렸다고!

정말 최악의 장난이었지. 톰은 그때 이후로는 내게 아무 짓도 하지 않는다. 하키 경기 때 말고는 큰 소리를 내지 않는 아빠가 그날은 노발대발하면서 톰을 혼냈으니까. 혼날 만도 했다. 왜냐면 그때 너무 놀라서 며칠 내내 눈꺼풀에 씰룩씰룩 경련이 왔었거든. 덕분에 아빠한테 혼쭐이 나고부터 톰은 나한테 아무 짓도 안 하는 대신 저렇게 툭툭 시비를 건다.

친칠라

페 "자, 너희들도 이제 나와." 엄마가 욕실로 들어왔다. 나는 얼른 먼저 욕조에서 나와 엄마를 따라 쪼르르 주방으로 갔다. 그리고 톰이랑 아빠가 듣지 못하게 혹시 오늘만 예외적으로 엄마 옆에서 자도 되냐고 작은 목소리로 물었다.

"아휴, 네가 애기니?" 내가 이런 걸 물어볼 때마다 하는 대사다. 내 생각엔 엄마도 그냥 다른 말은 생각이 안 나서 습관적으로 하는 말 같다.

"이제 친칠라도 생겼잖아. 그런데 뭐가 문제니?"

맞아, 나한텐 이제 친칠라가 있지? 좋아. 그럼 이제부터 찍찍이는 내 침대에서 같이 자며 날 지켜주는 거야. 어쩌면 진작부터 마법사 할아버지가 내게 친칠라를 준 건 밤에 나타나는 온갖 나쁜 것에서 지켜주고 매일같이 꾸는 악몽을 막아주려고 계획된 일인가 봐. 갑자기 해리포터에서 가까운 사람들을 보호하는 용감한 시리우스 블랙의 별명이 떠올랐다. 패드풋. 친칠라에게 딱 어울리는 새 이름이다.

오늘은 무려 혼자 욕실에서 양치도 해냈다. 원래는 아무도 없는 공간에 절대 혼자 들어가지 않는다. 물론 재빨리 불부터 켜긴 했지만. 불이 완전히 켜지기 전에 보이는 그림자와 물건의 어두운 윤곽들이 가끔 정말 무섭게 생겼다. 그래서 깜깜한 장소에 들어갈 땐 최대한 자세히 보지 않으려고 애쓴다. 그래서 나는 욕실 형광등이 제일 싫다. 완전히 불이 켜지기 전에 형광등이 깜빡거릴 때마다 욕실 안에 여러 존재들이 보이는 것 같다.

하지만 오늘은 해낼 거야, 괜찮아. 할 수 있어.

그때 톰도 양치를 하러 들어왔다. 거울 앞에 나란히 서서 양치를 하

는데 거울이 작아서 서로 몸을 밀치면서 이를 닦았다. 톰은 나보다 어리지만 운동을 해서 나보다 힘도 세고 키도 크다. 나는 왜 하필이면 날 괴롭히기나 하는 남동생이 있는 걸까?

"네가 너무 말라서 그런 거야. 너도 운동을 좀 해." 아빠가 말했다. 하지만 난 운동하기 싫은걸. 학교 체육 시간에 친구들이 팀을 가를 때도 나는 항상 맨 마지막에 뽑혀 간다. 운동은 잘 하지도 못하고 재미도 없다. 플루트 수업도 정말 싫지만 그래도 꾸역꾸역 다니잖아. 싫어하는 건 이 정도만 하면 안 되는 거야?

결국 양치질은 엄마한테 혼나면서 끝났다. 톰이 엄마 크림을 던져서 바닥이 크림으로 지저분해지지 않았으면 혼나지도 않았을 텐데.

"누가 그랬는지는 상관없어. 둘이 같이 치워." 엄마가 말했다. 하지만 같이 치우라는 말은 예상하지 못했다. 톰과 치우면서도 크림을 닦던 걸레를 서로 얼굴에 휘두르고 있었는데 이번엔 아빠가 와서 고함을 질렀다. "당장 들어가서 자!"

그래서 자러 들어왔다. 루츠카는 벌써 침대에 누웠고 아빠가 옆에서 유치해 빠진 동화책을 읽어주고 있었다. 저녁을 먹기 전까지 패드풋은 별로 하는 것도 없이 누워서 자고 있었는데 지금은 일어나서 우리 안을 돌아다니며 부스럭대고 톱밥을 파고 모래 속에 들어가 놀고 있다. 패드풋은 원래 기척도 없이 조용해야 하는데 이렇게 부스럭대는 걸 보니 잘 어울리는 이름인지 모르겠다. 책을 읽어주던 아빠가 친칠라 소리가 꽤 방해가 되는지 밤에는 다른 곳에 두지 않을 거냐고 물었지만 여기 그냥 두자고 말했다.

루츠카는 어차피 많이 졸려 해서 바로 잠들 거라 상관이 없다. 루츠카가 정말 곧바로 잠들자 아빠가 방에서 나갔다.

루츠카가 부럽다. 가끔 3초 만에 잠들기도 하니까. 부모님이 나도 어릴 땐 잘 잤다고 했는데 난 기억이 안 난다. 지금 내게 밤은 매번 언제 잠에 들 수 있을지, 이번엔 또 어떤 악몽을 꾸게 될지 걱정하다가 결국 또 잠들지 못하는 스트레스일 뿐이다.

얼마 전에 인터넷에서 어떤 여자아이가 자고 있던 캠핑카가 폭발했다는 기사를 봐버렸다. 그 애는 살아남았지만 온몸에 화상을 입었다고 하는데, 지금 눈을 감으면 온몸에 화상을 입은 그 아이가 보이는 것 같다.

자기 전에 패드풋과 조금 놀아줬다. 아직 나한테 익숙하지 않을 텐데 완전히 풀어주기에는 불안해서 루츠카의 그림책과 레고로 울타리를 만들어 주었다. 친칠라가 카펫에 오줌을 싸서 살짝 닦고 레고로 가렸다. 곧 엄마가 들어와서 소곤거리는 목소리로 다들 자니까 얼른 자라고 해서 나도 친칠라를 치우고 침대에 누웠다. 잠깐 괜찮을 거라고 생각했지만 눈을 감기 무섭게 패드풋이 부스럭거리는 소리가 들렸다. 소리 때문에 뭔가 점점 나한테 다가오고 있는 느낌이 들어서 무서워지기 시작했다. 그래서 자꾸만 눈을 떠 혹시 친칠라가 우리 안에서 괴물로 변신하진 않았는지 확인했다. 친칠라 우리가 방에서 제일 어두운 곳에 들어가 있는 게 싫어서 내 쪽으로 당기면 이번엔 소리가 너무 시끄러웠다. 그런데 그 순간 복도의 불이 꺼지는 게 보였다. 엄마가 자러 간다는 뜻이다. 엄마는 자러 가기 전에 엄마보다 늦게 자는 아빠가 있는 거실 불만 남겨두고 모든 불을 끈다. 신경이 바짝 곤두섰다. 저건 아빠도 곧 자러 간다는 뜻이고 그러면 집이 온통 어둠에 휩싸인다는 거니까. 내가 세상에서 제일 싫은 순간이다. 부모님이 잠에 들고 톰과 루츠카까지 잠들면 내가 이 집에서 유일하게 아니, 이 건물에서

유일하게 아니, 이 우주에서 유일하게 깨어 있는 사람 같아서 그때부터 들려오는 모든 소리가 무서워 죽을 것 같다. 그리고 창밖에서 자동차가 지나갈 때마다 헤드라이트에서 나오는 빛이 내 방 안을 훑고 지나가면서 이상한 그림자가 생기는데 전부 귀신처럼 생겼다. 특히 옷장 위에 있는 루츠카의 큰 곰 인형이 그림자를 만들면 그 순간 곰 인형에 영혼이 들어간 것 같고 눈알 없이 눈구멍만 있는 괴물 같다.

다행히 아직 아빠는 자러 들어가지 않았지만 곧 온 집의 불이 꺼질 테다. 아빠도 이제 자러 가겠지? 너무 무서워서 진짜 못 자겠어. 눈을 감고 누워 있으면 친칠라 소리가 들린다. 친칠라가 이렇게나 부스럭댈지 몰랐다. 패드풋도 알고 보면 평범한 친칠라가 아니라 초자연적인 존재인 걸까? 나쁜 쪽으로 초자연적인 거라면 어떡하지? 갑자기 귀엽다는 생각이 완전히 사라지고 내 방에 두기 싫었다. 일어나서 친칠라 우리를 주방으로 옮겼다. "미안해." 친칠라에게 말했다. 하지만 주방에 있는 큰 불을 켜자 다시 귀여워 보였고 이걸 무서워하는 내가 바보 같았다. 내 친칠라인데 내 방에서 쫓아내서 여기 혼자 둬야 한다니. 나도 내가 잘하는 건지 모르겠다. 주방에 한동안 서 있었다. 바닥 타일 때문에 발이 점점 시려왔지만 그래도 패드풋을 바라봤다. 아빠가 빈 와인 잔을 들고 주방으로 들어왔다. 이제 자러 간다는 뜻이다.

"너 아직도 안 잤어?" 마음에 안 든다는 목소리다. 아빠가 친칠라 우리를 봤다. "내가 친칠라는 야행성 동물이라고 말했잖아. 시끄러울 거라고 했지? 여기 놔두고 얼른 다시 침대로 가. 나도 자러 갈 거야." 아빠가 별것도 아니라는 듯 말했다.

나는 아빠 말대로 친칠라 우리를 두고 내 방으로 돌아왔다. 아빠가 불을 다 끄기 전에 먼저 잠들 수 있을지도 몰라. 하지만 그렇지 않을 거란 걸 안다. 패드풋은 이제 문을 넘어 주방에 있는데도 계속 소리가 들렸다. 정말 그럴 리가 없는데도 내 머릿속에서 계속 같은 소리가 들려왔다. 바로 눈앞에 패드풋이 있는 것 같다. 보고 따라 그릴 수도 있을 것 같아. 아빠랑 또 복도에서 마주쳤다. 아빠는 이제 파자마 차림에 안방으로 들어가고 있었다. 내가 그 자리에 서서 아무 말도 하지 않았는데도 아빠는 "어휴." 하더니 고개를 절레절레 흔들며 내 방 침대로 갔고 나는 안방으로 들어가 엄마 옆에 누웠다. 그러자 반쯤 깬 엄마가 부드럽게 날 쓰다듬었다. "아들, 자야지."

엄마가 내 옆에 누워 있는 이 안방에선 난 아무것도 무섭지 않다. 저기 걸린 사람같이 생긴 외투도, 친칠라도. 오히려 그게 사악한 동물이라고 생각한 내 자신이 부끄러워졌다. 난 금방 잠이 들었다. 아침에 일어나면 패드풋에게 사과하고 다시 내 방으로 데려와야지. 그래도 다시 저녁이 되면 밖으로 옮겨야겠어. 그런 생각을 하던 때 엄마가 졸린 목소리로 말했다. "네가 친칠라를 방에 데리고 자고 싶다고 했잖아?" 나는 친칠라가 움직이는 소리가 잠드는 데 방해가 된다고 말했다. "우리 아들 이렇게 예민해서 어쩌지……. 응?"

그날 밤 나는 결국 내 방에 돌아와 잠들었고 악몽을 꿨다. 정확히 뭐라고 설명해야 할지는 모르겠지만 꿈속에서 무언가가 친칠라 같은 소리를 자꾸 냈는데 그게 갑자기 여동생으로 변했다. 루츠카는 무릎이 없는 사람처럼 기괴하게 걸었다. 도망치고 싶었지만 난 오갈 곳 없는 캄캄한 숲속이었다. 도저히 어디로 가야 하는지 모르겠어. 그렇게 무서움에 시달리다가 잠에서 깼다. 잠시 동안 전혀 움직일 수 없었다. 손을 뻗어서 또다시 꺼져 있는 램프 불을 켤 수도 없었다. 도대체 엄마랑 아빠는 언제 들어와서 불을 끄는 거야? 안 끄면 안 되는 거냐고. 잠시 후에 드디어 손을 뻗어 불을 켜고 방 안을 둘러봤다. 루츠카는 자고 있었다. 루츠카가 무서웠다. 루츠카가 나오는 꿈을 꾼 적은 한 번도 없었는데. 침대에서 일어나는 것도 무섭고 다시 잠드는 것도 무서웠다. 그래서 결국 꼼짝도 못했지만 이걸로 저 친칠라랑 그 마법사 할아버지는 좋은 쪽이 아니라 나쁜 쪽이었던 거라는 게 확실해졌다. 친칠라는 그냥 돌려줄래. 왜 나를 자꾸 무섭게 하는 거야. 이제 싫으니까 제발 가져가라고 해.

아침이 되자 또 괜찮아졌다. 패드풋이 멀쩡해 보였고 돌려주고 싶지도 않았다.

그리고 저녁이 되자 똑같은 일이 반복됐다. 패드풋이 무섭고 그 할아버지도 무섭다. 밤에 또 다른 악몽을 꿨다. 이번엔 벌떡 일어나 안방으로 마구 달려가서 부모님 사이에 누웠다. 심장이 쿵쾅쿵쾅 뛰었다.

아침이 되자 아빠는 잔뜩 화가 난 얼굴이었다. 나 때문에 푹 자지 못한 거다. 나는 덕분에 잘 잤지만. "톰을 좀 봐라." 아빠가 비교를 시작했다. "쟤도 밤마다 안방에 오는 거 같아?" 나는 아무 대답도 하지 않았다.

엄마한테 가서 슬그머니 말을 바꿔 봤다. 그 할아버지를 찾아서 친칠라를 돌려주자고. 진작부터 그게 엄마가 원했던 거니까. 하지만 할아버지를 만나려면 만났던 가게 앞에 표지판을 걸어두는 게 지금으로서는 유일한 방법이니까 그렇게 하자고도 말했다.

"뭐? 친칠라를 들고 온 동네를 다니면서 그 할아버지를 우연히 또 만날 때까지 기다리자는 거야? 엄마는 그럴 시간이 없어. 네가 혼자 돌아다니면서 그 정신 나간 노인네를 찾아보든지 해."

저녁에는 열이 났다. 곧장 엄마 옆에 가서 잘 수 있다. 엄마랑 아빠가 다투는 소리가 들린다. 아빠는 내가 꾀병을 부리는 거란다. 글쎄, 난 열 나는 연기 같은 건 할 줄 모른다고. 할 줄 안다면 정말 좋을 것 같다. 루츠카는 오늘 내가 엄마랑 잔다는 걸 알고 울기 시작했다. 어차피 머리만 대면 자는 데다 한번 잠들면 아침까지 깨지도 않는 애가 뭐가 그렇게 불만인 거야.

결국 열이 심해져 앓아눕게 되는 바람에 일주일 동안 학교에 가지 않게 되었다. 낮 동안 침대에 누워서 그림도 그리고 영화를 볼 수 있어서 정말 좋았다. 패드풋에 대해 별로 생각하지 않는 밤도 있었다. 어떤 날은 심한 악몽을 꾸기도 하고 악몽을 전혀 꾸지 않기도 했다. 몸이 괜찮아져서 내 침대로 돌아왔는데 사실 생각해 보니 친칠라가 오기 전이랑 별다를 게 없었다. 아마 친칠라랑 악몽을 꾸는 거랑 별로 상관이 없는 것 같다. 하지만 그래도 그냥 그 할아버지에게 친칠라를 돌려줄 수 있었으면 좋겠다. 친칠라를 밖에 그냥 풀어줘 본 적도 있다. 정말 마법에 걸린 거라면 알아서 길을 찾아갈 테니까. 하지만 친칠라는 아무 데도 가지 않고 겨우 마당 입구까지만 가서 민들레 잎을 오물오물 뜯어 먹을 뿐이었다. 그 자리에 두고 가버렸다가 잠시 후에 다시 확인하러 갔더니 친칠라는 이제 자기가 어디에 사는지 안다는 듯 문 앞에서 기다리고 있었다. 그 모습에 친칠라가 다시 귀여워 보였다.

친칠라와 놀아주는 것도 우리 안을 치워주는 것도 싫지 않다. 엄마는 내가 친칠라를 돌려주고 싶다고 하는 게 친칠라에게 벌써 싫증이 나서 그런 거라고 생각하지만 그건 사실이 아니다. 난 그저 친칠라가 우리 집에 온 날 뭔가 초자연적인 일이 일어났던 것 같아서 결국 친칠라를 못 키우게 되더라도, 그런 일이 우리 가족에게 일어나지 않았길 바랐을 뿐이라고. 이제 친칠라가 예전만큼 좋은 건 아니지만 이미 내가 키우고 있는 데다 그렇다고 함부로 대할 수도 없다. 친칠라가 나한테 복수할 수도 있고 그렇다고 해서 사실 다른 곳에 보내버리기도 싫기 때문이다. 나는 패드풋이 그저 평범한 친칠라이길, 그 할아버지가 평범한 사람이길, 초자연적인 일 같은 건 없길, 꿈이 없길, 남들과 같이 쉽게 잠들길, 매일 밤 엄마와 한 침대에서 자고 아빠가 그걸 싫어하지 않길, 학교에 매일 가지 않아도 되길, 루츠카가 인형이랑 유치한 공주 놀이로 날 괴롭히지 않길 바랄 뿐인데 이 중에서 내가 피할 수 있는 건 하나도 없어.

그런데 지금 제일 큰 문제는 방학이 끝나고 9월에 새 학기가 시작되자마자 학교에서 곧바로 수련회를 간다는 거다.

밀라도 친구 있어

밀 지금 난 교무실에 앉아서 부모님과 개미핥기의 학부모 상담이 끝나길 기다리고 있다. 담임의 원래 이름은 당연히 개미핥기가 아니라 '파피르니코바'다. 하지만 코가 길쭉하고 개미핥기랑 비슷하게 생긴 데다 내가 싫어하는 사람이고 담임도 자기 별명이 개미핥기인 걸 알면 싫어할 것 같아서 나 혼자만 속으로 그렇게 부르고 있다.

부모님이 개미핥기랑 무슨 이야기를 하고 있든 듣지 않았다. 어차피 똑같은 이야기였으니까. "밀라는 수업 시간에 집중을 못 해요." 개미핥기가 말했다. 정신이 딴 데 팔리는 건 당연히 학교에서도 있는 일이라 학교에서는 집중을 할 수 있게 집중해야 한다. 하하, 하지만 나도 노력하고 있다고! 오늘은 새로 산 볼펜을 가져왔는데 쓸 때마다 종이 위에 잉크가 아주 가는 나뭇가지처럼 번지는 게 너무 예뻐서, 30분이라고 했었나? 아무튼 그만큼 오랫동안 그 번진 잉크를 쳐다보고 있느라 집중을 하지 못했다.

개미핥기는 하루가 멀다 하고 우리 부모님을 학교로 부른다. 날 싫어해서 그래. 다른 이유는 없는 것 같다. 집중을 하지 않거나 다른 데 정신이 팔리는 거라면 내가 반에서 최악은 아니니까. 절대 아니지. 그런데 굳이 그걸 해결해야 하나? 하지만 엄마랑 이야기해 보니 나 같은, 그러니까 나 같이 이상한 아이들은 얼른 특수반이나 대안 학교 같은 데 가서 남들이랑 다른 수업을 들어야 된다고 생각하는 사람들이 있다고 한다. 하지만 나는 그런 게 필요 없는걸. 40점, 50점을 받는 과목도 있지만 수학이나 자연과학은 거의 만점을 받으니까. 그래서 말인데 나는 동물에 대해서 많이 아니까 동물 과목이 있으면 반에서 1등을 할 수도 있을 것 같아. 지금은 1등 하는 과목이 없지만 그런 게 사실 무슨 상관이람.

그런 생각을 하면서 나뭇가지에 달린 잎을 관찰했다. 처음 보고 있을 때부터 떨어질락 말락 하더니 이제야 가지에서 천천히 아래로 떨어져 내렸다. 떨어진 잎이 더 이상 보이지 않자 드디어 주변 소리가 들려왔다.

"반 친구들을 자꾸 피하면 안 돼요. 친구를 사귈 줄도 알아야 해요." 개미핥기가 말했다. 그냥 안 들어야겠다. 또 똑같은 소리야. 난 원한다면 친구를 사귈 수 있어. 그냥 딱히 반 아이들에게 관심이 없어서 사귀기 싫을 뿐이라고. 친구보다 자연이랑 동물, 그리고 내 주변을 둘러싼 세상이 더 재미있어. 우리 반 여자애들은 남자애들 이야기밖에 안 하고, 유튜브에서 본 영상 이야기, 옷 이야기, 아이돌 이야기 그런 건 난 재미없다고……. 그리고 나도 사실 친구 있어. 우리 학교가 아니라서 그렇지.

"밀리?" 엄마 목소리에 고개를 들어보니 슬픈 얼굴이 보였다. 아마 벌써 날 여러 번 불렀던 것 같다. "듣고 있니?"

"응. 우리 이제 가?"

"응."

우리 가족은 담임이랑 인사를 했다. 담임의 얼굴은 웃고 있지만 난 그 미소가 그냥 예의상일 뿐이란 걸 안다. 부모님도 같은 미소를 띠고 있다. 우리는 조용한 학교 복도를 걸어 나왔다. 엄마의 구두 굽이 유독 삐걱거리고 아빠의 구두에서는 탁탁 소리가 났다. 나만 맨발로 걷는 것처럼 조용하다. 부모님이 걸음을 서둘렀다. 부모님은 학교에 들락거리면서 내가 이상하다는 소리를 듣는 걸 싫어한다. 나도 그동안 나름 정말 노력했지만 매번 잘 되지 않았다. 그래도 부모님은 항상 내게 다정하다. 적어도 나에게 이런 일로 화를 내진 않는다.

모두 함께 자동차에 탔다. 밖에 아이스크림을 들고 있는 사람들을 보니 나도 먹고 싶다. 오늘은 아이스크림 먹기 좋은 날씨다. 9월이지만 아직도 얇은 재킷을 입고 등교해서 집에 올 땐 티셔츠 차림으로 돌아온다. 부모님께 아이스크림을 먹으러 가자고 했지만 아빠는 다시 회사에 가야 하고 엄마는 집에 엄마가 만들어 놓은 딸기 아이스크림이 있다고 했다. 그것도 좋지만 그래도 난 소프트 아이스크림이 더 좋다. 아이스크림 기계에서 아이스크림이 나오는 모습이 너무 보기 좋기 때문이다. 나중에 더 크면 아이스크림 가게에서 아르바이트를 해야겠다고 생각했지만 부모님께 말한 적은 없다. 아르바이트를 하고 싶다는 이유가 고작 이런 거란 걸 알면 말도 안 된다고 생각할지도 모르니까.

부모님은 내가 조금 이상하다는 걸 알면서도 어떤 부분은 일부러 모른 척한다. 가끔 강물을 오래 쳐다보고 있으면 강물이 자꾸 나한테 자기에게 오라고 부르기 때문에 물속으로 들어가 버리지 않도록 엄청 노력해야 한다는 점 같은 것 말이다. 아니면 팔 위에 커다란 벌레가 앉아 다리로 나를 간지럽히는 것을 좋아한다거나 큰 곤충을 좋아한다는 점도 그렇다.

뭐, 부모님도 내가 곤충을 좋아한다는 걸 아마 알고는 있을 거다. 지난번에 말벌이 날아왔을 때 내가 말벌이 앉을 수 있도록 내 팔을 내준 적이 있으니까. 내가 아무렇지 않게 팔을 뻗어 내 팔 위에 앉아주었으면 좋겠

다는 생각에 집중하자 말벌이 정말로 와서 앉아줬다. 가끔 나는 내가 동물이랑 소통할 수 있다고 생각하지만 그것도 부모님한테 이야기하진 않는다. 엄마는 그날 말벌을 보고 얼굴이 새파래졌었지.

그리고 나는 더 크면 복슬복슬한 타란툴라를 키울 거다. 동물원에서 거미 전시를 봤는데 거미들은 커다란 우리가 필요하지도 않고 작은 상자면 충분했다. 거기서 거미를 돌보는 사육사 아저씨랑 이야기를 나눴는데 거미는 오히려 작은 공간을 좋아한다고 했다. 전시관에 있던 테라리엄들은 모두 작았고 어떤 테라리엄은 온통 거미줄로 뒤덮여 있었는데 그런 걸 직접 보는 건 처음이었다.

그날 엄마는 내내 입구 앞에 서서 속이 안 좋다면서 가까이서 보고 싶지 않다고 했다. 그리고 엄마랑 같이 살고 싶으면 곤충은 꿈도 꾸지 말라고 했다. 그러니까 이건 꿈도 꾸면 안 되는 두 번째 동물인 거다. 설치류랑 곤충. 쥐랑 다른 점이 있다면, 나한테 곤충은 꿈을 꾸지 않는 게 불가능할 정도로 내가 제일 좋아하는 동물이라는 것이다. 그때 엄마가 다정한 목소리로 불렀다.

"밀리, 체코어 시간에는 조금 더 집중해야 해. 너도 그건 알지?"

"응, 나도 알아. 앞으로 노력할게요."

"엄마도 알아."

그때 아빠가 말했다.

"반 친구들 몇 명이라도 말을 좀 섞어 보는 건 어때? 생각보다 괜찮을지도 모르잖니." 내가 친구를 만들지 않는다는 건 엄마보다 아빠에게 좀 더 걱정스러운 일이다. 우리 아빠는 워낙 밝고 친구가 많은 사람이라서 친구가 없으면 슬플 거라고 생각하나 보다. 하지만 나는 절대 그렇지 않다. 게다가 난 지금도 친구 있다니까.

“그런데 나 친구 있어. 카트카라고.” 이미 말한 적도 있는데.

아빠가 티 나지 않게 조용히 한숨을 쉬자 엄마가 아빠를 재빨리 흘겨봤다.

“어, 어! 그렇지 카트카! 그래, 걘 어떻게 지낸다니?” 아빠가 말했다.

“몰라.” 내가 말했다. 카트카가 어떻게 지내는지 내가 어떻게 알아. 그런 걸 물어본 적도 없는데. 잘 못 지내고 있으면 나한테 말했겠지. 아, 그런데 말을 하지 않았을 수도 있지만 어떻게 보면 말을 했는데 내가 안 듣고 있었을 수도 있겠다.

“그럼 언제 한번 우리 집에 오라고 해, 어때?” 엄마가 말했다. “친하게 지낸 지 꽤 되지 않았니?”

“알겠어. 물어볼게. 다음에 또 만나게 되면.” 말은 그렇게 했지만 카트카는 낯선 사람을 좋아하지 않아서 우리 집에 오고 싶지 않을 거라 생각했다. 그게 나와 그 애의 다른 점이다. 나는 다른 사람이 불편하지는 않다. 그게 낯선 사람이든, 아는 사람이든. 그냥 사람들과 어울리는 게 재미가 없을 뿐이지. 그런데 카트카는 사람을 무서워하는 편이다.

“아니면 지금 바로 오라고 할래? 엄마가 쿠키를 좀 샀거든. 아이스크림 볼 만들어 줄게.”

그건 카트카가 솔깃할 수도 있을 것 같다. 그 애는 단 걸 좋아하니까. 그런 생각을 하며 밖을 쳐다봤다.

“그래, 그럼 오늘 데려올래?”

“모르겠어.”

“그럼 문자해 보든지 전화해 봐, 응?”

“나한테 걔 전화번호 없어.” 엄마에게 솔직하게 대답했다. 나한테 걔 번호가 왜 있겠어. 서로 전화도 안 하는데. 내 이야기를 듣던 아빠가 다시 고개를 저었다. 뭔가 마음에 들지 않나 보다.

"그 친구는 어느 학교에 다녀?" 아빠가 물었다.

"몰라."

"그럼 아는 게 뭐야?" 아빠가 화가 난 목소리로 말하자 엄마가 아빠 팔에 손을 얹고 가만히 아빠를 바라봤다.

"카트카는 어떻게 생겼니, 밀리?" 엄마가 다정하게 물어보자 그제야 부모님이 내가 카트카라는 상상 속 친구를 지어냈다고 생각한다는 것을 알아차렸다. 친구를 사귀지 못하는 외로운 사람들은 상상 속 친구를 만들어 내니까. 하지만 카트카는 상상 속 친구가 아니다. 진짜 사람 친구다.

난 혼자 등교하면 자주 지각하기 때문에 부모님이 학교에 갈 때는 날 데려다주지만 학교가 끝나면 따로 데리러 오지 않는다. 이제 그렇게 어리지 않고 핸드폰도 있는 데다, 내가 오후 내내 집에 있기보다 밖에 있는 편을 좋아하는 걸 알기 때문이다. 나도 물론 방과후 수업을 듣는다. 미술 수업이 있을 때도 있고 체조 수업이 있을 때도 있지만 방과후 수업이 없는 날도 있다. 그런데 얼마 전에 수업이 없는 날 내가 찾아가는 나만의 아지트가 생겼다. 우리 동네 공원 안에 있는데 그래서 집에서 한참을 걸어 나와야 한다. 공원이 끝나는 곳까지 쭉 걸어가면 더 이상 들어가지 말라고 쳐둔 울타리가 나온다. 하지만 울타리에 구멍이 있어서 그 구멍을 통해 나오면 뒤에 높은 덤불로 둘러싸인 아무것도 없는 공간이 나오고 그 아래로 큰 도로가 있다. 그러니까 그 공간은 사실 큰 도로 옆에 붙어 있는 시멘트 벽 위쪽이다. 그곳은 경치도 좋고 발밑에서 장남감처럼 작아 보이는 자동차들이 지나다녀서 왕이 된 듯한 기분도 든다. 그 공간에서 4미터 정도 내리막을 따라 내려가면 시멘트 벽 위에 걸터앉을 수도 있어서 자주 앉았는데, 부모님이 그걸 발견하고는 위험하니까 거기 앉지 말라고 했다. 그래서 이제 벽 위에 올라가지는 않지만 여전히 그곳에 자주 간다. 그리고 거기엔 숨겨진 장소가 하나 더 있다. 작은 동굴처럼 생긴 곳인데 밖이랑 연결된 길도 없고 아무도 오지 않는다. 안쪽은 풀이 무성한 작은 협곡같이 생겼고 누울 수 있을 만큼 제법 널찍한데 내가 구경할 만한 곤충들이 가득하고 새들도 종종 날아 들어온다. 거기서 내가 평소처럼 아주 오랫동안 꼼짝도 않고 앉아 있으면 정말 많은 동물들을 구경할 수 있다. 그리고 자동차 소리는 아주 멀리 떨어진 것처럼 작게 들린다. 한번은 거기서 새끼를 데리고 지나가는 고슴도치 가족을 본 적도 있다.

그런데 얼마 전에 내 아지트에 갔더니 나보다 나이 많은 여자애가 스웨터를 입고 앉아서 책을 읽고 있었다. 그 애는 꽤 뚱뚱해 보이는데도 옆에 초코바가 한가득 놓여 있었다. 그 애가 그곳이 내가 들어오면 안 되는 자기 아지트라도 되는 것처럼 날 째려보더니 말했다.

"꺼져."

"너나 꺼져." 내가 말했다. 사실 날 쫓아내지만 않는다면 걔가 거기 있든 말든 나랑 상관은 없었지만 받아치기는 해야 하니까.

그 애는 고개를 절레절레 젓더니 다시 책으로 눈을 돌렸다. 내가 그냥 가줄 거라고 생각하는 것 같았다. 하지만 나는 옆에서 조금 떨어져 앉아 그 애에게 신경을 껐다. 나는 곧 곤충들에게 집중하기 시작했는데 여기에 땅벌이 꽤 많다는 생각이 들었다. 잠깐 앉아 있었는데 벌써 세 마리나 봤다. 땅벌도 좋지만 나는 말벌이 훨씬 좋다.

"너 지금 일부러 그러는 거야?"

여자애가 나한테 갑자기 소리를 빽 질렀다. 뭐 때문에 그러는지 모르겠다. 왜 저러지? 아마 내가 일부러 자기 말을 무시했다고 생각했나 보다.

"아니, 땅벌 구경하느라 네가 하는 말은 못 들었어."

그 애가 다른 사람들과 똑같은 눈빛으로 날 쳐다봤다. 하지만 이내 다른 사람들과는 다르게 어깨만 으쓱하고 말았다. “그럼 넌 그냥 여기 앉아서 땅벌 구경하는 거야?”

“오늘은. 하지만 다른 걸 하기도 해.”

“나는 벌이 싫어.”

“걔네가 단 걸 좋아해서 그래.”

“그러니까 말이야.”

뚱뚱하면 그렇게 단 걸 많이 먹으면 안 될 거 같은데도 그 애는 그새 초콜릿이 가득 든 봉지를 새로 뜯어 내 쪽으로 내밀었다. 봉지 주변으로 땅벌이 날아들었다. 나는 초콜릿을 하나 집었다.

“여기는 다 좋은데 갈수록 벌이 많아져. 그냥 조용히 책을 읽고 싶을 뿐인데. 조용한 나만의 장소를 찾는 게 왜 이렇게 힘든지 모르겠어.”

“그럼 여기 올 때 단 걸 가져오지 마.”

“난 먹고 싶단 말이야!” 여자애가 버럭 화를 냈다. “왜 다들 날 가만히 두지 못해서 안달인 거야? 벌도 원래는 여기 없었어. 어떻게 한 건지는 모르겠지만 네가 데리고 온 거라고!” 분명히 나쁜 뜻으로 한 말이었을 텐데 나는 그 말에 오히려 기분이 좋았다. 내가 동물들과 특별한 관계가 있다는 걸 알아준 사람은 그 애가 처음이었기 때문이다.

"그럼 내가 다시 데려가 줄게!" 내가 방법이라도 아는 것처럼 자신 있게 대답했다.

그리고 그제야 방법을 떠올렸다. 땅벌은 단 걸 좋아하지만 육식 동물이기 때문에 고기를 더 좋아한다. 여름에 빵에 햄을 끼워 먹고 있는데 땅벌이 햄을 먹으러 날아온 적이 있었다. 그래서 햄을 아주 작게 떼어 줬더니 정말 한 조각을 가지고 날아간 적이 있었다. 곧 다른 땅벌들도 햄을 먹으러 찾아오길래 부모님에게 들키기 전까지 잠시 먹이를 준 적이 있다.

그래서 떠오른 방법은 바로 벌집을 찾아서……. 그나저나 나는 땅벌과 말벌집이 너무 좋다. 아직 말벌집을 직접 본 적은 없지만. 아무튼 벌집을 찾아서 주변에 땅벌이 좋아하는 걸 두면 내 아지트 쪽으로 오지 않을 거고 카트카를 귀찮게 굴지도 않을 것이다. 아참, 그때는 아직 카트카의 이름을 몰랐다.

난 동물, 특히 곤충들과 특별한 사이니까 땅벌들이 내가 부탁하는 걸 이해해 줄 거라 생각했다. 길들이려는 건 아니다. 아니, 사실 조금 길들여 보고 싶긴 하다.

나는 벌집을 찾아 나섰다. 벌집은 나무 위에 커다란 솔방울이나 과일처럼 걸려 있었는데 천을 두르면 꼭 아기 머리같이 보일 것 같았다. 나는 가만히 벌집을 바라봤다. 그날은 아무것도 가져온 게 없었다. 벌들이 벌집을 들락거리는 모습을 쳐다보며 다음에 무엇을 가져다줘야 할지 생각했다. 그리고 나무에 기대앉아 벌이 붕붕거리는 소리를 들으며 잠시 땅벌들에게 말을 걸었다. 당연히 속으로 말을 걸었다. 나는 미친 게 아니니까. 그렇게 눈을 감고 그 순간을 즐기다가 스르르 잠이 들었다.

잠에서 깨서 아지트로 돌아가자 여자애는 벌써 가고 없었다.

여자애는 다음 날도 아지트에 있었다. 나는 땅벌에게 주려고 우리 집

냉장고에 있던 햄 한 팩을 통째로 가져왔다. 여자애가 어깨를 으쓱하며 말했다. "조심해. 쏘일 수도 있잖아. 알레르기 같은 건 없길 바라."

그런 건 없다. 그리고 땅벌들은 나를 절대 쏘지 않을 거다. 단 한 마리도. 물론 조심은 해야겠지. 실수로 다리로 벌을 걷어차면 쏘일 수도 있겠지만 일부러 그러지 않는 이상 벌은 날 쏘지 않을 거다.

나는 햄을 잘게 찢어서 벌집 가까이 두고 카트카가 책을 읽고 있는 아지트로 돌아왔다.

"어때?"

"괜찮아. 이제 이쪽으로 덜 올 거야."

"아, 정말 다행이다. 난 여기가 좋거든."

"나도. 여기는 예전부터 내 아지트였어."

카트카가 날 쳐다봤다.

"나보고 지금 딴 데로 가라는 거야?"

나는 고개를 저었다. "상관없어."

"난 이제 책 읽을 거야."

"상관없어."

"난 카트카야."

"난 밀라야."

카트카는 말이 끝나고 초코바를 꺼내 하나를 다 먹었다. 땅벌 한 마리가 다가왔지만 초코바는 이제 카트카가 거의 다 먹고 없었다. 그러자 벌이 훨씬 덜 날아왔다. 가을이라 선선해져서 그런 것도 있겠지만 난 땅벌들이 내 마음을 읽었다고 생각한다.

카트카

카 나는 얼굴만 보이는 거울이 좋다. 난 얼굴은 꽤 예쁜 편이고 크지 않지만, 몸은 뚱뚱하기 때문이다. 그래서 난 우리 집 욕실에 있는 큰 거울이 싫다. 허리까지 보이는 거울인데 그 안에 비친 내 모습이 너무 못생겼으니까. 보지 않으려고 노력해도 지나다니며 볼 때마다 기분이 정말 나쁘다. 난 뚱뚱하다. 하지만 아침에 일어나서 씻으러 갈 때마다 너무 배가 고프다. 이제 가서 아침을 먹으면 난 그만큼 더 뚱뚱해지겠지.

식탁에는 엄마랑 못된 오빠가 벌써 앉아 있다. 나는 요거트랑 뮤즐리를 꺼냈다. 사워크림이랑 먹는 게 더 맛있겠지만 그건 지방이 너무 많아서 먹지 않는다. 어차피 내가 먹고 싶다 해도 엄마가 말릴 거고. 빵에 누텔라를 발라 먹고 있는 오빠가 정말 싫다. 오빠는 뭘 먹어도 살이 찌지 않는다. 그런데 나는 물만 먹어도 살이 찐다. 오빠는 엄마를 닮아서 말랐으니까 나는 아마 아빠를 닮아서 뚱뚱한가 보다. 아빠를 안 본 지 오래되어서 확실하지는 않다. 엄마는 항상 아빠가 우리를 내다 버렸다고 한다. 우리를 버리고 슬로바키아 어딘가로 도망가 버렸다고. 아빠를 마지막으로 본 건 6년 전쯤인데 그때의 나는 이렇게 뚱뚱하진 않았던 것 같다. 잘 모르겠다. 아마 그때는 누가 뚱뚱하고 누가 날씬한지 같은 건 신경 쓰지 않았나 보다.

엄마가 우리에게 오늘은 뭐 하냐고 물었다. 오빠는 평소처럼 농구를 하러 가고 나는 테니스를 치러 간다. 하지만 난 테니스가 싫다. 못하는 데다 시간 낭비뿐인 운동이다. 그래도 엄마는 우리가 매일 운동을 해야 한다고 했다. 엄마는 저녁마다 조깅을 한다. 엄마는 매번 나보고 같이 뛰러 가자고 하지만 나는 절대 싫다. 온드라 오빠는 운동을 좋아해서 스트레스 받을 일이 없지만 난 운동이 끔찍하게 싫고 테니스는 특히 더 싫다.

"그럼 너는 뭘 배우고 싶은데?" 엄마가 자주 하는 말이다. "운동을 해야 친구를 사귈 수 있을 것 아니니?" 엄마는 내가 책 읽는 걸 너무 좋아해서 주변에 친구가 없는 게 항상 걱정이다.

수중 발레를 배우고 싶다. 난 잠수하는 걸 좋아하니까. 뚱뚱해서 물속에서 전혀 춥지가 않다. 그러니까 다른 기술들도 식은 죽 먹기일 거다. 그리고 나는 누구보다 물속에 오래 있을 수 있다. 여름휴가 때 산에 있는 얼음 호수에서 수영했을 때도 괜찮았다. 뭐, 하지만 당연히 수중 발레는 뚱뚱한 사람들을 위한 운동이 아니니까 내가 고를 수 있는 게 아니지. 그래서 난 엄마가 저렇게 물어볼 때마다 아무 대답도 하지 않는다. 그냥 아무 운동도 안 하고 싶다. 학교에서 돌아오면 조용히 책만 읽고 싶어. 오늘은 마침 정말 재미있는 추리 소설을 읽고 있다. 내가 제일 좋아하는 작가의 책인데 같은 탐정들이 매번 다른 사건을 다룬다. 그리고 난 이 작가가 소설 안에 탐정들의 인생 이야기도 함께 녹여낸다는 점을 좋아한다.

하지만 혹시 몰라서 책에 커버를 씌웠다. 엄마는 내가 읽는 추리 소설이 아이들이 읽기에 아니, 나같이 어린 여자애가 읽기에 적당한 책이 아니라고 생각하기 때문이다. 다른 장르의 책도 예외는 아니다. 지난번에 정말 아름다운 로맨스 소설을 읽고 있었는데 엄마가 왜 그런 쓸모없는 걸 읽는지 모르겠다고 말해서 기분이 좋지 않았다. 나는 로맨스 소설도 추리 소설만큼이나 좋아하니까. 그런데 지금 읽고 있는 추리 소설은 로맨스도 담겨 있어서 특히나 재미있다. 성적인 내용이나 잔인한 살인 사건이 나오는 책은 엄마가 싫어할 걸 알기 때문에 책 커버를 씌우는데 그러면 엄마는 내가 뭘 읽는지 잘 눈치채지 못한다. 그런 책들은 항상 책가방이나 침대 밑에 두고 몰래 읽는다.

뭐, 하지만 학교가 끝나고 집에 와도 바로 테니스 수업을 들으러 가야 해서 조용히 책 읽을 시간은 잘 없다. 목요일도 그렇고. 수요일은 기타 수업이 있는데 운동보단 조금 낫지만 잘 안 되는 건 똑같다. 오늘이 좋은 유일한 이유는 학교가 12시 반에 끝나고 테니스 수업은 4시부터라서 그사이에 책을 읽을 수 있다는 거다.

엄마가 싸준 간식을 챙겼다. 사과. 그리고 버터도 안 바른 호밀빵에 햄이 달랑 한 장만 끼워져 있다. 에휴, 옷이나 갈아입으러 가야겠다. 요즘은 따뜻해서 그나마 옷을 입는 게 편하다. 레깅스에 살짝 긴 티셔츠를 입었다. 겨울이 되면 청바지를 입어야 하지만 청바지는 너무 불편하고 몸에 껴서 보고 있으면 터질 것 같다.

옷을 갈아입고 있는데 오빠가 방 안으로 고개를 빼꼼 들이밀었다.

"야, 뚱땡이. 너 오늘 오후에 뭐 하냐?"

뚱땡이라니. 들을 때마다 진짜 싫다.

"뭐 하긴, 테니스 수업 가지. 아침 먹을 때 말했잖아."

"아, 맞다. 그래 뭐, 알겠어." 그리고 오빠는 휙 가버렸다.

나는 오빠 방에 절대 안 들어가는데 오빠는 왜 자꾸 내 방에 들락거리는지 모르겠다. 사실 내가 오빠 방에 안 들어가는 건 그 방에 거미가 있기 때문이다. 나는 거미가 무섭다. 한번은 오빠가 내가 자는 동안에 내 머리맡에 거미가 든 상자를 놓고 가서 잠에서 깨자마자 눈앞에 있는 거미를 보고 너무 놀라서 마구 소리를 지른 적도 있다.

결국 나가기 전에 복도에 있는 큰 거울과 잠깐 마주치고 말았다. 역시나 내 꼴은 오늘도 끔찍하다. 나는 뚱뚱해서 어울리는 옷이 없다. 항상 까만색 레깅스를 입지만 그것도 내 뚱뚱한 다리를 가려주진 못한다. 내가 유일하게 좋아하고 자주 입는 옷은 언젠가 할머니 집 옷장에서 찾은 삼촌이

젊었을 적 입던 커다란 스웨터다. 오늘 날씨에 스웨터는 더울 수도 있지만 그래도 그걸 입고 가방을 들고 나왔다. 버스를 타고 두 정거장을 가는 동안 잠시 책을 읽을 수 있을 테니까 책은 손에 들었다. 아침에는 지각을 하지 않으려 버스를 타고 오후엔 걸어서 집에 온다.

버스를 타러 가는데 정류장에 알리체, 데니사, 야나가 있었다. 내가 정말 싫어하는 우리 반 여자애들인데 얘들도 날 싫어한다. 얘들은 전부 마르고 예쁜 데다 옷도 항상 예쁘고 잘 어울리는 걸 입는다. 알리체는 배꼽이 보이는 짧은 티셔츠를 자주 입고 당연히 다들 아이폰을 쓴다. 그리고 하루가 멀다 하고 날 비웃는다. 그런데 어차피 얘네는 나뿐만 아니라 모두를 비웃는다. 우리 반에서 제일 잘 나가는 여왕들이라서 남자애들은 다들 얘네랑만 사귀고 싶어 하거든.

일부러 걸음을 늦춰 버스 한 대를 놓쳤다. 시간은 아직 있으니까. 덕분에 다음 버스가 올 때까지 책을 더 읽을 수 있겠어.

항상 그러진 않지만 너무 스릴 있는 책은 도저히 참을 수가 없어서 지리나 자연과학 시간처럼 지루하고 집중할 필요가 없는 수업 시간에 몰래 읽는다. 수학이나 물리 수업도 지루하긴 하지만 그건 수업 내용을 놓치면 따라잡을 수가 없어서 집중해야 한다. 안 그러면 집에서 공부해야 하는데 집에서 엄마랑 하는 공부는 말도 못하게 괴로워서 결국엔 말싸움으로 끝난다. 그러다가 결국엔 울어버린 적도 많다.

다행히 학교에서 들키지 않고 책을 다 읽었다. 정말 잘됐다. 집에 가면 이 추리 소설 작가의 다음 책이 기다리고 있으니까 얼른 가서 읽어야지.

오늘은 쉬는 시간에도 책을 읽었는데 주변 아이들은 그게 그렇게 싫은가 보다. 어차피 서로 답이나 맞춰보고 다음 시험에 뭐가 나올지, 아니면 남자애들 이야기밖에 안 하면서. 남자애들 이야기가 재미있는 건 알지만 어차피 우리 반에 내가 좋아하는 사람은 없다. 내가 좋아하는 사람은……. 아냐, 그냥 말 안 할래. 이건 비밀이니까. 게다가 그 애는 9학년이고 9학년 남자애들은 알리체나 야나, 데니사 같은 애들은 거들떠도 안 본다. 그러니까 나 같은 애는 가망도 없는 거지. 그리고 이 책이 이렇게 재미있는데 쉬는 시간에 안 읽고 어떻게 버틸 수 있겠냐고. 그런데 가끔 와서 내 책을 뺏는 시늉을 하며 장난치는 애들을 보면 유치하기 짝이 없다.

빨리 다음 책을 읽으려고 집으로 가는 걸음을 서둘렀다. 얼른 가고 싶어서 오늘은 버스도 탔다. 집에 도착해서 책을 꺼내보니 빌려온 것 중에 벌써 마지막 책이었다. 내일은 도서관에 가야겠네. 집에도 내가 좋아하는 책이 있지만 그건 전부 다 읽었고 집에 책이 있는 거와 상관없이 나는 도서관에 가는 게 좋다. 공들여 읽을 책을 고르는 시간이 좋다. 어떨 때는 3시간이나 걸리기도 하고 결국 10권씩 빌려올 때도 있다.

점심을 거의 먹지 않아서 책을 읽으러 가기 전 빵에 버터를 발랐다. 나는 찐빵을 먹으면 안 되는데 점심으로 찐빵이 나왔기 때문이다. 사실 딱 한 개만 먹었다. 그래서 지금 배가 너무 고프다. 어차피 난 아무도 보는 사람이 없을 때 혼자서 조용히 먹는 걸 제일 좋아한다. 버터를 바른 빵은 내가 제일 좋아하는 음식이다. 빵을 하나 더 꺼내 버터를 바르고 편안한 바지와 집에서 입는 후드 티로 갈아입은 다음, 손에 책과 빵을 들고 소파에 누웠다. 오랜만에 느껴보는 행복한 순간이야. 그런데 그때 문이 열리는 소리가 들렸다. 엄마가 벌써 왔나 보다. 에휴.

하지만 집에 돌아온 건 엄마보다 훨씬 별로인 사람이었다. 오빠가 친구들을 데리고 집에 온 것이다. 다들 하나같이 싫지만 사실 난 그중 한 명인 마테이를 좋아한다. 아니, 실은 사랑한다. 마테이는 오빠 친구들 중에 유일하게 멍청하지 않은 사람이다. 왜 하필 이럴 때 난 후줄근한 옷에 빵이

L
M
N

나 먹고 있는 거냐고. 그사이에 오빠랑 친구들은 마구 밀치고 들어와서 나를 쳐다봤다.

"뭐야, 너 테니스 간다며?" 오빠가 말했다.

그러자 오빠 친구 중 한 명이 "야, 너 테니스도 칠 줄 알아?" 하고 웃음을 터뜨렸다. 나 같은 뚱땡이는 테니스도 못 칠 줄 알았나 보지.

"응, 육중함이 완전 세리나 윌리엄스 뺨치지 않냐?" 저 말을 하는 오빠를 죽여버리고 싶다. 오빠 친구들이 숨이 넘어가게 웃는다. 마테이만 빼고. 다른 오빠 친구들이랑 다른 이유다.

"테니스는 네 살 때부터 다녔거든?" 간신히 받아쳤지만 울컥해서 목소리가 떨렸다.

"어쩌라고. 우리는 방에서 논다." 오빠가 손을 흔들었다. 어차피 자기 방에 들어갈 거면서 왜 굳이 와서 시비를 거냐고!

"아, 먹을 거나 좀 가지고 들어가야지. 너네도 뭐 먹을래?"

오빠 친구들은 안 먹겠다고 한다. 여기 있기 싫어. 나는 내 방으로 가려고 책을 덮었다. 그런데 소파에서 일어나는 순간 오빠가 말했다. "야, 또 여기 있던 거 다 먹었네. 집에 소라도 한 마리 키우는 줄."

오빠 친구들이 웃는다. 이번에는 마테이도 웃는다.

"빵 딱 두 개밖에 안 먹었다고, 나쁜 놈아!" 받아쳤지만 울음이 터질 것 같았다. 빨리 방으로 들어가야 돼. 후다닥 내 방에 들어오자 기분이 조금 나아졌다. 절대 안 울 거야. 어째서 저딴 놈이 내 오빠인 거야? 왜! 그때 오빠가 방에서 하는 말이 들려왔다. "쟤는 매일 책 읽으면서 먹기만 해." 그 뒤로는 게임 이야기와 웃음소리만 들렸지만 더 이상 참을 수가 없었다. 나는 다시 옷을 갈아입고 이번에는 테니스 라켓도 미리 챙겼다. 밖에서 읽어야겠어. 어차피 여기선 방해만 되고 지금은 마테이를 마주치고 싶지 않아.

정말 사랑하지만 난 말을 걸 만큼 용기가 없어서 같이 이야기를 나눌 수도 없는걸.

방에서 나와 신발을 신는데 마테이가 막 오빠 방에서 나왔다. 그사이에 옷을 다 갈아입어서 다행이었다.

"가서 그걸로 한 대씩 때려 버려."

마테이가 그 말을 하며 테니스 라켓을 가리켰다. 농담으로 하는 말이 아니었다. 이러니까 내가 마테이를 사랑하는 거야. 다른 오빠 친구들이랑 다를 줄 알았어. 어차피 부끄러워서 아무 대답도 못 했지만 그건 괜찮아.

"그거 재미있어?" 마테이가 다시 물었다.

와, 마테이가 나한테 말을 걸어주다니.

"아니, 재미없어." 한참을 망설이다가 간신히 대답했다. 분명히 내가 한 박자 느린 애라고 생각하겠지.

"너 뭐 하냐?" 오빠가 빼꼼 고개를 내밀었다. "지금 내 동생이랑 이야기하냐? 왜?"

"아니야, 뭐래, 그런 거 아니거든." 마테이가 그 말을 하며 날 지나쳤다. "내가 저렇게 어린애랑 무슨 할 말이 있다고." 마테이가 덧붙였다. 다행히 저 말이 들려왔을 땐 신발을 다 갈아 신어서 재빨리 밖으로 나올 수 있었다. 그래서 오빠한테 넌 진짜 짜증 나는 놈이라고 쏘아붙일 틈도 없었다.

하지만 내가 어려서 아니, 마테이보다 어려서 그런 게 아니다. 알리체나 데니스였다면 마테이도 오빠도 평범하게 말을 걸었겠지. 다 내가 뚱뚱해서 그런 거다. 아니, 사실 뚱뚱한 것도 진짜 이유는 아니다. 라트카도 뚱뚱하지만 친구가 많고 B반의 루카스랑 사귀기도 하잖아. 아마 사실은 내가 이상해서 그런 것 같다. 내가 책 읽는 걸 좋아해서. 하지만 진짜 이상한 사람들은 책 읽는 게 재미없다고 하는 사람들이란 말이야. 세상에서 독서만큼 좋은 게 도대체 어디 있냐고. 어른이 되면 바보 같은 테니스 수업도, 기타 수업도 안 다닐 거야. 회사에서 책을 읽는 어른이 될 거야. 난 오로지 책을 읽을 때 행복하니까. 그러니까 다들 멋대로 생각하라 그래. 특히 마테이, 그리고 오빠랑 엄마도.

시내 쪽으로 걸으면서 속으로 이런 생각을 쏟아내도 여전히 마음이 울적했다. 날 이해하는 사람은 아무도 없구나. 결국 난 아무 남자도 못 사귀어보겠지.

담배와 신문을 파는 가판대에서 초코바 두 개를 샀다. 어차피 뚱뚱한 게 문제의 원인도 아니니까. 내가 아무리 날씬해도 책밖에 모르고 사람들과 어울릴 줄도 모르면 누가 나한테 관심이 있겠어. 계산을 하고 벤치에 앉아 초코바 하나를 까먹으며 책을 읽었다. 하지만 주변에 자꾸 사람들이 지나다니는 게 거슬렸다. 완전히 혼자 있고 싶어. 다시 책을 챙겨서 공원으로 향했다. 이번엔 걸으면서 책을 읽었다. 중독성 있는 책은 종종 이렇게 읽기도 한다.

그러다가 맞은편에서 오던 남자와 부딪히고 말았다. 하지만 남자는 사과하지 않았다. 어린애한테는 사과할 필요도 없다는 거야? 내가 뒷모습을 노려보자 남자도 홱 하고 뒤를 돌아봤다. "뭘 봐? 눈 똑바로 뜨고 다녀." 그 말을 하는 남자의 눈도 내가 책을 보는 눈처럼 핸드폰 화면에 꽂혀 있었다. 나는 똑바로 걷고 있었는데 자기가 와서 부딪힌 거면서! 그래놓고 나한테 저렇게 무례하다니.

공원에 도착해 사람이 적은 길을 따라 걸으며 편하게 앉을 곳을 찾아보다가 곧 키가 큰 덤불로 둘러싸인 장소를 찾았다. 바닥에 잔디가 예쁘게 깔려 있었다. 어차피 스웨터를 깔고 앉을 거니까 괜찮아. 이런 장소를 찾아내다니 기분이 좋았다. 사람들이 자주 오가는 곳과 떨어져 있고 시끄러웠던 소리는 작게 멀어졌다. 테니스 수업까지는 한 시간 정도 여유가 있겠어. 오늘 하루를 시작하고 이제야 처음 느끼는 편안함이었다. 아무도 오지 않는 곳에서 책을 읽을 수 있다니.

잠시 책을 읽고 있는데 갑자기 조그만 여자애 하나가 나타났다. 아마 내가 태어나서 본 중에 제일 예쁜 여자아이일 거다. 그런데 어딘가 이상했다. 입고 있는 옷부터 뭐랄까, 엄마가 골라준 옷을 그대로 입은 것 같다. 다른 애들이라면 절대 안 입을 것 같은 청바지에 유치한 그림이 그려진 후드티 그리고 정말 안 예쁜 안경을 썼다. 행동도 어딘가 이상했다. 하지만 난 곧 알 수 있었다. 쟤는 자기가 얼마나 예쁜지 모르고 있구나. 그런 건 신경 쓰지 않거나. 이상한 애라서.

카트카도 동물을 키우니?

밀 카트카는 이렇게 알게 된 사이다. 성은 모른다. 이름과 7학년이라는 점, 볼 때마다 다른 책을 읽고 있는 걸 보면 책을 엄청 빨리 읽는다는 것 말고는 아는 게 없다. 아, 곤충을 좋아하지 않는다는 사실도 알지. 그런데 그건 딱히 특이한 점은 아니다. 대부분의 사람들은 곤충을 싫어하니까.

우린 종종 아지트에서 만나서 카트카는 책을 읽고 나는 내 할 일을 한다. 나한테 할 일이라는 건 그냥 뭐든 뚫어져라 쳐다보고 있는 것뿐이지만. 그건 카트카가 해준 말이다. 너는 맨날 뚫어져라 쳐다보고만 있어. 하지만 카트카가 나쁜 뜻으로 한 말은 아니다. 책이랑 먹을 걸 지나치게 좋아해서 걔도 이상하긴 마찬가지니까. 카트카는 항상 뭔가를 먹고 있고 내게도 준다. 하지만 나는 입맛이 없거나 배가 전혀 고프지 않을 때도 있어서 잘 받아먹지 않는다. 그렇게 우리는 각자 아지트에서 놀다가 각자 자리를 털고 일어나서 돌아간다. 그래서 카트카가 우리 집에 오는 일이 부모님을 정말 안심시킬 수 있을지는 사실 모르겠다.

"음, 조금 뚱뚱하고 책을 엄청 많이 읽어." 결국 부모님께 말했다. "7학년인데 우리 학교는 아니야. 어느 학교에 다니는지는 모르겠어."

"7학년이라고? 7학년이 5학년이랑 무슨 이야기를 하는데?" 아빠가 묻자 엄마가 조용히 속삭였다. "그만해."

"같이 이야기는 거의 안 해." 내가 말했다. 당연하잖아. 내가 언제부터 사람들이랑 그렇게 말을 많이 했다고.

그사이 우리는 집에 도착했다. 아빠는 바로 회사로 돌아갔다. 엄마가 현관문을 열었다.

“집에 들어올 거야? 아니면 나갈 거야?”

“나갔다 올래.”

“그럼 핸드폰 소리 켜고 8시까지는 집에 와.”

우리 부모님이 정말 좋은 사람인 이유가 바로 이런 거다. 엄마는 숙제가 있냐고 묻지도 않는다. 그래도 나는 숙제가 있으면 항상 저녁에 집에 돌아와서 해둔다.

엄마는 내가 핸드폰 벨소리를 켤 때까지 기다렸다.

“카트카한테 올 건지 물어봐, 알겠지? 어떤 애일지 궁금하네. 오늘 바로 와도 돼.” 그 말을 하는 엄마의 표정이 새삼 진지하다. 사실 카트카는 없는 사람이라고 고백이라도 할까 봐 걱정되는 눈치다.

나는 “응.” 하고 대답하고 카트카에게도 만나면 물어봐야겠다고 생각했다. 부모님한테 이렇게나 중요한 일이라면. 그런데 오늘은 카트카가 안 올 수도 있다. 우리는 언제 아지트에 갈지 서로 약속을 해두고 만나지 않으니까. 그리고 꼭 그런 이유가 아니더라도 내가 아지트로 가는 길에 흥미로운 걸 발견하면 그걸 한참 구경하느라 미처 도착도 못 할 때도 있다.

하지만 오늘은 곧장 아지트에 도착했다. 카트카는 벌써 와 있었다. 오늘도 저번과 다른 책을 가져와 읽으면서 바게트를 먹고 있었다. 땅벌 한 마리가 주변을 맴돌았다.

“안녕.”

“안녕.”

땅벌이 계속 주변을 날아다녔다.

“벌 좀 다른 데로 데려가. 엄청 방해된다고.”

그건 내가 어쩔 도리가 없었다. 동물들이 내 말을 항상 들어주는 건 아니니까.

“아, 집에 갈래. 가는 길에 도서관이나 들러야겠어.” 카트카가 책을 탁 하고 덮었다. “여기 있을 이유가 없어졌어.”

화가 나 보여서 무슨 일이 있었냐고 물었지만 카트카는 아무것도 아니라고 했다. 아무것도 아니라고 하니까 아무것도 아니겠지, 뭐. 카트카가 짐을 챙겨 일어나려는데 엄마가 했던 말이 생각났다. 하지만 “우리 부모님이 널 내 상상 속 친구라고 생각하니까 와서 아니란 걸 보여줘.”라고 하고 싶진 않았다.

“우리 집에 갈래? 책은 우리 집 마당에서 읽어도 돼. 집에 작은 마당이 있거든. 거긴 벌이 없어. 그리고 엄마가 아이스크림 볼 만들어 주신대.”

카트카는 잠깐 놀란 듯 했지만 곧 어깨를 으쓱했다. “그러지 뭐…….”

“그럼, 지금 갈래?”

카트카가 흠칫 놀랐다. “지금 당장?”

“응. 어차피 다른 데로 가려고 했잖아.”

“글쎄……. 도서관에 가고 싶은데.”

“우리 엄마한테 책이 정말 많아. 우리 집에서 빌려 가도 돼.”

“그래? 정말?” 갑자기 꽤 관심이 생겼나 보다.

그 순간 새 한 마리가 날아오르는 게 보였다. 나는 새 이름을 잘 맞힌다. 이 시간에 시내에서는 염주비둘기, 집비둘기, 검은지빠귀를 제일 흔하게 볼 수 있고 시내 외곽의 밭에는 갈까마귀들이 조금씩 무리 지어 있다. 그런데 저 새는 크기가 좀 큰 걸 보니까 황조롱이 같은 맹금류인 것 같은데…….

“그럼 갈까?” 카트카의 목소리가 흐릿하게 들려온다. “야! 내 말 듣고 있어?” 나는 그제야 황조롱이에게서 눈을 뗐다. 아, 맞다. 카트카랑 이야기하고 있었지.

카트카가 인상을 찌푸리고 있었다. “그럼 가자니까? 대신 잠깐만 있다 갈 거야. 너네 집에 있는 책 구경해도 된다고 했지?”

황조롱이는 그새 날아가 버려서 자리에서 일어났다. 카트카를 데리고 집에 가서 부모님께 내게도 친구가 있다는 걸 보여줄 생각을 하니 기뻤다. 그리고 책은 당연히 빌려줄 수 있다. 안 될 이유가 없지. 나는 책 읽는 걸 그렇게 좋아하진 않는다. 책을 읽고 있으면 글자가 자꾸 여기저기로 튀어 나가는 것 같아서 엄청 집중을 해야 하는 데다 그다지 재미있는지도 모르겠다. 난 난독증이 조금 있다. 난독증은 책을 읽는 데 어려움이 있다는 뜻이다. 나쁜 병 같은 건 아니지만 계속 책 읽는 법을 훈련해야 해서 재미가 없다.

카트카와 집에 도착하니 엄마가 활짝 웃으면서 좋아했다.

“네가 우리 밀리 친구구나! 어서 들어와, 만나서 정말 반가워.”

“안녕하세요…….” 카트카가 기어들어 가는 목소리로 대답했다. 카트카에게 이 상황이 전혀 편하지 않다는 게 분명했다. 나는 아직 카트카를 잘은 모르지만 ‘이 애는 정말 사람을 무서워하는구나.’라고 생각했다. 지난번에는 같이 길을 걷다가 아기를 안고 있는 어떤 아주머니가 우리에게 뭔가를 물어봤는데 대답하는 카트카의 얼굴이 새빨개져 있었다. 아주머니는 그냥 광장으로 가는 길을 물어봤을 뿐이었는데. 그때 카트카가 자기는 낯선 사람이랑 이야기하는 걸 좋아하지 않는다고 했다. 지금은 우리 엄마가 바로 그 낯선 사람인 거고.

엄마는 곧 아이스크림 볼을 만들러 갔다. 카트카가 그사이에 책장을 훑어보더니 내게 귓속말을 했다. “책 좀 빌려 가도 되는지 여쭤봐.” 그래서 엄마에게 가서 물어봤다.

“당연하지, 빌려 가라고 해.”

엄마가 아이스크림 볼을 가져왔다. 아이스크림 위에는 쿠키도 꽂혀 있고 시럽과 크림도 올라가 있었다. 엄마가 카트카에게 무슨 책을 빌리고 싶은지 묻자 카트카가 손가락으로 책을 가리켰다. 렉스 스타우트의 '침묵의 연사'와 아서 헤일리의 '에어포트'라는 책이었다.

"너 이런 책도 읽니?" 엄마가 조금 놀란 듯이 물었다. 그러자 카트카가 자기는 탐정 소설을 좋아하고 두 번째 책은 재미있어 보여서 골랐다고 대답했다. 엄마는 여전히 표정이 조금 이상했다. 왜 그런 거지? '에어포트'. 뭐, 아마 비행기에 대한 내용일 거고, '침묵의 연사'는 제목도 이상한데 표지에는 나이 든 남자들이 그려져 있었다. 뭔지는 몰라도 엄청 지루해 보여.

"부모님도 아시니?"

"당연하죠. 도서관에서 성인 도서 코너에 가면 저도 빌릴 수 있어요."

"그러니? 그렇다면 뭐……. 자, 그럼 아이스크림 먹으러 가자."

우리는 다 같이 마당으로 나갔다.

아이스크림을 먹는 내내 엄마는 우리 옆에 앉아서 계속 질문을 쏟아냈다. 대답은 내가 다 했다.

"카트카는 어느 학교에 다녀?"

"아파트 단지 쪽에 있는 학교래."

"그래서, 책을 그렇게 좋아한다며?"

"응, 엄청 좋아한대."

"어떤 책을 제일 좋아하니?"

"지금은 추리 소설인데 전에는 모험 로맨스랑 고전도 읽었대."

"우리 밀리는 책을 안 읽어. 아줌만 어릴 때 정말 많이 읽었거든."

난 여기까지만 듣고 더 이상 듣지 않았다. 그냥 주변을 바라보며 자연과 합쳐졌다. 엄마는 내가 또 나만의 세계에 빠져 있다는 걸 눈치챘는지 주제를 동물로 바꾸었다. 나랑 같이 이야기를 나눌 수 있는 제일 무난한 주제니까. 엄마는 카트카에게 나처럼 동물을 좋아하는지 물었다. 카트카는 어깨를 으쓱이며 안 좋아하는 것 같다고 했다. 카트카랑 이런 이야기는 해 본 적 없지만 땅벌 때문에 이미 예상했던 대답이었다.

"우리 밀리는 동물을 너무 좋아해. 그렇지?"

"으응……."

"커다란 수조에 거북이도 키우잖아, 그렇지? 마당에서 고양이도 두 마리 키워. 그런데 밀리는 곤충을 더 좋아해. 나는 정말 이해가 안 가는데 말이야. 밀리는 거미를 키우고 싶대. 어휴!"

그러자 카트카가 날 이상한 눈빛으로 쳐다봤다.

"거미?"

"응. 나는 커서 타란툴라 키울 거야."

이번엔 카트카의 표정이 조금 일그러졌다.

"왜 그래?"

"아냐, 그냥. 별거 아냐."

"넌 어떠니 카트카? 카트카도 동물을 키우니?" 엄마가 물었다.

"네……." 카트카가 기어들어 가는 목소리로 대답했다. "저희 오빠가 키워요……."

"뭘 키우는데?" 내가 물었다. 생각해 보니 오빠가 있는지도, 키우는 동물이 있는지도 물어본 적이 없었다.

"타란툴라요." 카트카가 슬픈 목소리로 대답했다. 나는 그 말을 듣자마자 의자에서 펄쩍 뛰어내렸다.

"정말?! 정말로?"

"응. 완전 징그러워."

“아이고. 집에서 타란툴라를 키워?” 엄마는 정말 그런 사람이 있다는 게 믿기지 않는 투였다.

“카트카! 부탁할게, 응? 나 너희 집에 타란툴라 한 번만 보러 가도 돼?” 엄마! 나 카트카 집에 가도 돼요?”

“뭐……. 당연히 가도 되지. 카트카가 부모님께 여쭤보고 허락하시면 가도 되지.”

“지금 가면 안 돼?” 내가 카트카에게 물었다.

“음……. 모르겠는데.”

“왜? 왜 안 되는데?”

“밀리, 그건 예의 없는 행동이야. 카트카가 집에 가서 물어볼 거야. 그 동안에 거미는 도망 안 가……. 아니, 안 가길 바라야지.” 엄마가 농담을 했다. 평소라면 함께 웃었겠지만 지금은 도대체 뭐가 문제인지 이해가 안 된다. 벌써 아이스크림도 다 먹었고 엄마도 카트카가 진짜 있는 애라는 걸 확인했는데 왜 쓸데없이 여기 계속 앉아 있어야 하는 거야? 그 시간에 가서 살아 있는 타란툴라를 직접 보고 내 손 위에 올려볼 수도 있을 텐데. 거미들은 사람이 들었다 놨다 하는 걸 싫어하긴 하지만 그래도 나는 곤충이랑 아주 특별한 사이니까 내가 만지면 조금 낫지 않을까? 그런데 사실 날 아직 낯설어하겠지? 그럼 서로 알아간 뒤에 만져봐야지. 일단 그 타란툴라를 자주 볼 수라도 있었으면.

“카트카, 부탁이야!”

“알겠어. 물어볼게.”

“빨리 오빠한테 전화해 봐, 응? 아니면 문자라도 보내봐.” 도대체 뭐가 문제인 거야? 카트카 오빠가 싫어할 이유가 없잖아? 오빠가 지금 집에 없다고 하면 거미집을 열어보지 않고 가만히 구경만 하면 되잖아. 나도 그

렇게 멍청하진 않다고.

"오빠가 지금 운동하고 있을 시간이라서 그래."

"언제까지?"

"밀라. 이제 그만해." 엄마가 단호하게 말했다. 하지만 난 아직도 불만이었다.

"그럼 전 이만 갈게요." 카트카가 말했다. 난 입을 삐죽 내밀고 카트카를 쳐다봤다. "물어보겠다니까." 카트카가 그렇게 말했지만 난 벌써 이미 화가 많이 났다. 그냥 지금 바로 집으로 가서 오빠 운동이 끝날 때까지 기다려도 되잖아. 나는 자리를 박차고 일어나 집으로 들어가 버렸다. 엄마가 뒤에서 뭐라고 하는 소리는 더 이상 듣지 않았다. 어차피 카트카에겐 내가 이상한 애라서 가끔씩 저런 행동을 한다고 그러겠지. 잘못은 걔한테 있는데. 나는 앉아서 수조를 들여다봤다. 메기가 유리를 닦고 다른 물고기들은 유유히 헤엄치고 있었다. 그때 엄마가 방문을 똑똑 두드렸다. 난 지금 화가 나서 엄마를 보고 싶지 않다는 걸 알면서. 대답하지 않아도 어차피 들어오겠지. 노크는 그냥 하는 거면서. 그런데 엄마가 방문을 다시 두드렸다.

"들어오세요." 이번엔 대답을 했다.

그런데 방으로 들어온 건 카트카였다.

"그렇게 가고 싶으면 가자."

나는 자리에서 벌떡 일어났다. 정말 기쁘다. 사람들이 왜 기쁘면 다른 사람을 끌어안는지 갑자기 알 것만 같았다. 물론 카트카를 끌어안지는 않았지만 지금 이 순간만큼은 그게 싫지 않을 것 같다. 신기하다.

"그래도 가는 길에 도서관은 들르는 거다?" 카트카가 말했다.

세 명이 되다

밀 우리는 버스를 타러 나란히 걸어가면서도 서로 아무 말을 하지 않았다. 같이 할 말도 없었다. 정말 설렌다. 오늘이 내 생일이라도 된 것 같았다. 정확히 어떤 종의 거미일지 어떻게 생겼을지 조심스럽게 쓰다듬어라도 볼 수 있을지 상상했다. 태어나서 처음으로 커다란 진짜 거미를 손 위에 올려 볼 수 있을 것이다. 신이 나서 카트카 옆에서 폴짝폴짝 뛰었다. 버스를 타고 가야 하는데 정류장에서 한참 기다려도 버스가 오질 않았다.

"그냥 걸어서 가면 안 돼?" 물어보는 순간 버스가 도착했다.

버스에 타니 문 바로 앞에 여자애 서넛이 앉아 있었다. 카트카는 그 애들을 보더니 이상하게 행동하기 시작했다. 인사를 하는 걸 보면 서로 아는 사이 같은데. 그때 카트카가 내게 조용히 말했다.

"야, 너는 저기 뒤로 가서 앉아. 알겠지?" 카트카가 손가락으로 뒤쪽을 가리켰다.

"왜?"

"그냥 좀 가."

왜 그러는지는 모르겠지만 일단 쭉 뒷자리로 걸어가 카트카가 내 옆에 앉을 수 있게 창문 쪽에 붙어 앉았다. 그런데 카트카는 내 쪽으로 조금 걸어오는 듯하더니 그 자리에 그냥 서 버렸다. 처음에는 반 친구들이랑 따로 이야기를 하고 싶어서 나 혼자 멀리 보낸 건 줄 알았는데 카트카는 그 애들과도 멀찍이 다른 곳에 서 있었다.

한두 정류장쯤 갔을까, 여자애들이 자리에서 일어나 카트카 쪽으로 가더니 뭐라고 말을 하기 시작했다. 가만히 들어보니 그 애들은 카트카의 친구가 아니었다. 카트카에게 기분 나쁜 말을 해대고 있었으니까. 그 애들은 카트카를 '뚱땡이'라고 불렀다. 몸에서 냄새나는데 지금 씻으러 가는 길이냐는 말도 들렸다. 하지만 카트카는 아무 말도 하지 않았다. 웃기는 소리 하지 말라고 받아치는 게 들렸지만 곧 목소리가 울 것처럼 떨렸다. 여자애들도 그게 들렸는지 오히려 더 크게 깔깔댔다. 나는 일어나서 그쪽으로 다가갔다.

"그만해." 내가 말했다.

저 애들이 날 비웃는 건 무섭지 않았다. 어차피 날 비웃는 사람은 많으니까. 아니, 그렇게 많지는 않고 그럴 때도 있다는 뜻이지만, 어쨌든 난 그런 건 상관없으니까.

"뭐라고?" 그중에 한 명이 말했다. "저능아가 뚱땡이를 지켜주려나 봐." 그러더니 다른 애들 쪽으로 고개를 돌렸다. "나 얘 알아. 내 여동생이 얘랑 사육사 수업을 들었는데 거기 있던 동물을 죄다 길에 풀어줬대."

사실이 아니지만 지금 그건 상관없다.

"내 동생이 그러던데 얘는 지능이 좀 모자라대." 그 애가 자기 친구들에게 설명하듯 말했다.

"너는 완전 말 앞니야." 내가 말했다. "여드름도 진짜 징그러워."

그 말에 나머지 둘이 깔깔 웃자 카트카가 내게 말했다. "그만 좀 해."

"나보고 하는 말이야? 쟤들 보고 그만하라고 그래. 왜 우리한테 시비를 거는 거야? 우리는 그냥 도서관에 가는 거라고."

도서관에 간다는 말에 여자애들 모두가 웃음을 터뜨렸다. 세상에서 제일 웃긴 농담이라도 들은 것 같았다.

"야, 너는 가서 앉아." 카트카가 내 엄마라도 되는 것처럼 명령했다.

"우와, 뚱땡이가 저능아를 키우나 봐."

“그런 거 아니라고.” 카트카가 받아쳤다. 기왕이면 내가 저능아가 아니라는 말도 좀 해주지. 다행히 이제 내려야 했다. 여자애들은 우리 뒤통수에 대고 계속 ‘뚱땡이’, ‘저능아’라고 소리를 질렀다.

다시 아무 말 없이 나란히 걸어가고 있는데 아까 설레서 뛸듯이 기뻤던 마음이 사라져버렸다. 카트카는 금방이라도 울음이 터질 것 같은 얼굴을 하고 빠른 걸음으로 앞서가고 있었다.

“기다려, 너무 빨리 가잖아.”

“그럼 나랑 안 다니면 되잖아!” 카트카가 고개를 홱 돌리고 소리를 질렀다. 그 자리에서 그대로 다리가 굳어버렸다. 어째서 나한테 이렇게 구는 거지? 나는 도와주려고 했는데 자기는 내 편을 들어주지도 않았으면서.

“왜 아까 버스에서 그냥 앉아나 있지 괜히 나댄 거야?”

“널 도와주고 싶었으니까! 너는 걔네가 내 욕할 때 가만히 있었잖아.”

“욕은 너 혼자 먹었어? 그래서 어쩌라고? 네가 상황을 더 나쁘게 만들었잖아. 나는 네가 하자는 대로 너네 집에도 가고, 네가 징그러운 거미가 보고 싶대서 꼴도 보기 싫은 오빠한테도 데려가 주고 있잖아. 널 기쁘게 해주려고. 그런데 너는 가만히 앉아 있는 것 하나 못 해?”

그 순간 이 상황이 너무 불공평하게 느껴졌다. 나는 그저 도와주려고 했을 뿐인데 나한테 빽빽 소리를 지르다니.

“그럼 너랑 아무 데도 같이 안 갈 거야!”

“잘됐네! 바라던 바였어!”

“앞으로 내 아지트에 얼씬도 하지 마!” 내가 소리 질렀다.

“그딴 거 어차피 필요 없었어! 니 멋대로 해!”

“넌 돼지야!”

“넌 저능아야!”

나는 곧장 몸을 틀어 가버렸다. 엿 먹으라 그래. 한참을 걷다가 뒤를 돌아보니 카트카도 벌써 가버렸는지 보이지 않았다. 갑자기 슬픔이 몰려왔다. 이건 타란툴라를 못 보게 되어서 슬픈 거야. 다른 이유가 뭐가 있겠어.

걸어서 집으로 돌아왔다. 엄마가 타란툴라는 어땠냐고 물었다. 다행히 타란툴라에 대해 아는 게 많아서 전부 지어낼 수 있었다. 하지만 엄마가 카트카 오빠는 이름이 뭐냐고 물었을 때는 모른다고 대답했다. "어휴, 너도 참……." 엄마가 고개를 절레절레 흔들었다.

방에 가서 거북이랑 놀다가 숙제를 했다. 하지만 여전히 기분이 나아지지 않았다. 거미 때문에 슬픈 게 아닐 수도 있다는 생각이 들었지만 이해가 되지 않았다. 카트카는 사실 내 진짜 친구도 아니고, 우리는 그냥 몇 번 같은 장소에서 각자 시간을 보냈을 뿐이지 이야기를 하면서 노는 사이도 아닌데. 그리고 그렇게 못되게 굴었잖아. 나도 조금 나빴긴 했지. 사실 뚱뚱한 사람에게 뚱뚱하다고 하면 안 되니까. 안경 쓴 사람한테 안경잡이라고 하거나 돈이 없는 사람에게 거지나 거렁뱅이라고 하면 안 되는 것처럼.

다음 날에는 마침 방과후 수업이 없어서 우리 아지트에 가서 오후 내내 카트카를 기다렸다. 카트카가 오면 속으로는 뚱뚱하다고 생각하지만 그냥 뚱뚱하지 않다고 말해준 다음 다시 친구 사이로 돌아가야지. 그 친구 사이라는 게 그냥 한 공간에서 각자 시간을 보내는 것뿐이라도.

하지만 기다려도 카트카는 아지트에 오지 않았고 시간도 꽤 흘렀다. 벌써 해가 지기 시작했고 화가 난 엄마의 전화에 핸드폰이 울렸다. 오늘 하루 중에 있었던 좋은 일 딱 하나는 공원에서 사람을 무서워하지 않는 어린 까치를 만났을 때뿐이다. 까치는 새로운 사람이 나타날 때마다 그쪽으로 폴짝폴짝 뛰어갔다. 먹을 걸 조금 주었더니 내 주변을 떠나고 싶지 않아 했

다. 햇살 아래서 깃털이 파란색으로 빛났다. 카트카에 대한 생각을 잊을 수 있었던 유일한 순간이었다. 까치를 우리 집에 데려가고 싶었다. 하지만 까치는 그냥 내 뒤를 폴짝폴짝 따라오기만 했다. 내가 공원에서 나오자 잠깐 내 뒤를 따라 걷다가 날아올라 다시 공원으로 돌아가 버렸다.

둘째 날은 방과후 수업 때문에 우리 아지트에 갈 수 없었고 그다음 날에 다시 가봤다. 하지만 카트카는 여전히 거기 없었다. 그냥 화가 나서 그런 거지 진심으로 한 말은 아니었어. 나는 괜찮으니까 카트카도 다시 와도 되는데. 이제 더 이상 내 아지트가 아니라 우리 아지트니까. 꼭 함께 이야기를 하면서 놀지 않아도 난 우리가 친구라고 생각하니까.

쪽지라도 남겨둬야겠어. 그런데 집에 오는 길에 갑자기 내일은 도서관에 가서 기다려봐도 되겠다는 생각이 들었다. 카트카는 도서관에 자주 가니까. 거기서 만나면 다시 친구가 될 수 있을 것 같았다. 왜 진작에 이 생각을 못했지?

다음 날 나는 먼저 우리 아지트로 뛰어가서 쪽지를 확인했다. 쪽지는 내가 둔 그대로 있었고 글자는 축축하게 젖어 있어서 읽을 수가 없었다. 이번엔 도서관으로 갔다. 벤치에 앉아서 도서관에 드나드는 사람들을 한 명씩 뜯어 봤다. 사람들 얼굴에 집중하자니 너무 힘들어서 머리가 아팠다. 하지만 카트카는 오지 않았다. 그런데 갑자기 다른 한 명이 눈에 들어왔다. 누구인지 떠올리는 데 잠깐 시간이 걸렸다. 아! 알겠어. 저번에 내가 친칠라를 가져다 줬던 그 작은 남자애였다.

그 애에게 다가갔다. “안녕.”

“안녕. 그런데 네가 누군지 모르겠어. 나는 모르는 사람이랑 이야기 안 해.”

“친칠라는 잘 키우고 있어?” 친칠라가 어떻게 지내는지 궁금해서 내가 물었다. 그동안 친칠라의 안부를 궁금해하지 않았다는 게 조금 부끄러웠다. 방학 전이었던 것 같은데 그럼 꽤 오래 전이니까. 그런데 그 애가 내 쪽으로 확 다가오더니 거의 고함치듯이 말했다. “너 나 친칠라 키우는 거 어떻게 알았어?! 그걸 네가 어떻게 알아?”

“아……. 내가 줬으니까.”

그 애가 날 뚫어져라 바라봤다. “네가 줬다니? 그건 그 할아버지가 키우던 친칠라인데….”

그래서 내가 그 애의 집에 친칠라를 가져가서 벨을 누르고 한 층 위로 숨은 걸 알려줬다. 친칠라를 가지고 들어간 걸 확인하고 집으로 돌아갔다고. 그런데 남자애가 갑자기 뛸듯이 기뻐했다. “진짜 다행이다! 네가 그냥 가져다 준 거였구나!”

“그렇지….”

그런데 이번에는 갑자기 마구 화를 냈다. “그럼 왜 그냥 평범하게 와서 건네주지 않은 거야? 그냥 문 앞에 서 있다가 나한테 줬어도 됐잖아!”

“몰라. 그렇게 해야 너희 어머니가 허락하실 것 같았거든. 문 앞에 서 있으면 아주머니가 나보고 그냥 가지고 돌아가라고 하실 거 같았어. 그리고 나는 못 키우는데 너는 갖고 싶어 하는 것 같았거든.”

“나는 무슨 마법 같은 게 친칠라를 우리 집에 데려온 줄 알았다고!”

나는 어깨를 으쓱했다. “그게 무슨 상관이야? 일단 친칠라가 너한테 왔다는 게 중요하지.”

"어떻게 상관이 없어! 다들 마법이나 기적 같은 건 없다고 하는데 갑자기 그런 일이 생겨버렸다고! 그럼 다른 일도 생길 수 있다는 거잖아. 모르겠어? 그래서 내가 얼마나 무서웠는지 알아? 진짜 나쁜 일이 벌어질 수도 있는 거잖아. 내 친칠라가 초자연적인 존재라든가, 저주에 걸렸다거나 그런 일 말이야!"

처음에는 웃음이 터질 것 같았다. 귀신을 믿는다니. 하지만 사뭇 진지한 표정이 보였다. 아직 어려서 그렇다고 생각하니까 이해가 됐다. 그리고 당연한 이야기지만 사람들은 저마다 다른 걸 무서워하니까. 예를 들어, 나는 시끄러운 소리를 내는 기계가 무섭다. 그리고 건설 현장이나 톱으로 나무를 자르는 걸 보면 너무 불안하다. 아, 그리고 내가 제일 무서워하는 건 우리 가족이 차를 타고 가다가 사고가 나서 자동차가 강으로 떨어지는 상상이다. "정말 사람들은 저마다 무서워하는 게 다르다니까." 언젠가 엄마가 했던 말이 생각났다.

"그 생각까지는 못했어. 미안해. 마법 같은 건 없었어."

"다행이다." 그 애가 엄청 진지한 목소리로 대답하고 벤치에 앉았다. 나도 딱히 할 게 없어서 옆에 가서 앉았다. 우리는 잠시 서로 모르는 사이처럼 앉아 있었다. 더 할 말도 딱히 없었다. 이름은 까먹었지만 그 친칠라가 잘 지내고 있다니 다행이었다.

"친칠라 이름이 뭐야?"

"패드풋. 나는 페트르야. 너는?"

"밀라."

"어, 초코바 이름이랑 똑같네?"

"응, 맞아." 페트르는 내 이름을 듣고도 웃지 않았다. 이런 질문을 한 사람은 페트르 말고도 많았지만 내 이름이 웃기다고 생각하지 않는 사람은 처음이었다.

“난 사실 패드풋이 조금 무서웠거든. 당연히 좋아하고 잘 키우고는 있지만 말이야.” 페트르는 자길 혼내려고 온 어른한테 설명하는 듯한 말투로 말했다. “밤에만 무서웠던 거야. 낮은 아니고.”

“그렇구나…….” 나는 뭐라고 반응해야 할지 몰라 대충 대답했다.

“아, 그렇게 된 일이었다니 정말 다행이다. 진짜 최고야. 일단 이건 해결됐으니까.”

“해결이 안 된 건 뭔데?” 내가 물었다.

페트르는 내 말을 못 들은 것처럼 잠시 뜸을 들이다가 대답했다.

“수련회.”

“가 있는 동안 친칠라가 걱정돼서 그러는 거야?”

그런 사정이라면 우리 집에서 며칠 돌봐줄 수도 있다고 생각했다. 그 정도는 엄마도 버틸 수 있지 않을까?

“아니. 친칠라는 그냥 집에 있어도 돼.”

그때 얼굴에 점이 있는 아주머니가 아기를 안고 도서관에서 나왔다. 페트르의 엄마다. “페트르, 안 들어오고 뭐하니? 아, 친구랑 있었니? 아는 사이야?”

“얘는…….” 하지만 페트르가 대답을 하기도 전에 아주머니가 말했다.

“그럼 이따가 들어와.” 그리고 아주머니는 다시 유유히 도서관으로 들어갔다.

우리는 아주머니가 말을 끊고 난 뒤 잠시 조용히 앉아 있었다.

“나는 무서워하는 것도 많지만 잠도 잘 못 드는 편이거든. 수련회를 가면 낯선 곳에서 절대 잠들 수 없을 거야.”

저런 말을 굳이 왜 나한테 하는지 이해하느라 잠시 시간이 걸렸다.

수련회랑 낯선 곳에서 자는 게 뭐 어때서.

"그럼 가지 마. 안 가도 상관없잖아. 안 그래?"

"안 돼. 부모님은 나보고 가라고 하신단 말이야. 우리 반 애들도 전부 가. 아니, 거의 다 가. 그리고 안 가면 다들 놀릴걸? 열 살이나 됐는데 아직도 귀신을 믿는다고. 아니, 귀신 같은 건 안 믿지만. 아무튼 좀 복잡해. 내 말 이해 돼?"

이해는 된다만 그럼 가지 말라는 말 말고 무슨 말을 해줘야 할지 모르겠다.

"걔네가 놀리든지 말든지 상관없지 않아?

"왜 상관없겠어……."

페트르는 나사가 하나 빠진 사람을 쳐다보는 눈빛이었다. 뭐, 나도 정상이 아니긴 하지. 난 다른 사람들이나 선생님들과 하루 종일 함께 있는 시간이 싫기도 하고 그런 데를 가면 내가 하고 싶은 걸 하지 못할 게 뻔해서 학교에서 가는 수련회에 가지 않는다. 하지만 난 그 때문에 누가 날 놀릴 거라는 생각은 한 번도 해본 적 없다. 그래, 뒤에서 비웃을 순 있겠지만 어차피 그게 나랑 무슨 상관이야. 날 괴롭히지 않는 이상 나랑 상관없는 일이다. 한동안 그런 일이 없었기도 하고. 페트르에게 이걸 어떻게 설명해 줘야 할지 잠시 고민했다.

그런데 그 순간 카트카가 나타났다. 한 손에는 책이 가득 든 에코백을 들고 다른 한 손엔 책 한 권을 쥐고 도서관에서 나오고 있었다. 나는 너무 기쁜 마음에 자리에서 펄쩍 일어났다. 카트카도 기쁜 눈치였다. 일단 겉보기엔 그랬다. 서로 그렇게 못되게 굴고 나서 마주치면 어색할까 봐 걱정했는데 서로 아무런 일도 없었던 척해서 기뻤다.

"여기에서 무작정 뭐 하는 거야." 카트카가 무뚝뚝하게 말을 뱉었다.

하지만 그 말투가 진심이 아니라는 걸 느낄 수 있었다.

"오늘은 왜 아지트 안 갔어? 갈 때마다 없더라고." 카트카가 말했다.

"너도 갈 때마다 없던데. 그런데 여기서는 만날 수 있을 줄 알았어."

카트카가 당연하다는 듯이 고개를 끄덕였다.

"근데 얘는 누구야?" 카트카가 손가락으로 페트르를 가리켰다.

"얘는 페트르야."

"너도 거미 구경하러 올래?"

"뭐? 무슨 거미?"

"타란툴라." 내가 말했다.

"우웩! 싫어! 거미 정말 싫어. 지금 여기 거미를 가져온 거야?"

페트르가 화들짝 놀라 벤치에서 일어났다. 귀신 말고 다른 것도 무서워하나 보다.

"당연히 안 가져왔지. 나도 거미 진짜 싫어해. 으, 생각만 해도 징그러워. 그럼 갈까? 아니면 기다리는 사람이라도 있어?" 카트카가 아주 오래전부터 약속한 일이었던 것처럼 자연스럽게 내게 물었다.

"그러지 말고 친칠라를 구경하는 쪽이 낫지 않아?" 페트르가 말했다.

나는 고개를 저었다. 절대 친칠라가 더 나을 리 없지. "친칠라는 다음에 볼게." 물론 친칠라도 궁금하긴 하지만 타란툴라랑은 비교가 안 되지.

"음……. 그런데 친칠라는 왜?" 카트카가 말했다.

"그냥. 내 친칠라는 훈련도 잘 되어 있고 모래에서 뒹구는 모습이 정말 웃기거든. 모래 목욕을 하는 거래."

그건 좀 재미있겠다. 그래도 난 빨리 타란툴라 보러 갈래.

"그래. 그것도 귀엽긴 하겠네. 그런데 우린 이제 가봐야 해. 안녕." 내가 말했다. 그런데 페트르도 벤치에서 일어났다.

"그럼, 나도 너네랑 같이 갈래."

"그래?"

"그래."

"그런데 너 이제 곧 어두워질 텐데 이렇게 혼자서 다녀도 되는 거야? 너 몇 살인데?" 카트카가 물었다.

"열 살이야. 키가 작아서 그렇지 나 애기 아니거든? 같이 가도 돼. 엄마한테는 문자 보내두면 돼." 페트르가 핸드폰을 꺼냈다.

나는 카트카에게 어깨를 으쓱해 보였다. 뭐, 알아서 하겠지.

"근데 쟤 네 친구야?" 카트카가 소곤소곤 물었다. 페트르는 걸으면서 문자를 보내느라 우리보다 몇 걸음 뒤에서 천천히 오고 있었다.

"모르겠어. 그런데 전에 친칠라를 준 적은 있어." 내가 솔직하게 대답했다.

"뭐라고?" 카트카가 말했다.

"나 못 갈 거 같아!" 페트르가 뒤에서 소리쳤다. "엄마가 너네를 모르니까 안 된대. 난 다시 가봐야겠어."

우리는 걸음을 멈췄다.

"너 어차피 거미 무서워하잖아." 내가 말했다.

"무서워하는 거 아니거든. 징그러워서 그렇지."

"그게 그거지."

"그럼 다음에 만나든지 하자." 카트카가 말했다.

"뭐, 그래 그럼. 안녕." 페트르는 몸을 돌려 다시 도서관으로 갔다. 드디어 조용히 우리끼리 타란툴라를 보러 갈 수 있다. 우리는 더 이상 페트르에 대한 이야기는 하지 않았다.

"오빠는 아마 집에 없을 거야. 그러니까 거미는 눈으로만 보고 끝이야. 알겠지? 뚜껑은 안 열어보는 거다? 난 거미가 정말 무섭단 말이야."

"응. 뭐든. 당연하지."

나는 물론 거미의 털이 어떤 느낌일지 쓰다듬어 볼 생각에 제일 들떠 있었지만 일단 대답은 그렇게 했다. 어떤 거미들은 털에 쏘일 수도 있기 때문에 다 만져볼 수는 없다는 것도 당연히 알고. 혹시 엄청 비싼 거미일지도 모르겠지만 카트카의 오빠는 어른이 아니니까 그렇지는 않겠지. 그나저나 도대체 왜 누구는 타란툴라를 키울 수 있고 나는 안 되는 거야? 이제 카트카랑 화해했으니까 언젠가는 거미를 만져보거나 내 손 위로 올라오도록 해볼 수도 있겠지. 나는 신이 나서 카트카 옆에서 폴짝폴짝 뛰었다.

"진정 좀 해, 알겠어?"

그 순간 페트르가 뒤에서 우다다 뛰어와 다시 우리를 따라잡았다.

"나도 갈래."

나도 카트카도 왜 갑자기 다시 갈 수 있게 됐냐고 물어보지 않았다. 물어볼 생각도 없었고.

"네가 말한 수련회 말이야…." 페트르가 말문을 열었다.

"아악, 수련회 진짜 싫어!" 카트카가 듣자마자 짜증을 냈다.

"2학년 때 딱 한 번 가봤어. 그러고 나서 다시는 안 가. 으으." 카트카가 몸을 떨었다.

"그게 그냥 그렇게 안 가도 되는 거였어?" 페트르가 우리가 아주 정신 나간 말을 했다는 듯이 말했다.

"응." 우리가 동시에 대답했다.

"너넨 좋겠다."

타란툴라

밀 카트카가 현관문을 열었다. 그런데 문이 잠겨 있지 않자 카트카가 화들짝 놀라며 우리 쪽으로 고개를 돌렸다. "오빠가 집에 있나 봐." 난 상관없는데. 내가 그렇게 말해도 카트카는 엄청 곤란하다는 표정이었다. 우리는 문을 열고 옹기종기 서로 붙어서 안으로 들어갔다. 카트카가 오빠 방문을 똑똑 두드렸다. 문에는 처음 보는 밴드의 포스터와 '출입 금지. 어길 시엔 죽음뿐'이라고 적힌 종이가 붙어 있었다. 방 안에서 컴퓨터 게임 소리가 들렸지만 노크를 해도 아무 반응이 없었다. 카트카가 다시 문을 두드렸다. 카트카의 오빠가 소리를 꽥 질렀다. "꺼져, 뚱땡이!" 그 말에 카트카가 문고리를 덥석 잡더니 방으로 확 들어갔다. 우리는 그동안 현관에서 기다렸다.

"나 집에 친구들 왔는데 거미를 보고 싶대. 봐도 돼?"

"안 돼, 거미 자." 오빠는 카트카를 쳐다도 안 보고 말했다.

"들어와." 카트카가 우리에게 말했다.

"셋 다 꺼져." 카트카의 오빠가 게임 일시 정지 버튼을 눌렀다.

그리고 드디어 우리 쪽을 보더니 "이게 뭐야?"라고 하면서 손가락으로 우리를 가리켰다.

"밀라랑……. 페트르."

"아이고, 우리 동생 불쌍해라. 누가 애기들 좀 돌봐달라고 했어? 애기들아, 쏘리."

"너는 진짜 나쁜 놈이야." 카트카가 말했다. "애들한테 거미 좀 보여줘. 알겠지? 얘들아, 이리 와." 카트카가 오빠 책상 위에 놓인 작은 테라리엄을 가리켰다. 나는 성큼 다가갔다. 페트르는 내 뒤로 살짝 숨었다.

"이 타란툴라는 무슨 종이야?" 내가 물었다.

카트카의 오빠가 날 의외라는 듯 쳐다봤다. "너 타란툴라를 알아?"

"응."

아주 잘 알지. 타란툴라에 대한 책도 있고 인터넷에서도 자주 찾아 읽는 걸. 배회성 거미와 교목성 거미 중에 뭐가 더 좋으냐고 하면 도저히 못 고를 것 같다. 교목성 거미는 거미줄이 정말 예쁘지만, 어른이 아니거나 초보자에게는 온순한 배회성이 키우기 더 쉬울 테니까.

"우리 오빠는 거미에 대해서 아는 게 하나도 없어. 그냥 멋있어 보여서 가지고 있는 거지. 관심도 없고." 카트카가 말했다.

뭐, 거미는 사실 열심히 돌볼 필요가 없는 동물이다. 그냥 먹이를 주고 테라리엄 안의 습도를 유지해 주기만 하면 되니까. 거미들은 사람이 같이 있어줄 필요도 없고 자기 주인이 누군지도 모른다. 하지만 그 부분은 조금 더 생각해 봐야 할 것 같아. 난 속으로는 그런 생각들을 했지만 겉으로는 아무 말도 하지 않았다.

"그냥 친구들한테 자랑이나 하려고 산 거지. 이름도 안 지어줬어."

"야, 이거 니 몸 위에서 기어다니게 해줘?"

말을 끊어주는 게 좋을 것 같다. 당연히 카트카에게 거미를 던지면 안 되지. 거미가 싫어할 수도 있잖아. 당연히 카트카도 싫어할 테고. 그런데 이름을 안 지어준 건 사실 상관없어. 타란툴라는 품에 껴안고 노는 동물이 아니니까.

"거미 좀 보여줄 수 있어?"

"뭐, 그럼 알겠어……."

카트가의 오빠가 내가 볼 수 있게 테라리엄 뚜껑을 열었다. 분홍색 타란툴라다. 정말 다행이야. 저건 매우 온순한 종이니까. 저 타란툴라는 집어서 손 위에 놓아 볼 수도 있다. 아름다웠다.

"그런데 아무것도 안 해. 잔다고 생각했어."

"손 위에 가끔 올려보기도 해?"

"아니. 저게 끌어안고 노는 토끼도 아니고."

그건 나도 알지만 몇몇 공격적이지 않은 종, 그러니까 사람을 물지 않는 종은 만질 수 있는데 이 타란툴라도 그런 종이거든. 하지만 얘는 사람 손이 익숙하지 않으니까 만져볼 수 없을 것 같다. 아니, 만져볼 수 있을까?

"정말 한 번도? 아무도?"

"응. 다른 데로 옮겨야 할 때는 상자를 써서 옮겨."

"오빠는 절대로 거미 못 만져." 카트카가 쏘아댔다. "너도 그만해. 이제 봤으니까 가도 되지?"

하지만 나는 카트카의 말이 들리지 않았다. 이런 걸 이렇게 가까이서 보는 게 처음이었기 때문이었다. 세상에서 제일 예쁜 동물이었다.

"그럼 먹이를 좀 줘 봐, 그것도 못 하겠어?"

"그건 할 수 있지." 카트카의 오빠가 날 힐끗 쳐다봤다. "그런데 먹이를 준 지 얼마 되지 않아서 배가 고픈지는 모르겠네. "

"거미는 먹이가 있으면 항상 먹어."

"지금 똑똑한 척 하는 거야? 너는 어디서 이런 이상한 친구를 사귄 거야? 뭐, 사실 너도 머리에 많이 든 척 하니까 놀랍지도 않다." 카트카의 오빠가 말했다. 하지만 난 틀린 말이 아니라서 신경 쓰지 않았다. 곤충에 대한 거라면 내가 꽤 똑똑하긴 하지. 아냐, 사실 동물에 대한 거라면 다 잘 아니까. 그리고 이상한 것도 맞고.

페트르와 카트카가 멀찍이 물러섰다.

"너네도 와서 먹이 먹는 거 구경해. 진짜 멋있어." 내가 카트카와 페트르에게 말했다. 그러자 페트르가 딱 한 발자국 앞으로 나왔다. 카트카는 꼼짝도 하지 않았다.

"하, 센 척하기는." 카트카의 오빠가 괜히 틱틱거리더니, "워! 무섭지? 거미가 너 잡아먹는대." 하고 카트카를 놀렸다. 그러고 가서 귀뚜라미 두 마리를 가져와 거미가 있는 테라리엄 안에 던져 넣었다. 타란툴라가 재빨리 공격 태세를 갖추더니 이빨을 드러내고 몸을 던져 귀뚜라미를 덥석 붙잡았다. 워낙 빨라서 귀뚜라미가 도망갈 틈이 전혀 없었다. 거미는 먹이를 소화할 수 있게 잡은 귀뚜라미 몸에 뭔가를 넣었다. 목이 아니, 목 속에 있는 관이 너무 좁아서 통째로 삼킬 수 없으니까 귀뚜라미를 녹여서 빨아먹는 것이다.

"우웩, 토할 것 같아." 페트르가 말했다.

"가자." 카트카가 페트르의 손을 잡아 끌며 말했다. "우리는 밖에서 기다리자." 둘은 방을 나갔다. 카트카의 오빠가 걔네를 보고 비웃었다.

"야, 너는 안 가?" 카트카의 오빠가 물었다.

"나는 조금만 더 보고 싶은데, 그래도 돼?"

"그러든가……. 난 게임 할 거야." 카트카의 오빠가 다시 컴퓨터 쪽으로 돌아앉았다. 나는 먹이를 다 먹고 주둥이를 닦은 뒤에 자기 자리로 돌아가는 거미를 구경했다. 나도 빨리 열다섯 살, 아니면 카트카의 오빠랑 비슷한 나이가 되어서 부모님이 타란툴라를 키우게 해준다면 소원이 없을 텐데.

"너 진짜로 거미 좋아해?"

"내가 제일 좋아하는 동물이야."

"네가 아직 어린 게 아쉽네. 안 그랬으면 너한테 줬을 텐데."

나는 벌떡 일어나서 실성한 사람처럼 오빠를 쳐다봤다. 진심이야?

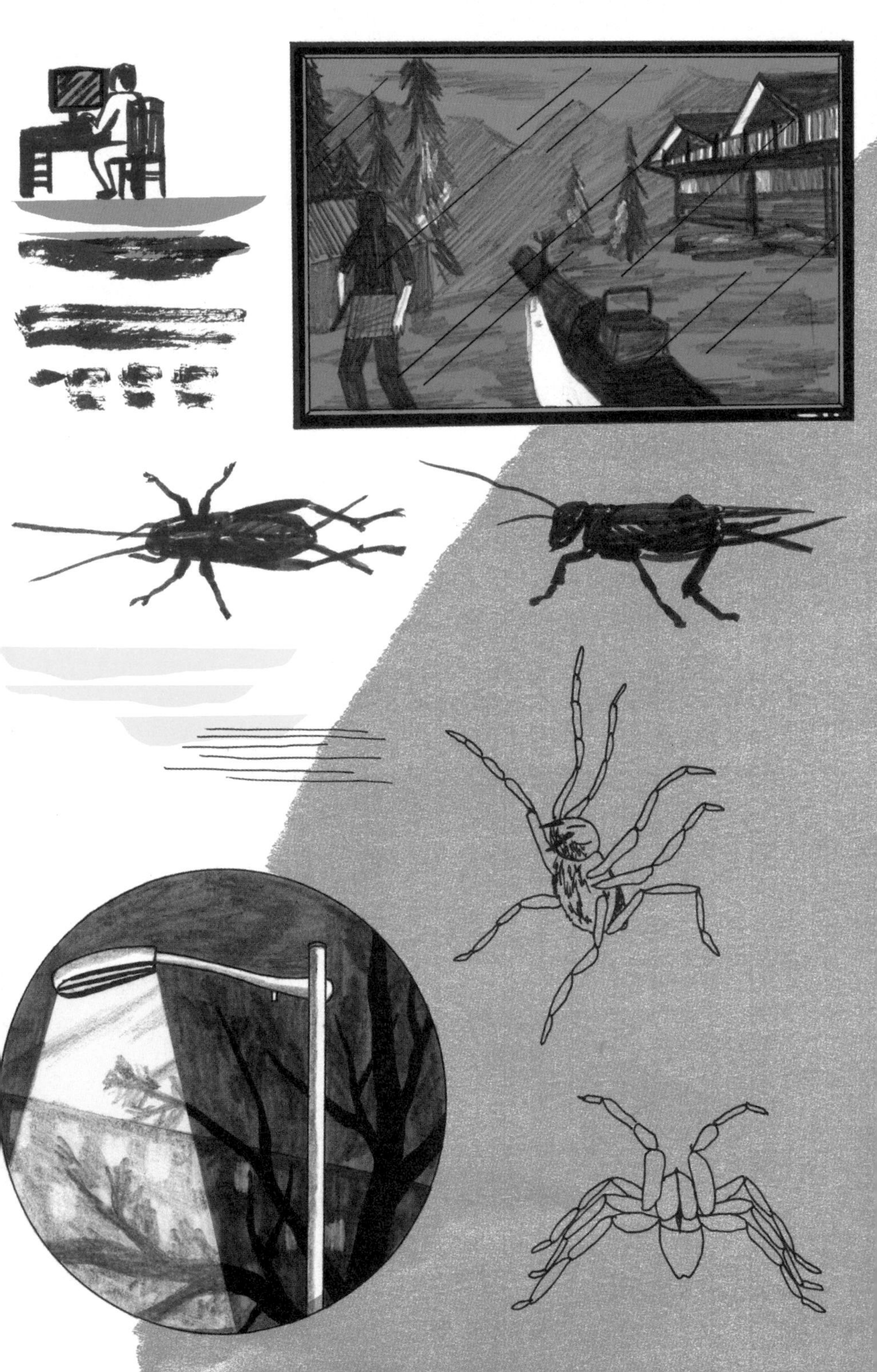

타란툴라는 수컷인지 암컷인지, 어떤 종인지에 따라 수명이 꽤 길다. 저 거미가 암컷이라고 해도 내가 다 클 때까지 살아 있을 거다. 그때 내가 가져가면 되는 거잖아. 나는 카트카의 오빠가 정말 진심일까 해서 게임을 하고 있는 오빠의 뒤통수를 뚫어져라 쳐다봤다.

그러자 오빠가 날 흘끗 쳐다봤다. "뭘 봐? 나는 이제 이구아나 같은 거 키우고 싶어서 그래. 그러니까 이제 내 방에서 나가지?"

그때 카트카가 방문을 벌컥 열었다. "문제가 생겼어."

나는 정말 가기 싫은 마음을 참고 방에서 나왔다. 페트르가 현관에서 허둥지둥 신발을 신고 있었다.

"나 빨리 가봐야 해." 페트르가 말했다. 그 말에 나도 빨리 외투를 입고 밖으로 나왔다.

"엄마한테 여기 온다고 말 안 했대. 집으로 간다고 했대." 카트카가 고자질하듯 말했다. 어차피 나랑은 상관없는 일이다. 지금 내 머릿속에는 아까 본 타란툴라밖에 없었다.

우리는 집 앞으로 나왔다. 카트카도 문을 열어주러 아래층까지 같이 내려왔다. 밖은 벌써 어둑했다. 페트르가 빨리 뛰어야 한다고 했지만 나는 오늘 있었던 일을 곱씹으며 천천히 걷고 싶었다. 정말 아름다운 밤이야. 가로등이 하나둘씩 켜지고 안개가 조금 꼈다. 나는 어차피 페트르랑 같이 가든 혼자 가든 상관이 없다. 그냥 천천히 걷고 싶어. 뛰지 않고.

"그럼 엄마한테 전화해. 내가 너희 집까지 데려다 줄게."

그런데 그 순간 페트르의 엄마가 나타났다. 화가 머리끝까지 나 보였다. "이게 뭐 하는 짓이야!" 아줌마는 페트르에게 소리를 지르더니 이번엔 내게로 몸을 돌려 고함을 질렀다. "네가 페트르 친구지? 친구를 이렇게 네 마음대로 데리고 가면 안 되는 거야!" 그러더니 결국 카트카에게도 한마디

했다. "너희, 난 너희가 누군지도 모르는데 이러면 안 되지! 다음에는 무조건 나한테 와서 허락을 받고 나가는 거야. 지금 이러는 건 진짜 바보 같은 짓이야, 알겠니?"

"저희는 몰랐단 말이에요……." 카트카가 말했지만 아줌마는 듣는 시늉도 하지 않았다.

"내가 애기도 아니고 집은 혼자서도 갈 수 있어!" 페트르가 항의했지만 어림도 없었다.

"갑자기 깜깜한 게 안 무서워졌다는 거야?"

"밖에는 가로등이 있으니까!"

"이제 와서 용감한 척이라도 하는 거야?"

"그래! 이제 그런 건 안 무서워!"

"그래도 엄마가 안 된다는 건 안 되는 거야! 빨리 와!"

아줌마가 페트르의 손목을 확 낚아채 끌고 갔다. 페트르가 뒤를 돌아보며 괜찮다는 듯이 우리에게 손을 흔들었다. 우리도 손을 흔들었다.

"이게 대체 무슨 일이야?" 카트카가 말했다. 하지만 무슨 의도로 하는 말인지 이해가 되지 않았다. 어차피 나랑 상관도 없고 이제 그만 카트카랑도 헤어지고 싶었다. 카트카와 헤어지고 걸어가면서 아까 본 타란툴라 생각을 했다. 카트카의 오빠가 나한테 거미를 주고 싶어 한다는 것도. 생각해 보니까 오늘은 내 삶에서 가장 행복한 날이구나.

하지만 집에 오자 엄마가 어마어마하게 화가 나 있었다. 밖이 벌써 깜깜해졌는데 늦는다고 문자하는 걸 깜빡했기 때문이었다. 우리 엄마는 나한테 목소리를 잘 높이지 않는 편인데 오늘은 소리를 질렀다. 그리고 카트카의 오빠가 내가 더 크면 나한테 거미를 준다고 했다는 말에는 대꾸도 하지 않았다. 엄마는 밖이 어두워지면 집에 들어와야 한다는 말만 계속 반복했고, 결국 나도 폭발하는 바람에 결국 말싸움으로 끝났다. 엄마가 앞으로 집 밖으로 절대 못 나가게 할 거라고 하자 나는 참지 못하고 엄마는 나쁜 사람이라고 소리쳤다. 그러자 엄마는 나도 이제 제법 말이 통하는 나이인 줄 알았는데 오늘 하는 행동을 보니 아닌 것 같다며 앞으로는 다른 방법을 쓰겠다고 겁을 줬다. 머리끝까지 화가 났다. 오늘같이 멋진 날을 왜 이렇게 망쳐버려야 하는 거야? 그리고 다시 아까 본 타란툴라를 떠올렸다. 귀뚜라미에게 재빠르게 달려드는 움직임, 우아한 몸짓, 길고 가느다란 팔다리…….

"밀라! 너 내 말 안 듣고 있지?"

"응. 안 들은 지 꽤 됐어." 내가 솔직하게 대답했다. 엄마가 기가 막힌다는 듯이 이마를 짚으면서 자리를 떴고 그러자 나는 엄마가 다시 좋아졌다. 나는 내 방으로 가 침대에 털썩 누워서 이 승리감을 만끽했다.

땅벌집

밀 다음 날 체조 수업에 가려는데 엄마는 다행히 아무 말도, 그러니까 끝나고 곧장 집으로 와야 한다는 말을 하지 않았다. 아무 말도 않는 걸 보니까 앞으로 집 밖으로 못 나가게 하겠다는 건 진심이 아니었나 보다. 그래도 혹시 아직도 화가 나서 나가지 말라고 할 수도 있으니까 내가 먼저 핸드폰 벨소리도 켰고 일찍 들어오겠다고 말했다. 그러자 엄마는 알겠다면서 고개만 한 번 끄덕였다. 일을 하는 중이어서 그런 걸 수도 있다. 우리 엄마는 집에서 일을 한다. 한번 컴퓨터 앞에 앉으면 아무것도 못 듣는다. 그러니까 사실 엄마도 나한테 할 말은 없는 거다.

아지트에 와 보니 카트카가 와 있고 페트르도 있었다.

"안녕." 페트르가 자리에서 폴짝 일어났다.

어리둥절했다. 여길 어떻게 알았지. 카트카가 어깨를 으쓱했다. "같이 놀자고 우리 집 앞에서 기다리고 있더라고."

"근데 너네 여기서 뭐 하고 놀아? 우리 이제 뭐 할 거야?"

"내가 말했잖아. 나는 책 읽고 밀라는 멍때린다고." 카트카가 책을 펼쳤다. "여기서 재미있는 거 같은 건 안 해."

"수첩이랑 연필을 안 가져왔어. 그림을 그리고 있으면 될 텐데…."

"그러게." 카트카가 대충 대답했다. 그러자 페트르가 나는 무슨 말을 하려나 하는 표정으로 보길래 나도 쳐다봤다. 나는 특히 체조 수업이 끝나고 여기 오는 게 좋다. 체조 수업 중에는 엄청 집중해야 하고 계속 선생님 말을 들으면서 움직여야 해서 끝나면 너무 피곤하다. 그럴 때 여기 풀 위에 누워 하늘과 나무를 바라보면 좋기 때문이다. 오늘은 바람이 분다. 새 한

무리가 바람과 섞이더니 그 바람을 타고 함께 돌았다. 토네이도 같아. 새들은 그렇게 잠시 돌다 다른 곳으로 날아갔다.

“이제 뭐 할 거야?” 페트르가 물었다.

나는 풀 위에 누웠다. “날 잠시만 내버려둬. 조금만 이러고 있다가 땅벌집을 보여줄게. 엄청 커.”

하늘을 올려다보자 나뭇잎이 바람에 흔들리고 있었다. 주변이 고요하다. 나뭇잎이 서로 부딪혀 속삭이는 것 같은 소리가 들렸다. 카트카가 책을 뒤집어 놓고 간식 봉지를 부스럭거리더니 나랑 페트르에게 사탕을 하나씩 건넸다. 페트르가 사탕을 받더니 갑자기 말했다.

“나 수련회 안 가기로 결심했어.”

“잘됐네.” 카트카가 말했다. “그런데 말하지 마. 방해되잖아.”

“그럼 나는 여기서 뭐 해야 돼?”

“뭐, 나야 모르지. 그럼 왜 따라온 거야.”

“어제 너네랑 있으니까 재미있어서…….”

“뭐? 뭐가? 우리 오빠가? 아니면 그 징그러운 거미가? 아니면 너네 엄마한테 혼난 게?” 카트카가 기가 막히다는 듯 말했다. 나는 고개를 들었다. “너네 오빠 이름이 뭐야?” 엄마가 물어보라고 했던 게 떠올랐다.

“온드라. 왜?” 카트카가 대답하자 나는 어깨를 으쓱했다.

“진짜 별로야. 여자 형제가 있었으면 좋겠어. 여동생이면 제일 좋고.

아니면 남동생도 좋고.”

“음, 진짜로 그렇게 되면 싫을걸. 여동생은 하는 것마다 방해하는 데다 잘못하면 다 네 잘못이고, 남동생은 어려도 널 똑같이 괴롭힐 거야.” 페트르가 풀 위로 누웠다.

“일단 나보다 어리면 못되게 굴지 못하겠지. 네가 동생들을 못살게 구는 거 아니야?”

페트르가 고개를 저었다. “아니야. 여동생은 어리기라도 하지만 남동생은……. 휴, 걔가 오히려 날 괴롭힌다고 할 수 있지.”

“그러면 우리 오빠랑 바꾸자. 네 여동생이랑.”

“내 남동생이랑 너네 오빠를 바꾸는 거면 바꿔줄 텐데.” 페트르가 얼른 대답했다.

“농담이야. 그런 게 될 리가 없지.” 카트카가 말했다. “바꿀 수 있다고 해도 우리 오빠같이 끔찍한 인간을 데려간다는 사람은 아무도 없을걸.”

하지만 내 생각엔 카트카가 자기 오빠를 너무 나쁘게 보고만 있는 것 같았다. 내가 보기엔 꽤 괜찮았는데. “카트카, 그런데 오빠가 너한테 진짜로 거미를 던지지는 않을 거라는 건 알지?” 내가 물었다. 카트카는 내가 무슨 말을 하는지 모르겠다는 표정을 지었다.

“그러니까 내 말은, 너네 오빠가 그냥 장난으로 한 말이었다는 거야.”

“당연한 거 아냐? 나한테 어떻게 그렇게 큰 거미를 던지겠어.”

“그 거미가 약해서 못 던지는 거야.”

“아니, 원래 사람한테는 거미를 던지는 게 아니라서 그런 거잖아.”

아하. 맞는 말이네. 그런 생각은 못 했다. “너 우리 오빠가 거미를 키워서 멋있다고 생각했지? 그렇지?”

“아냐……. 아니, 사실 맞아. 괜찮은 사람 같아.” 생각해 보니 난 그 누

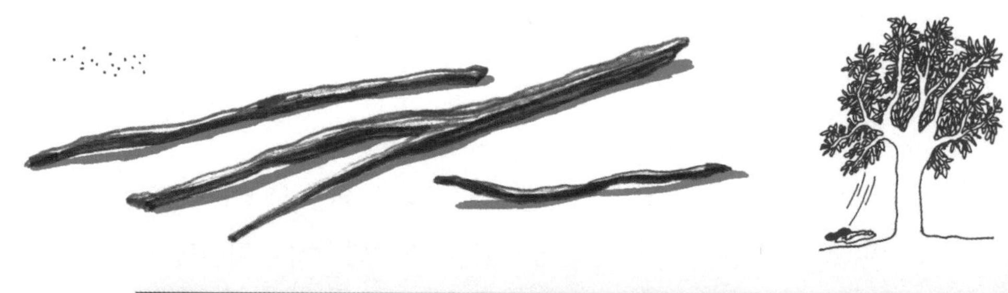

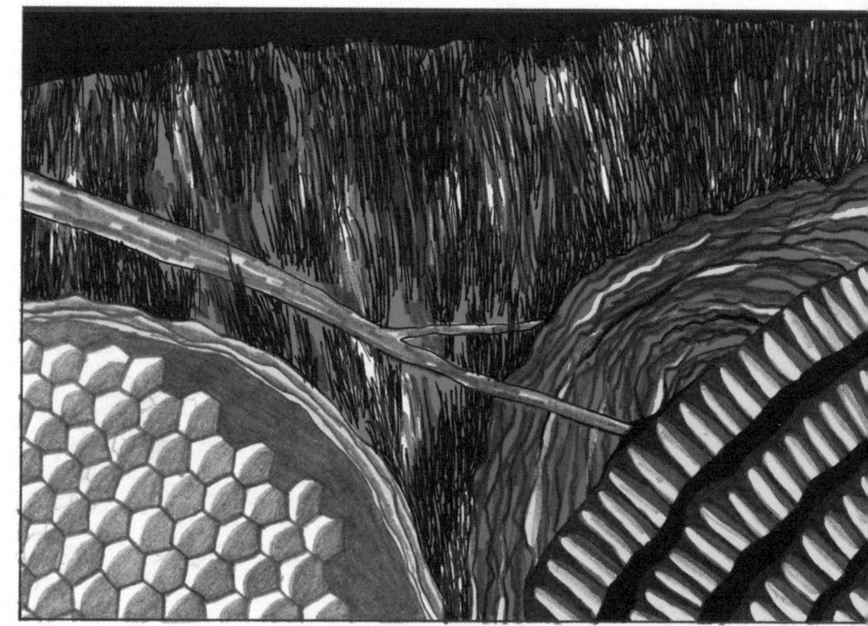

구에게도 괜찮은 사람이라는 말을 해본 적이 없는 것 같아서 이런 말이 내 입에서 나오자 괜히 이상했다. 하지만 다른 사람들도 이런 말을 한다는 것쯤은 안다.

"뭐……. 내 눈에는 그렇게 괜찮은 사람 같지 않던데……." 페트르가 카트카 편을 들었다. 목소리에 잠이 뚝뚝 묻어났다. 이따가 다시 보니 페트르는 잠들어 있었다.

"너도 들었지?" 카트카가 자기가 이겼다는 투로 말했다. 어차피 나랑은 상관없지만.

"너 왜 그렇게 웃어? 야! 너 우리 오빠 좋아하지!"

내가 카트카 오빠를 좋아한다고? 그건 절대 사실이 아닌데.

"당연히 아니지." 내가 그렇게 말해도 카트카는 자꾸 내가 웃는 것을 봤다며 자기네 집 거미한테 웃어준 거랑 거의 비슷하게 예쁘게 웃더라며 우겼다. 자기 오빠는 또라이고 어차피 오빠한테 나는 거미나 좋아하는 이상한 애 그 이상도 이하도 아니라면서 진짜 토할 것 같다고 했다.

"그런데 너네 오빠도 나처럼 거미를 좋아하잖아."

"안 좋아한다고! 친구가 도마뱀을 사니까 자기도 세 보이려고 산 것뿐이야. 오빠는 거미 안 좋아해. 그리고 거미에 대해서는 네가 오히려 아는 게 더 많았잖아."

거미에 대해서는 당연히 내가 아는 게 훨씬 많지. 곤충이랑 거미는 내가 세상에서 제일 관심 있는 거니까. 그러니까 카트카의 오빠랑 비교 대상이 아닌 것 같은데.

"내 생각에 넌 너희 오빠를 잘못 알고 있는 것 같아." 내가 오빠를 좋아해서가 아니라 진심으로 그렇게 생각해서 말했다. 아닌가? 카트카 말대로 내가 정말 오빠를 좋아하나?

“15분밖에 안 봤잖아! 너는 우리 오빠에 대해서 아무것도 몰라. 그러니까 나보고 잘못 알고 있다느니 멍청한 소리는 그만해! 나 갈 거야.”

카트카가 책을 챙겨 자리에서 일어났다. 하지만 화해한 지 얼마 되지도 않았는데 카트카가 화가 나서 가버리는 건 싫었다. 거미를 또 보고 싶기도 하고. 그래서 나도 일어나서 카트카에게 다가갔다.

“아니야, 당연히 네가 제일 잘 알지.” 사실 잘 모른다고 생각하지만 그래도 이렇게 말했다. 형제들끼리 서로 안 좋은 말을 하고 싸워도 사실은 서로를 아낀다는 걸 아니까.

“그래도 갈 거야.” 카트카가 말했다.

“아, 잠깐. 땅벌집 보여줄게.” 카트카의 기분을 풀어주고 싶었다.

“나는 벌집 같은 거 재미없거든.”

“엄청 컸단 말이야. 일단 가서 봐.”

카트카를 슬쩍 쳐다봤다. 카트카도 또 싸우고 싶지는 않을 거야. 아닌가? 그런데 카트카의 대답이 날 놀라게 했다. “그럼 버스 타러 가는 길에 들렀다가 난 집에 갈게.”

이제 가면 되는데 페트르가 여전히 자고 있었다. 카트카가 아무래도 페트르를 여기 혼자 둘 수는 없을 것 같다고 해서 흔들어 깨워야 했다. “우리랑 벌집 보러 갈래?”

“응, 당연하지.” 페트르가 잠들었던 자세 그대로 잔디가 눌려 있었다.

우리는 벌집을 찾으러 나섰다. 그런데 내가 생각했던 곳에 없어서 조금 헤맸다. 벌집이 있던 곳의 나무를 정확히 기억해 뒀는데 거기에 없었다. 나무 아래에는 부서진 벌집밖에 없는데? 그제야 상황이 이해가 됐다. 땅벌집이 나무에서 떨어져 부서진 거다. 바닥에 산산조각이 나서 망가진 벌집을 보자 울고 싶었다. 그래도 덕분에 안쪽이 어떻게 생긴지도 볼 수 있어서 흥미롭긴 하네. 페트르와 같이 나뭇가지로 벌집을 쿡쿡 찔러보다가 아직 안에 땅벌이 몇 마리 남아 있길래 그냥 두기로 했다. 남아 있는 땅벌이 전부 나가거나 죽으면 벌집을 집에 가져가고 싶다는 생각을 했다.

우리는 공원을 나와 버스 정류장 쪽으로 걸었다. 카트카에게 또 집에 놀러 가도 되는지, 아니면 그냥 오빠 핸드폰 번호를 줄 수 있는지 물어보려고 타이밍을 기다리고 있었다. 그러면 오빠에게 바로 물어볼 수 있을 테니까. 그런데 생각해 보니까 그냥 안 물어보는 게 나을 것 같다. 카트카는 페트르랑 또 수련회 이야기를 하고 있었고 우리 앞으로 목발을 짚은 남자애가 다가오고 있었다. 다리가 뒤틀려 있어서 걸음이 이상했다. 다리가 이상하게 생긴 게 신기해서 걷는 모습을 빤히 바라봤다. 저런 다리가 아니었다면 이쪽으로 오는지 알아채지도 못했을 거다.

그런데 그 애가 우리를 지나치면서 나에게 거칠게 쏘아붙이는 바람에 흠칫 놀랐다. "뭘 쳐다봐?" 남자애가 뒤를 흘깃 쳐다봤다. 그 애 뒤로 다른 남자애 셋이 따라오는 것 같았다. 카트카랑 페트르는 눈치채지 못했지만 내 눈에는 잘 보였다. 목발을 짚은 남자애는 인도에서 벗어나 옆쪽으로 난 낮은 덤불 사이 작은 흙길로 걸음을 틀었다. 그러자 따라오던 남자애 셋도 그리로 따라갔다.

"잠깐만." 내가 카트카와 페트르를 불렀다. "우리 저쪽으로 가봐야 해. 저기서 무슨 일이 생길 것 같아."

"뭐?"

"아까 지나간 애들 말이야. 누굴 때리러 가는 것 같아."

카트카와 페트르는 그냥 지나치고 싶은 표정이었다.

"빨리 와. 걔네도 세 명이었어."

"그런데 너 싸울 줄은 알아?"

"아니. 그런데 꼭 필요하면 힘껏 깨물면 되지."

"나는 엄청 아프게 할퀼 수 있어." 페트르가 말했다.

"나는 할 줄 아는 것도 없고 싸움도 안 해." 카트카가 말했다.

우리는 일단 그 남자애들이 간 방향으로 뛰기 시작했다.

프란타

프 로봇이 되고 싶다. 완전히는 아니어도 몸만큼은 로봇이었으면 좋겠다. 어떤 남자의 몸에 칩을 심자 그 칩이 남자의 몸을 조종하는 영화를 본 적이 있다. 영화에서 주인공은 원래 휠체어를 썼는데 칩을 심고 나서 두 발로 다시 걸을 수 있게 되었고, 슈퍼 닌자처럼 싸울 수도 있게 됐다. 나도 그렇게 되고 싶다. 영화는 칩이 인간들을 지배하면서 끝났다. 인간 세계의 종말을 의미하는 거니까 좋은 결말은 아니었다. 아이들용 영화는 아니었지만 상관없었다. 난 내가 보고 싶은 건 다 볼 수 있다. 미할이 확인하지도 않고 엄마는 그런 데 더 관심이 없으니까. 엄마는 컴퓨터에 대해서 아는 것도 없다. 컴퓨터로 할 줄 아는 게 고작 이메일 쓰는 것밖에 없으니까.

나도 당연히 그딴 칩 같은 건 없고 난 이대로 영원히 불구일 거란 것도 알아. 목발을 짚고 불편하게 걷는 건 짜증나는 일이지만 적어도 난 휠체어를 타진 않는다. 재활 치료나 수술을 하러 갈 때마다 병원에서 어린아이들을 포함해서 많은 사람들이 휠체어를 쓰는 모습을 본다. 그 사람들은 하나같이 나처럼 될 수 있다면 뭐든 가져다 바칠 수 있을 것 같은 눈빛을 하고 있다. 내가 건강한 사람들을 볼 때의 눈빛이다. 내 처지가 최악이 아니라는 사실도 내 안에 담긴 화를 달랠 수는 없다. 엄마와 미할은 항상 그 문제로 고민이 많다. 정신과 의사도 만나봤지만 나는 거기서 아무 말도 하지 않았다. 나는 그 누구와도 이야기하지 않아. 세상은 불공평하고 나는 로봇이 되고 싶을 뿐이야.

사람들은 내 문제를 해결하려고 들 때마다 이 정도면 다행인 줄 알고 기뻐해야 하는 게 아니냐고 한다. 일단 걸을 수는 있으니까 이제 평범하게 행동하라고. 하지만 어차피 나중에는 다들 날 그대로 내버려둔다. 그런 말을 했던 사람들도 내 상태가 결코 괜찮지 않다는 걸 스스로도 잘 알고 있기 때문이다. 나는 걷지 않는다. 이딴 걸 대체 뭐라고 불러야 할지도 모를 만큼 내 움직임은 '걸음'과 멀다. 목발이 없으면 넘어진다. 내 왼쪽 다리는 전혀 가망이 없고 그렇다고 해서 오른쪽 다리가 왼쪽보다 훨씬 나은 것도 아니다. 재활 치료가 끔찍하게 싫다. 어차피 달라지는 것도 없잖아. 다들 더 나아질 수 있다고 하지만 지금까지 재활 치료에 몇백 시간을 쏟아부어도 나아지는 건 아무것도 없었고 수술은 더 이상 하고 싶지 않다. 아프다.

학교를 빼먹고 집에 있고 싶은데 어떻게 해야 안 갈 수 있을지 모르겠다. 지난주에 이유 없이 결석한 걸 들켜서 부모님의 감시가 심해져 버렸다. 체온계를 뜨거운 차에 담가 열이 있는 척해 볼까? 그래, 좋은 방법이야. 해봐야겠어. 다들 한 번쯤 해보는 거잖아. 일어나서 체온계를 찾는데 어디에 있는지 모르겠어서 엄마한테 가서 한숨을 푹 쉬며 몸이 좋지 않다고 했다. 그러자 미샤도 대뜸 자기도 몸이 안 좋다며 학교에 안 가겠다고 한다.

"아휴, 넌 좀 그만하고 학교 가." 엄마가 미샤에게 그렇게 말하면서 내게는 체온계를 건넸다. 일단 체온계를 입에 넣고 버튼을 누르지 않고 기다렸다. 그리고 엄마가 식탁으로 가자마자 얼른 싱크대 옆에 놓여 있던 차에 체온계를 담갔다. 미할이 마시려고 둔 차 같았다. 체온계가 삐빅 소리를 내자 재빨리 다시 입에 넣었다. 아이씨, 뜨거워. 엄마에게 가서 체온계를 보여줬다. 엄마는 체온계를 보더니 다시 내게 내밀었다. 68.7도였다.

"체온계 고장 낼 작정이야?"

"나 학교 안 갈래." 화가 치밀었다. 멍청한 차 같으니. 멍청한 체온계 같으니.

"안 가는 게 어디 있어. 대신 데려다줄게." 미할이 아까 체온계를 담

갔던 차를 한 모금 마시며 말했다. 나는 옷을 갈아입으러 갔다.

전학 온 새 학교는 끔찍하다. 굳이 왜 이사를 한 걸까. 그래, 단독 주택이고 마당엔 트램펄린도 있지만 내가 그걸로 뭘 할 수 있겠냐고. 낯선 학교로 가야 하고 거긴 끔찍한데.

"난 안 가. 몸이 안 좋다니까. 오늘은 쉬운 과목밖에 없어서 혼자서도 따라잡을 수 있다고."

"프란타, 그러지 말고 와서 아침부터 먹어. 엄마가 와플 만들었어." 엄마는 정말 다정했지만 그러거나 말거나 난 옷을 입으러 갔다.

지난번에 글쓰기 숙제를 기가 막히게 해 갔을 때가 진짜 웃겼지. 우리 가족이 무시무시한 교통사고를 당했는데 주변이 피로 흥건했고 우리 엄마는 그때 죽었고 미할과 남동생과 나 모두 그렇게 하지 마비가 됐다고 적었으니까. 여자애들이 날 졸졸 따라다니면서 챙겨줬는데 살면서 포켓몬 카드를 그렇게 많이 받아본 건 처음이었다. 하지만 장난의 효과는 이틀을 가지 못했다. 선생님이 반 친구들이 있는 자리에서 2학년 B반에 있는 미샤가 내 남동생이냐고 묻더니 어째서 그런 글을 써 왔냐며 부모님을 모셔 오라고 했으니까. 그리고 반 친구들이 다 보는 앞에서 내 다리는 태어나면서부터 그런 거고 내 가족은 모두 살아 있고 글쓰기 숙제는 나처럼 상상 속 이야기를 적는 게 아니라 방학 때 겪은 일을 쓰는 거라고 말했다. 그리고 나한테 제일 낮은 점수를 주겠다고도 했다. 그래서 엄마가 정말로 학교에 왔었다. 아빠는 멀리 체코 북부의 우스티나트라벰에 살아서 당연히 안 왔

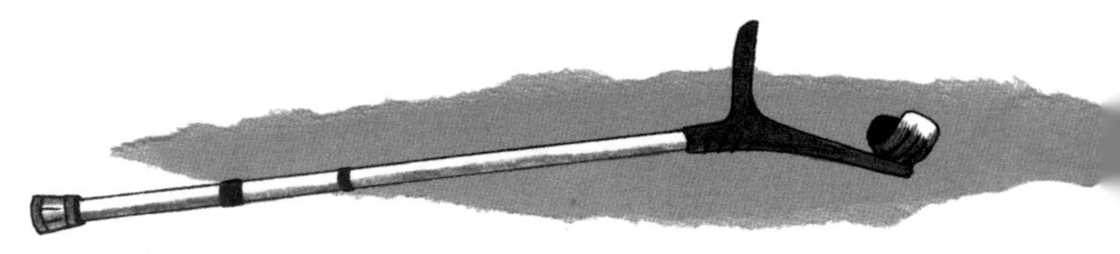

고. 아빠는 어차피 그딴 쓸모없는 일로 여기까지 올 사람이 아니다.

그러고 나서 한동안 반 친구들이 찾아와서 도대체 어떻게 된 일이냐고 물었지만 나는 다들 꺼져버리라고 했다. 예전 학교에는 즈데넥이라는 애가 있었다. 걔는 왕따였는데 지금은 이유가 기억나지 않는다. 아마 옷을 이상하게 입고 다니고 항상 돈이 없었고 핸드폰도 없어서 그랬던 것 같다. 하지만 그 애가 왕따를 당한 이유는 겉모습 때문이 아니라 내면이 약해서 그런 거라고 생각한다. 미키라는 애도 이상했지만 그 애를 괴롭히는 사람은 없었으니까. 사람들은 약한 인간을 찾는 것 같다. 전 학교에서는 그게 바로 즈데넥이었고 여기 이 새 학교에서 나는 절대로 그렇게 될 생각이 없다. 그래서 나는 아이들에게 포켓몬 카드를 돌려주지 않겠다고 했다. 대신 나는 수학을 따로 복습할 필요가 없을 만큼 잘하니까 수학 시험을 도와주겠다고 했다. 우리 수학 선생님은 제정신이 아니다. 쪽지 시험을 거의 매 수업시간마다 치기 때문이다. 선생님은 그걸 한두 문제밖에 안 되는 쪽지 시험이라고 하면서도 거기서 받은 점수를 중간고사, 기말고사와 똑같이 하나하나 성적표에 반영한다. 그런데 아까 말했듯이 내게 그런 것쯤은 문제가 아니다.

뭐, 카드 따위를 다시 받아보겠다고 불구랑 싸우기는 싫을 테니 걔네한텐 선택의 여지가 없었고, 나한테는 득이었다. 그래서 애들은 카드를 포기했고 나는 쪽지 시험 문제를 몇 개 풀어줬다. 처음에 문제를 맞게 풀어주자 다들 좋아해서 앞으로도 이렇게 계속 편할 것처럼 보였다. 하지만 난 절대 그렇지 않을 거란 걸 알았다. 남자애들이 나한테 말을 붙이는 이유는 내가 불쌍해 보여서거나 반 여자애들한테 잘 보이기 위해서다. 여자애들이 나한테 말을 거는 이유도 같다. 날 인형극의 목각 인형처럼 이용해 먹는 거다. 그래서 이튿날은 문제를 일부러 틀리게 풀었더니 다들 우르르 내 자리로 찾아왔다. 우리 반에는 얀이라는 애가 대장인 무리가 있다. 얀은 제일 비싼 아이폰을 쓰고 브랜드 옷을 입고 머리는 헤어 젤로 넘기고 드럼을 치는데 성격은 더럽다. 거기에 다른 남자애 서너 명이 같이 몰려다닌다. 아무튼 그 무리가 나한테 와서 이게 어떻게 된 일이냐고 따져 물었다. 그래서 나는 카드를 더 주면 다시 풀어볼 거고 공짜로는 아무것도 하지 않을 거라고 했다. 걔네는 알겠다고 한 뒤에 카드를 더 가져왔지만 나는 일부러 문제를 또 틀리게 풀었다. 그놈들이 이제 어떻게 나올지 궁금해져서 재미있어지기 시작했거든.

얀의 무리는 아무것도 하지 않고 그냥 나보고 나쁜 새끼라고만 했다. 여자애들은 날 흘겨보며 어떻게 얀에게 그럴 수가 있냐고 했다. 하지만 나는 이 상황이 재미있었다. 내가 끔찍한 일을 저지른 것도 아니고 꼬우면 스스로 문제를 풀면 되는 거잖아? 별것도 아닌 걸로 다들 저렇게 굴 필요는 없지. 나는 다음 쪽지 시험 때 또 문제를 틀린 다음 이번에는 정말 실수였다고 엄청 미안한 척을 하면서 날 믿어도 된다고 해놓고 그다음 쪽지 시험에서 또 문제를 틀리게 풀었다. 다들 왜 저렇게 멍청한지 모르겠다. 얀은 그렇게 당해놓고 어떻게 날 또 믿을 수 있는 거지?

하지만 얀도 이제 참을 대로 참은 것 같았다. 날 쥐어패고 싶어 하는 게 얼굴에 뻔히 보였지만 막상 그럴 수는 없는 모양이었다. 그래, 어차피 난 상관없어. 나는 싸우는 게 무섭지 않다. 그게 뭐든 수술이 끝난 뒤에 다리에 찾아오는 고통만큼 아프지 않으니까. 그래서 나는 일부러 얀을 더 약 올려서 끝내 날 한 대 치도록 만들었다. 얀이 그 와중에도 힘껏 참아 힘 조절을 한 게 느껴졌다. 어차피 결론은 정해져 있었다. 내가 불쌍한 애라는 것. 여자애들이 얀에게 날 때리지 말라고 소리를 질렀다.

“야, 진짜 빡치게 하지 마라. 경고했어.” 얀은 마지막에 그렇게 말하고 가버렸다. 입에서 피가 났지만 입 안쪽이라서 꿀꺽 삼켰다.

그 일이 있고 걔네들이 나를 완전히 무시해서 재미도 끝나버렸다. 뭔가 재미있는 일이 생길까 해서 시비를 걸어도 마찬가지였다.

그래서 요즘은 학교가 오히려 지루하다. 학교에서 끔찍한 일이 터지길 바라는 것까진 아니지만 그냥 가기 싫다. 집에 있고 싶다. 그래도 옷을 갈아입었고 미할은 우리를 학교에 데려다줬다. 미할은 사실 아빠보다 더 아빠 같은 사람이다. 미할은 우리랑 벌써 9년째 같이 살고 있는데 아빠는 한 달에 한 번, 아니면 서로 시간이 날 때만 보기 때문이다. 아빠 집에는 항상 미샤 없이 나 혼자 가고 아빠는 내가 하고 싶은 걸 다 하게 해줘서 거길 가는 게 꽤 좋다. 이번 크리스마스 선물로는 아마 아이폰 15 프로를 사줄 것 같다. 하지만 미할 아저씨도 괜찮다. 모든 부모님이 그렇듯 매 순간이 좋기만 한 건 아니지만. 미할도 중요하지도 않은 걸로 날 화나게 만들기도 하고 다른 부모님들처럼 말도 안 되지만 지켜야 하는 규칙을 만들기도 한다. 예를 들어(난 안 그러지만) 밥을 먹을 땐 말을 하지 않는다거나, 복도 불은 꼭 끄고 다녀야 한다거나(참나, 좀 까먹을 수도 있지.) 아니면 스프는 후루룩 소리 내며 먹지 않는다는 규칙(이건 미샤가 정말 질색한다.) 말이다.

그래서 평소처럼 학교에 가게 됐다. 교실에 들어서니 다들 핸드폰으로 유튜브 영상을 보고 있었다. 그때 자기 의자에 올려둔 얀의 핸드폰이 눈에 들어와서 슬쩍 집어 왔다. 핸드폰 비밀번호는 당연히 알고 있다. 얀이 내 대각선 앞자리에 앉아 있어서 걔가 비밀번호를 누르는 걸 수백 번은 봤으니까. 나는 핸드폰을 주머니에 넣고 화장실로 갔다. 얀의 핸드폰 연락처에 저장되어 있는 여자애들 몇 명에게 좋아한다고 사귀고 싶다는 문자를 보내고, 진짜 못생긴 여자애 한 명에게는 너 같은 애랑은 사귀고 싶지 않다고 보냈다. 시간이 별로 없어서 외투 보관대에 걸린 얀의 점퍼 주머니에 핸드폰을 다시 넣어두고 이제 막 학교에 온 척 교실로 들어갔다. 얀이 핸드폰을 찾고 있었다. 지금은 벌써 수업 종이 울렸으니까 이따가 외투 보관대에서 봤다고 말해주거나 핸드폰을 찾고 있을 때 그 앞에서 내 외투를 확인하는 척 해야겠다.

얀이 자기 핸드폰을 찾으면 가서 내 장난이 마음에 들면 좋겠다고 말해야지. 그런데 얀은 2교시 쉬는 시간에 혼자 핸드폰을 찾아내더니 엄청 당황해하고 있었다. 그리고 마르케타에게 가서 자기가 보낸 문자가 아니라고 하자 마르케타가 눈물을 터트렸다. 얀은 날 찾아왔다.

“이거 니가 한 짓이지?” 나는 터져 나오는 웃음을 간신히 참으면서 아니라고 했다. 결국 참지 못하고 마구 웃자 얀도 이번에는 머리끝까지 화가 난 모양이다. “남의 물건은 손대는 거 아니라고 못 배웠어?”

당연히 배웠지. 그런데 자기 물건 간수도 못하고 저렇게 버젓이 밖에 내놓으면 나도 참을 수가 없잖아. 이참에 조심하는 법을 배웠으니까 잘된 거 아냐? 내 핸드폰 비밀번호는 아무도 못 맞출 거다. 난 엄마 핸드폰 비밀번호도 알고 있고 아빠 것도 알고 있다. 그것도 나중에 써먹을 일이 있을지도 모르겠네. 그때 얀의 핸드폰이 울렸다.

“이 새끼, 도대체 몇 명한테 보낸 거야?” 얀은 문자를 확인하더니 더 화가 나 보였다. 그리고 나한테 바짝 다가왔다. “너 두고 봐. 목발 짚었다고 안 봐줄 거니까. 알겠어?”

뭐, 알 것 같다. 교실에서 패긴 싫겠지. 사람들 앞에서 나쁜 놈으로 보이고 싶지 않을 거니까. 그러니까 아무도 안 볼 때 밖에서 갚아주겠다는 거다. 그러든지. 그때 날 때리는 모습을 찍어야겠다. 아, 생각해 보니까 정말 좋은 아이디어잖아? 영상은 유튜브에 올려야겠다. 오히려 점점 신이 났다.

나는 버스에서 내려 우리 동네 공원을 따라 얀네 무리가 날 따라올

수 있게 일부러 다리를 끌며 천천히 걸었다. 정류장에 내린 사람들은 꽤 많았지만 여기서부터는 저기 날 빤히 쳐다보는 여자애 말고는 거의 아무도 없다. 나는 흙길 쪽으로 몸을 틀었다. 여기는 목발을 짚고 걷는 게 힘들어서 조심해야 한다. 핸드폰 카메라도 켜뒀다. 걔네들이 내 쪽으로 다가오는 소리가 들리면 재빨리 촬영 버튼을 누르기만 하면 된다. 옆에 기댈 만한 것도 없는데 한 손으로 목발까지 잡고 있으니 버튼을 누르는 데 몇백 년이 걸리는 것 같았지만 간신히 버튼은 눌렀다. 그런데 얀의 무리가 벌써 내 옆에 서 있었다. 얀은 내 손에서 핸드폰을 잡아챘다.

"와, 영상 찍으려고 했나봐? 역시 개새끼네, 응?"

그리고 내 핸드폰을 바닥으로 집어던졌다. 아……. 이러면 의미가 없는데……. 얘네가 여기까지 따라온 마당에 이제 그냥 갈 수도 없을 거고. 뭐, 이제 와서 어쩌겠어. 셋은 날 둘러싸고 내가 겁이라도 먹을 것 같은지 짐짓 심각한 표정을 짓고 있다.

"쫄았냐?" 오히려 내가 물었다. "뭘 그렇게 뜸 들이고 있어? 주둥이만 놀리고 있잖아."

그 말에 발끈한 얀이 냅다 나를 들이받자 나는 당연하게도 바닥으로 털썩 넘어졌다. 누구랑 싸울 때마다 이게 제일 문제라니까. 날 그냥 바닥에 눕혀놓고 차든가 때리는 게 제일 쉬울 텐데도 다들 그렇게 하는 건 무서워

한다. 아니면 화가 덜 나기라도 한 거야? 무리의 아이들이 화가 나서 씩씩거리는 게 보여서 웃음을 참을 수가 없었다. 고작 이 정도라니.

그 순간 아까 길에서 날 빤히 쳐다보던 여자애가 나타나서 버럭 소리를 질렀다. "뭐 하는 거야? 당장 그만해!" 그 여자애 뒤에는 엄청 뚱뚱한 여자애 하나랑 작은 남자애가 서 있었다. 얀과 그 무리는 그 애들을 한 번 보더니 "꺼져." 할 뿐이었다. 나는 그사이에 얼른 몸을 날려 땅에 떨어진 내 핸드폰을 집었다. 아직 건질 만한 게 있을지도 몰라.

"우리 안 꺼질 건데? 그 애를 때릴 거면 우리부터 때려눕혀!"

"헛소리 하지 마. 우리가 왜 늬들이랑 싸워야 하는데?"

그 여자애는 무리 앞에 떡하니 서서 전투적인 표정을 지었다. 뚱뚱한 여자애가 뒤에서 "밀라! 나는 안 싸울 거라고 했어! 너도 싸우지 마!"라고 해도 소용없었다. 같이 있는 꼬맹이는 금방이라도 울 듯한 표정이었다.

"꺼지라고." 뚱뚱한 애가 얀에게 말했다.

"안 꺼지면 어쩔 건데?" 얀이 도발했다. "뭐 한 대 치기라도 할 거냐? 멧돼지가?"

말이 끝나기 무섭게 뚱뚱한 애가 번개같이 따귀를 올렸다.

"다 꺼져."

그 한마디에 남자애들이 전부 그 여자애에게 겁을 먹은 게 보였다. 그리고 난 이 모든 걸 영상에 담았다. 대박이다.

얀과 남자애들은 곧장 그곳을 떴다. "엿 먹어." 남자애들은 자기들이 도망가는 게 아니라 마침 가고 싶어서 가는 것처럼 말했다. 나는 웃음을 터트렸다. 얀은 도망가면서 죽여버리겠다는 손짓을 했다. 당연히 그러시겠지. 여자애한테 뺨이나 맞고 영상에도 찍혔으니까. 일이 잘 풀려서 기뻤다.

영상

밀 “너 아까 그거 찍은 거야?” 카트카가 몸을 돌려 남자애에게 물었다. “이리 내놔.” 카트카가 손을 뻗었다.

“아, 그건 절대 안 되지.” 남자애가 말했다. “잘 찍혔으니까 걱정 마. 와, 진짜로 따귀를 때릴 줄이야.” 남자애가 웃었다.

나도 카트카의 행동에 깜짝 놀랐지만 덕분에 상황이 해결되어서 기뻤다. 다리가 아픈 애를 세 명이나 몰려와서 때리려고 하다니.

“당장 지워!” 소리를 지르는 카트카의 얼굴에 주근깨가 빨갛게 일어났지만 남자애는 눈도 깜빡하지 않았다. 남자애는 핸드폰을 주머니에 넣고 다른 한 손으로 목발을 짚고 일어나 절뚝대며 걸어갔다.

“야, 거기 서!” 카트카가 그 애를 막아섰다. “나는 진짜 영상 같은 데 나오고 싶지 않아!”

내 생각에도 우리가 구해준 데다 카트카가 싫어하니까 영상을 지우는 게 공정해 보였다. 그런데 내가 말을 꺼내기도 전에 페트르가 먼저 말했다. “싫다고 하니까 지워줘. 우리가 도와줬잖아.”

“하하, 그래. 유치원생 말이 맞지. 너 없었으면 진짜 이 형이 정말 죽을 뻔했잖아.”

“내가 키가 작아서 그렇지 열 살이거든? 4학년이라고.”

“어쩌라고” 남자애가 손을 흔들었다. “자, 좀 지나갈게. 도와준 건 고마운데 내가 부탁한 것도 아니잖아? 그러니까 비켜.”

하지만 카트카는 물러서지 않았다. 오히려 남자애를 멈춰 세웠다.

“야, 영상에 내가 나오잖아. 그러니까 내 허락 없이는 아무한테도 보여주면 안 되는 거야. 알겠어? 초상권은 법이야."

"응, 알아~"

"거짓말 하지 마. 진짜 다른 사람한테 보여주기만 해봐. 그거 불법이야. 보여주면 너희 부모님 찾아갈 거야."

"내가 누군지도 모르면서."

"맞아. 네가 누군지 찾아내는 게 꽤 어렵긴 하겠다. 너무 평범하게 생겨서." 카트카가 남자애의 다리를 가리키며 말했다. 그 말에 남자애가 발끈했다. "셋 다 꺼져! 그러게 누가 나랑 엮이래? 좀 내버려둬!"

"그럼 영상 지워!"

"안 지워. 내가 찍은 영상이니까 내 맘대로 할 거야. 어차피 누가 물으면 니가 허락했다고 하면 끝이야. 미안해서 어떡하지? 참나, 도대체 뭐가 문제인지 모르겠네. 야, 솔직히 멋있었잖아? 엄청 쿨했다고."

"다른 사람이 찍은 영상에 나오기 싫다고 했잖아. 못 알아들은 거야?" 카트카가 지난번에 나와 싸웠을 때처럼 화를 냈다. 아니, 이번에는 그때보다 더 화가 났다.

"어쩌라고!"

남자애는 카트카를 지나가려고 했지만 카트카가 다시 앞을 막았다. 둘은 한동안 서로를 밀치다가 결국 카트카가 더 세게 미는 바람에 남자애가 바닥으로 넘어졌다. 카트카가 화들짝 놀랐다.

"미안……."

"좀 가만히 내버려두라고! 너네 갈 길이나 가라고 좀! 꺼져!"

"그 핸드폰부터 내놔!"

남자애가 다시 웃음을 터뜨렸다. "말이 되는 소리를 해! 사실 그냥 줄까 생각도 했는데 이제는 진짜 주기 싫어졌네?"

그러자 카트카가 바닥에 쪼그려 앉아 남자애의 주머니에서 핸드폰을 꺼내려고 용을 썼다. 남자애는 안 뺏기려고 했지만 카트카가 몸집이 더 커서 결국에는 핸드폰을 뺏겼다. 카트카는 핸드폰을 손에 들고 말했다.

"이제 비밀번호 말해."

"야, 너 이제 꽤 골치 아프겠다." 남자애가 말했다.

"내가 싫다는 데도 찍은 건 너니까 니가 골치 아프게 되겠지. 진짜 또라이네. 멋대로 해! 그럼."

카트카가 핸드폰을 자기 주머니에 넣고 뒤돌아서 가버렸다. 나는 이제 어떻게 해야 하지? 카트카가 따귀를 때렸을 때 정말 멋있었다. 그런데 카트카는 왜 저렇게까지 화를 내는 걸까? 그리고 저 남자애는 우리가 도와줬는데 왜 저러는 걸까? 저 남자애도 꽤 불공평하긴 해.

"나는 카트카랑 같이 가볼게." 페트르가 말했다. 나는 남자애가 바닥에서 일어나기 전에 먼저 가버리기는 불편해서 남자애와 그곳에 단둘이 남았다.

"근데 우리가 정말로 널 도와주긴 했잖아."

"나도 알아. 뚱땡이랑 너랑 꼬맹이 셋이서. 완전 슈퍼히어로 같았지."

"야, 카트카를 그렇게 부르지 마."

"알겠어, 그런데 왜 안 되는데?"

"걔는 착한 애니까. 나도 널 절름발이라고 부르지 않잖아."

"절름발이는 그나마 낫지."

"그럼 그렇게 불러줘?"

고개를 저었다. "프란타라고 부르는 게 제일 나을 것 같아. 너는?"

"나 뭐?"

"아니, 니 이름은 뭐냐고."

“밀라.”

“이름이 좀 이상하네?”

“아, 그 초코바…….”

“갑자기 초코바가 왜? 그냥 이름이 이상하다고.”

“내가 이상한 거야.”

“날 봐, 난 하나도 안 이상하고?” 그 말을 하는 남자애가 처음으로 좀 괜찮은 애 같아 보였다. 아니, 괜찮다기 보단……. 생각보다 평범해 보였다.

우리는 잠깐 같이 걸었다. 내가 혼자 걷는 것보다 조금 느렸지만 난 상관없었다. 그래도 카트카랑 페트르는 따라잡지 못할 게 분명했다.

“네가 원한다면 카트카한테 핸드폰 찾으러 같이 가줄게.” 가는 김에 거미도 볼 수 있으려나. 그런데 프란타는 얼굴만 잔뜩 찡그렸다. “아무 데도 안 갈래. 집에 갈 거야.”

“그럼 핸드폰은?”

“그건 내일 생각할래. 상관없어.”

우리는 정류장에서 헤어졌고 프란타는 버스를 타고 갔다. 다시 카트카에게 가봐야 하는 걸까. 오늘은 사람을 충분히 만나서 누구와 더 이야기하고 싶은 마음이 없었다. 나는 몸을 돌려 부서진 벌집을 조금 더 구경하러 걸음을 옮겼다.

프 지금 나에게 핸드폰 같은 건 어떻게 되든 상관없다. 영상은 어차피 클라우드에 자동으로 업로드되니까, 얼른 영상을 편집해서 올리려고 서둘러 집으로 향했다. 음악을 넣고 편집을 해서 길게 말하는 부분은 자르고 딱 중요한 장면만 남겼다. 아까 그 뚱땡이는 진짜 짜증났지만 그래도 얀이 뚱땡이를 ‘멧돼지’라고 부르는 부분도 잘라냈다. 감히 내 핸드폰을 가져가?

RDR2

괘씸했지만 그래도 그 부분은 넣지 않았다.

물론 결국엔 지워야 할 영상이고 이것 때문에 앞으로 조금 골치 아플 일도 생기겠지만 그것도 난 상관없다. 완성된 영상을 유튜브에 올리는데 웃음이 새어 나왔다. 나는 안내 공지와 숙제가 올라오는 우리 반 홈페이지에 곧장 영상을 올렸다. 그리고 바로 창을 닫았다. 걔네가 달 망할 댓글까지 읽어줄 생각은 없지. 나는 GTA 5를 켜고 엄마가 그만하고 학교 숙제를 하라고 할 때까지 게임을 했다. 엄마가 내가 하고 있는 게임이 마음에 들지 않는다고 했다. 하하! 지금 본 게임은 아무것도 아닌데.

"엄마가 그 게임 하지 말라고 한 거 기억 안 나? 그런 게임 하지 마." 엄마가 말했다. 나는 엄마에게 그런 말 한 적 없다면서 이건 다른 게임인데 오늘 처음 그냥 해본 거고 재미가 없어서 안 하겠다고 했다.

"다행이네, 애들이 할 게임은 아닌 거 같아서 그래." 엄마가 안심하며 말했다. "응, 엄마 말이 맞는 거 같아……." 내가 시무룩하게 말했다. 엄마는 내 머리를 쓰다듬어 주고 방에서 나갔다. 진짜 웃겨. 부모들은 믿고 싶은 것만 믿는다니까.

게임을 다 하고 이번에는 미샤와 포트나이트를 했다. 그리고 어느 순간 영상을 올린 걸 완전히 잊고 있다가 저녁이 되어서야 다시 생각이 났다. 하지만 이미 자려고 누운 데다 핸드폰도 없었다. 미샤도 고집이 센 놈이라 자기 핸드폰을 빌려줄 리가 없었다. 뺏어서 볼 만큼 핸드폰에 재미있는 것도 없으면서. 컴퓨터를 다시 켜기도 귀찮고 내일이 되면 어차피 어떻게 됐는지 알게 될 테니까. 학교에 갈 생각으로 이렇게 설레는 건 처음이다. 그 여자애를 다시 만날 날도 기대가 된다. 내 핸드폰을 가지고 있으니까 어쨌든 분명히 만나게 되겠지. 그럼 화를 내겠지? 그래서 더 기대된다. 그 이상한 여자애랑 꼬맹이에 대해서는 더 이상 생각하지 않았다.

카 나는 내가 모르는 사이에 누군가 내 사진이나 영상을 찍는 게 끔찍하게 싫다. 모든 사진, 특히 영상 속 내 모습은 너무 끔찍하고 정말 멧돼지 같으니까. 그 남자애들 말이 맞다. 난 멧돼지다. 내가 뺨을 때린 건 걔네가 목발을 짚고 있던 남자애를 때리려고 해서가 아니라, 아무리 내가 멧돼지가 맞아도 날 정말 '멧돼지'라고 불렀기 때문이다.

2학년 때 내 별명은 도넛이었고 그다음 별명은 뚱뚱해서 뚱땡이었다. 나중에는 내 짝꿍 한나까지 날 뚱땡이라고 불렀다. 정말 싫어도 할 수 있는 게 없었다. 하지 말라고 할수록 아이들은 내가 싫어하는 걸 알아채고 더 놀려대니까. 인간들은 마치 사나운 맹수와 같아서 누군가 약한 모습을 보일수록 그 사람을 잡아먹고 싶어 한다. 어딘가에서 읽은 내용인데 맞는 말이라고 생각한다. 반 친구들의 놀림은 시간이 지나면서 조금 잦아들었다. 하지만 그렇다고 해서 내가 그걸 잊었다거나 이제 와서 생각해 보니 오히려 웃기다거나 괜찮다는 건 아니다.

집에 가는 길 내내 아까의 일이 생각나서 기분이 좋지 않았다. 그 애한테서 핸드폰을 뺏지도, 밀어서 바닥에 쓰러뜨리지도 말았어야 했는데. 하지만 다른 방법이 없었다고. 지금이라도 다른 방법을 써서 해결해야 해.

“우리 학교 다니는 애는 아니야.” 페트르가 말했다. “그랬으면 분명히 알아봤겠지.”

“우리 학교도 아니야. 그러면 밀라네 학교밖에 안 남았네. 그런데 밀라도 그 애를 몰랐으니까 우리는 다들 모르는 애야.”

하지만 그 전에 밀라가 우리 오빠에 대해서 한 이야기 때문에 짜증이 났다. 걔는 외동이라서 아무것도 모르면서. 만약에 정말 우리 오빠를 좋아한다면 계속 친하게 지내도 되는지 모르겠다. 우리 오빠가 밀라를 좋아할 일은 절대 없어. 오빠는 흔해 빠진 멍청이라서 자기랑 똑같은 흔해 빠진 멍청이를 좋아하니까. 밀라는 정말 예쁘게 생겼지만, 아니, 자기가 원한다면 정말 예뻐질 수 있지만 그런 걸 바라지 않는다는 점에서 흔한 멍청이가 아니다. 그러니까 우리 오빠가 걔를 좋아할 리가 없지. 그리고 밀라가 우리와 함께 가지 않고 목발 짚은 남자애랑 같이 남아 있었던 것도 화가 났다. 그래, 마음대로 하라 그래. 나도 자꾸 남의 일로 마음 쓰고 싶지 않아. 난 집에 가서 책 읽을 거야. 가는 길에 피자 한 조각을 샀다.

“우리 이제 어디 갈 거야?” 페트르가 물었다.

“이제 어디를 가냐고?”

“몰라, 그냥 바로 집에 갈 거냐고.”

“나는 바로 집에 가서 책 읽을 거야.”

“그렇구나. 나는 아직 집에 안 가고 싶어서 그래.”

나는 어깨를 으쓱했다. 나보고 어쩌라는 거야. 나는 집에 가서 책 읽을 거야.

“음…….”

페트르가 슬픈 표정으로 가만히 서 있다. 같이 놀자면서 우리 집 앞에 처음 서 있었던 그날이랑 똑같은 표정이잖아. 저런 애한테 날 좀 멋대로 따라다니지 말라고 어떻게 말해. 키가 작아서 그런지 귀여운 구석이 있다니까. 나도 사실 처음에는 2학년인 줄 알았다. 난 어린아이들을 좋아한다. 이전에 엄마가 계속 다른 남자들을 소개받으면서 잠깐씩 사귀었던 시기가 있었지. 그 남자들 중 한 명 사이에서 아기를 가졌다면 난 좋은 언니나 누나가 될 수 있었을 텐데. 하지만 엄마는 이제 남자를 사귀지 않으니까.

"그럼 내일 다시 와. 핸드폰 돌려주러 같이 가자. 알겠지?"

"응." 페트르는 여전히 불만스러운 표정으로 고개를 끄덕이곤 손을 흔들고 집에 갔다. 어디 한 군데만 더 같이 갈 걸 그랬나? 그런데 어딜 가서 뭘 하겠어. 뭐, 그래서 나는 집에 와서 책을 읽었다. 아픈 동물을 치료하는 수의사에 대한 감동적인 이야기였다. 아까 있었던 일은 더 이상 떠오르지 않았다.

내가 생물을 조금 더 잘했더라면 수의사가 될 수 있을 텐데. 그럼 마테이와 함께 시골에 있는 집에 살면서 나는 동물들을 치료해 주고 저녁에는 그날 있었던 일을 서로 도란도란 나누겠지. 우리가 소파 양 끝에 누워 함께 책을 읽다가 발로 서로를 콕콕 찌르면서 장난을 치는 상상을 했다. 그러다 장난을 멈추고 마테이가 나한테 다가와서 뽀뽀를 하겠지……. 그래도 난 도서관 사서가 될 것 같아. 생각만 해도 설레는 직업이야.

페 어제 엄마가 내 손을 잡아채서 집까지 끌고 가는 내내 놓아주지 않았을 때 정말 아기 취급을 당하는 것 같았다. 그러고 나서 엄마는 저녁을 먹으면서 아빠에게 내가 걱정되었다면서 그날 있었던 일을 몽땅 털어놨다. 하지만 아빠가 손사래를 치면서 페트르도 이제 어린애가 아니라고 하길래 나는 아빠는 내 편인 줄 알았다. 그런데 아빠가 내 쪽으로 몸을 돌려서 해가 지도록 동네를 돌아다니면서 노는 걸 보면 이제 다 컸네, 잘됐네 하더니 그럼 이제 수련회쯤은 문제도 아닐 거라고 말했다. 나는 카트카와 밀라가 말해준 그대로 안 가겠다고 말했다.

"그냥 안 갈래."

아빠가 너그럽게 웃어 보이며 말했다. "그건 너 혼자 결정할 일이 아니야, 우리 아들."

"나는 수련회 진짜 좋아하는데!" 톰이 세상에서 제일 재미있는 일이라도 생긴 것같이 말했다. "그럼, 아빠도 알지. 토미." 아빠의 답에 톰이 보란 듯이 날 보고 '메롱'했다. 맨날 자기가 제일 잘났다 이거지. 그래서 나도 같이 '메롱'했다. 쟤도 분명히 무서워하는 게 있을 거야. 그게 뭔지 내가 아직 못 찾아내서 그렇지.

작년 겨울에 톰과 3일 동안 스키 캠프에 갔을 때 거기에는 톰이 하키 훈련에서 사귄 친구들도 있었다. 도대체 왜 나도 거기에 갔어야 했는지 모르겠다. 내가 가기 싫다고 했지만 부모님은 내 말은 듣지도 않고, "너희 둘이 같이 다니면 되잖아. 괜찮아. 공기 좋은 데서 신나게 스키를 타고 나면 개운하게 푹 잘 수 있을 거야." 했다. 그래서 나는 정말로 톰이랑 같이 있으면 괜찮을 거라 생각했다. 그런데 톰은 계속 자기 친구들이랑만 놀고 잠도 나랑 다른 방에서 잤다. 나는 3일 내내 밤에 잠들지 못해서 낮에 아무 데서나 졸았다. 리프트에 앉아서 졸다가 스틱이 아래로 떨어지기도 했고 점심을 먹으면서도 졸았다. 그러다가 저녁에 해가 지면 잠을 잘 수가 없었다. 물론 조금은 잤지만 계속 악몽을 꿨고, 우리 방에서 같이 자던 남자애가 잠꼬대를 하는 바람에 나는 그게 무서워서 미쳐버리는 줄 알았다. 돌아오는 버스에서 잠든 채로 집에 도착했을 때, 아무도 곯아떨어진 날 깨울 수 없었다. 그때가 고작 3일이었는데 일주일은 대체 어떻게 버티라는 거야?

"내일 수련회 때 신을 신발을 사러 가자. 미리 사서 좀 신어둬야 그때 신어도 편할 것 아니니." 엄마가 말했다. "알겠지?"

싫다고 하면 안 갈 수 있는 건가? 그러면서 왜 물어보는 거야? 나는 더 이상 아무 말도 하지 않았지만 그래도 수련회에 가지 않을 생각이다. 아직 어떻게 해야 할지 몰라서 그렇지.

저녁에 침대에 누워서 낮에 봤던 거미를 떠올리지 않으려고 애쓰면서 대신 더 이상 설득이 통하지 않는 부모님이랑 수련회를 어떻게 해결해야 할지 머리를 굴렸다. 지금부터 옷을 얇게 입고 아침저녁으로 밖을 돌아다니면 이제 꽤 쌀쌀하니까 감기에 걸릴 수 있지 않을까? 만약에 그게 안 통하면 가기 며칠 전에 상한 음식을 먹어 볼까? 어떤 걸 먹을지는 아직 생각하고 싶지 않다. 그냥 감기에 걸리면 좋을 텐데.

다음 날 아침에 집에서 평소처럼 옷을 입고 나와서 골목을 돌자마자 후드 티를 벗고 학교까지 티셔츠 차림으로 걸어갔다. 조금 쌀쌀했지만 그렇게 춥진 않았다. 당연히 엄마랑 신발 쇼핑도 가지 않을 생각이다. 그래서 학교가 끝나고 바로 집으로 안 가고 그냥 밖을 돌아다녔는데 어느 순간 카트카의 집 근처였다. 어차피 할 일도 없으니까 카트카랑 밀라랑 같이 어디든 가면 좋겠는데.

카트카는 처음에는 집 앞에서 기다리던 날 못 알아봤지만 같이 가서 놀아도 되냐고 물었을 때는 그러자고 했다. 카트카와 밀라랑 같이 있는 건 조금 지루했다. 다음에는 스케치북을 챙겨 가야겠다고 생각했다. 하지만 그날은 끝까지 지루하지만은 않았다. 목발을 짚은 남자애랑 그 애의 적을 만났으니까. 목발을 짚은 애는 톰과 비슷했다. 말투가 나와 이야기할 때 톰의 말투 같았다. 내가 아무리 자기보다 나이가 많아도 결국 바보는 나고 자기가 왕이라는 말투. 뭐, 그 애는 나보다 어리진 않았지만. 그래서 카트카가 핸드폰을 뺏어서 갈 때 나도 당연히 카트카를 따라갔다.

"너 진짜 착하구나." 카트카가 말했다.

그리고 카트카는 내가 밀라랑 어떻게 알게 된 사이인지 물었다. 그래서 친칠라를 받은 이야기랑 내가 무서워했다는 이야기를 해줬다. 다 지난 이야기를 이제 다시 하니까 내가 도대체 왜 그런 걸 무서워했을까 싶어 오히려 우스웠다.

그러자 카트카가 말했다. "있잖아, 내가 책에서 읽은 것 중에 제일 무서웠던 게 뭔지 알아? 사람을 무는 거대 달팽이가 있대. 그게 한번 물면 이빨이 피부 깊숙이까지 파고든다는 거야. 소설책이라 사실이 아닌 걸 알면서도 꽤 무서웠어. 잘 때도 생각나고 아침에 일어나서도 무섭더라."

그렇게 자세히 이야기해 줄 필요는 없었지만 그래도 기뻤다. 다른 사람도, 나보다 큰 사람들도 상상 속 존재를 무서워하는구나.

네 명이 되다

밀 교실에 들어왔을 때 처음에는 아무것도 눈치채지 못했다. 내가 원래 주변을 잘 의식하지 못하니까. 게다가 외투를 벗으면서 오늘까지 해야 하는 영어 숙제가 있는데 하지 않았다는 게 생각났다. 아빠가 어제 저녁에 숙제를 다 했는지 물어보기까지 했는데. 하지만 까먹은 거지 거짓말한 건 아니니까. 그래서 지금이라도 얼른 해야 했다.

의자에 앉아서 노트를 꺼내 숙제를 하고 있는데 나탈리에와 베로니카가 내 자리에 와서 물었다.

"야, 밀라 너 6학년이랑 친구야?"

그게 무슨 말이지? 나는 친구 안 만드는데. 나탈리에와 베로니카를 멀뚱히 쳐다봤다.

"얘 또 멍때려." 나탈리에가 말했다.

"야, 진짜 싫어." 베로니카가 그렇게 말하고 나탈리에를 데리고 가버렸다.

조금 뒤에는 막스가 날 불렀다. 아니, 먼저 지우개를 던지기 시작했다. 안 그랬으면 전혀 못 들었을 거다. 걔네가 자주 하는 짓이다. "야, 네 친구 말이야. 난 무서워서 같이 못 다닐 듯." 막스는 그렇게 말하고 바로 자기 친구들 쪽으로 몸을 돌려 핸드폰을 보고 낄낄댔다. 그제야 나는 도대체 무슨 일인지 알아내려고 자리에서 일어났다. 그러자 애들이 카트카가 그 남자애의 뺨을 때리는 영상을 보여줬다. 영상에는 나도 있었고 페트르도 있었다. 남자애들이 마구 웃었다.

"야, 진짜 대박이지?"

"늬들 이거 어디서 났어?"

"어디겠냐? 너는 영상 같은 거 어디에서 보는지도 모르냐, 바보야?"

나는 재빨리 막스의 손에서 핸드폰을 잡아챘다. 어째서 이 영상이 여기 있는 거야? 막스가 내게서 얼른 핸드폰을 다시 뺏었다.

"야, 진정해. 유튜브에 올라온 거야. 왜 저래?"

막스가 영상을 다시 보여줬다. 도저히 이해가 되지 않았다.

"이거 누가 올린 거야? 도대체 어떻게 된 거야?"

"닉네임이 프란타스래." 누군가 말했다. 자세히 보니 영상에 닉네임이 적혀 있었다.

"너 이거 올린 사람이 누군지 알아? 왜 그렇게 자세히 보는데?" 막스가 물었다. "아니, 그것보다 이걸 왜 내 자리에서 보는 건데?"

그건 그렇지. 굳이 여기 계속 서 있을 이유는 없지. 프란타는 이걸 어떻게 한 거지? 핸드폰은 카트카가 가져갔고 절대 영상을 올리는 걸 허락해 주지 않았을 텐데? 하지만 어떻게 올렸는지는 중요한 게 아니야. 중요한 건 왜 이런 짓을 했느냐는 거지. 갑자기 화가 솟구쳤다. 이러면 절대 안 되는 거잖아. 카트카가 영상 때문에 얼마나 화를 냈는지 나는 봤단 말이야. 카트카는 내 친구고 여기 이 프란타라는 애도 나랑 그때 친구인 척 했었잖아. 그런데 이런 짓을 한다고? 우리가 도와줬다고 해서? 사기꾼 같은 놈.

"꺼지라니까?" 막스가 말했다. "이제 그만 방해하고 가, 어?" 내가 왜 여기 계속 서 있는지 모르겠다. 그때 다른 애가 말했다. "나 얘 누군지 알아! 6학년에 새로 온 전학생이야. 다리 이상한 애. 다른 영상도 있어."

"6학년이라고?"

"응, 6학년. 아마 A반일걸. 뺨 맞은 애가 A반이거든. 잘은 모르겠다. 지나가면서 몇 번 본 게 다거든. 걔 좀 이상해."

“야, 안 이상하겠냐? 걔 친군데?”

“그 애가 우리 학교에 다닌다고?” 내가 깜짝 놀라서 물었다. 전혀 몰랐다. 그런 애를 한 번도 알아차리지 못했다니 불가능한 일이었다. 아냐, 사실 아주 불가능한 일은 아닐지도 몰라. 내가 드디어 정신줄을 놓았는데 그걸 나만 모르고 지낸 거라면.

“야, 정신 차려.” 막스가 내 이마를 똑똑 두드렸지만 상관없다. 그러니까 그 애가 우리 학교에 다니는 6학년이란 거지. 나는 몸을 돌려 그 애를 찾으러 나섰다.

그런데 그 애는 6학년 A반에 없었다. B반에도 없었다. 수업 종이 울려서 이제 반으로 돌아가고 싶은데. 그때 그 애가 복도 끝에서 걸어오는 게 보였다. 나는 걔가 이쪽까지 오길 기다리면서 무슨 말을 해야 할지 생각했다. 나는 화가 나면 오히려 생각이 머릿속에서 날뛰는 바람에 말이 잘 안 나온다. 일단 확실한 건 영상을 올리면 안 됐다는 거야. 남자애의 얼굴에 웃음기가 올라왔다.

“우와, 밀라! 너랑 나랑 같은 학교에 다니는지는 전혀 몰랐네.”

걔가 내 앞으로 다가왔지만 나는 여전히 무슨 말을 해야 할지 몰랐다. 우리를 배신해 놓고 어떻게 저렇게 웃을 수 있지? 이제 그 애가 내 바로 앞에 있는데도 할 말이 떠오르지 않았다. 그 애가 먼저 말했다. “뭐야. 왜 아무 말도 안 해?” 나는 그 애 뺨을 때렸다. 누군가의 뺨을 때려본 건 처음이었다. 그런데 제일 이상했던 건, 그 애가 갑자기 마구 웃어대기 시작했다는 거다. 나는 그 자리에서 도망쳐 우리 반으로 돌아왔다.

영어 숙제는 결국 다 하지 못했다. 하지만 그건 상관없었다. 불쌍한 카트카. 벌써 영상을 봤으면 어떡하지?

카 살면서 영상에 나온 내 모습이 역겹지도 뚱뚱해 보이지도 않은 건 아마 처음일 거다. 영상을 세 번이나 연달아서 다시 봤다. 멧돼지라고 부르는 부분은 빠져 있었고 엄청 웃기게 편집되어 있었다. 하지만 내가 이상하게 나온 건 아니니까 상관없었다. 내 모습이 이렇게 나올 수 있다니 믿을 수가 없었다. 영상이 너무 잘 나와서 내 페이스북에 올려야 할 것 같아. 아침부터 벌써 세 명이나 나보고 멋지다고 말해줬다.

심지어 데니사도 그렇게 말했다. 데니사는 우리 반 여왕 세 명 중에서 날 제일 싫어하는 애다. 언젠가 우리 오빠랑 사귀고 싶어 했는데 오빠는 9학년이니까 나랑 친구로 지내면 유용할 거라고 생각했나 보다. 하지만 우리 오빠가 자신의 고백을 거절하자 그때부터 나를 싫어했다. 항상 내 책을 뺏어서 던지거나 어딘가에 숨기던 우리 반 남자애들도 나보고 멋지다고 말했다. 아침에 학교에 오기 전까지만 해도 나는 아무것도 몰랐는데 이제 다들 나를 다른 눈빛으로 보고 있었다. 물론 전부는 아니지만 이때까지 날 비웃고 숙제를 베끼게 해달라고 하던 애들은 다 그랬다. 오늘은 아마 학교가 끝나고 반 친구들이랑 어울려서 밖에서 놀 수도 있을 것 같은 기분이 들었다. 아파트 앞 벤치에 내가 앉아 있고 반 친구들이 날 둘러싸고 내가 하는 말마다 다들 웃어주는 상상을 했다.

음, 하지만 얼마 전부터 읽고 있는 책이 너무 재미있어서 어쩔 수 없지만 오늘은 같이 못 놀아주겠는걸? 뭐, 사실 이따가 같이 놀자고 물어본 사람은 아직 없지만 말이야. 그리고 어차피 아마도 이름이 프란타인 것 같은 그 애에게 가서 핸드폰도 돌려줘야 하고. 페트르에게는 오후에 만나자고 벌써 말해뒀다. 오늘은 책 읽을 시간이 많이 없겠는걸. 그러니까 얼른 해치우고 빨리 책을 읽으러 가야지. 아, 안 된다. 오늘은 테니스 수업이 있는 날이다. 기분이 바로 나빠졌다. 왜 하루도 좋은 날이 없는 거야?

이런 생각을 하는 사이 수학 수업이 끝나고 체코어 수업을 들으러 다른 교실로 가는데 계단 앞에 끔찍한 우리 오빠가 서 있었다. 하지만 마테이도 함께였다. 당연히 오빠한테 가까이 가진 않았지만 마테이를 흘깃 쳐다봤다. 다시 테니스가 떠올랐다. 마테이랑 마지막으로 이야기했던 주제였으니까. 내년에 마테이가 고등학교에 가면 자주 보기 힘들겠지. 오빠랑 다른 학교에 가게 되면 더 이상 같이 놀지 않을 수도 있겠지? 마테이가 졸업하기 전에 뭐라도 해야 해. 새 학년까지 아직 1년이나 남았으니까 그 전까지 빨리 살을 빼서 말을 걸어야지. 그런데 그래도 오빠랑 같이 있으면 말 못 거는데 어쩌지.

마테이를 몰래 슬쩍슬쩍 쳐다보고 있는데 갑자기 마테이가 날 보고 손을 흔들더니 자기 쪽으로 오라고 손짓했다. 하지만 나는 고개를 절레절레 흔들며 잘 가라고 괜찮다는 손짓을 하면서 다가가지 않았다. 사실 괜찮지 않았다. 그냥 가까이 가야 하는데. 나는 뭘 해도 어색한 인간이고 앞으로도 평생 그렇겠지. 영영 살도 못 뺄 거고 마테이 같은 남자는 절대 나랑 사귀지 않을 거야. 갑자기 그 영상도 부끄러웠다. 영상을 보고 나랑 친해지려는 사람은 아무도 없었다. 이 순간에도 내가 원하는 건 또 책을 가지고 어딘가 혼자 처박혀서 이런 생각을 전부 잊는 것뿐이다. 그때 마테이가 날 불렀다.

"나 영상에서 너 봤는데 정말 멋지더라!"

오빠의 또 다른 친구가 날 보며 엄지를 올리자 얼굴이 새빨개지는 게 느껴졌다. 얼굴이 빨개지면 항상 주근깨가 올라온다. "고마워!"라고 외쳤지만 목소리가 염소 목소리처럼 파르르 떨렸다. 아, 어떡해! 목소리가 이게 뭐야! 나는 얼른 몸을 돌려 체코어 수업에 가려고 걸음을 서둘렀다. 정말 어색했지만 사실 끝내줬다.

"나 영상에서 너 봤는데 정말 멋지더라!"라니!

체코어 수업 내내 마테이와 함께 이야기하는 상상을 했다. 내 상상 속 마테이가 말했다. "너랑은 정말 말이 잘 통하는 것 같아. 오후에 나랑 같이 나가서 놀자." 그리고 우리는 오후에 강가로 가서 입을 맞췄다. 그런 상상을 하느라 수업에 집중을 하지 못해서 선생님에게 지적을 들었다. 체코어 선생님은 진짜 별로고 날 전혀 좋아하지 않는다. 내가 책을 이렇게 많이 읽는데 날 좋아해 줘야 하는 거 아냐?

오늘은 수업 시간에 지적도 받고 오후에 테니스 수업도 있지만 그래도 멋진 날이야.

페 우리 학교는 핸드폰을 가져오면 안 된다. 아니, 가져와도 되지만 사물함에 넣고 잠가둬야 한다. 나는 그래서 그냥 핸드폰을 학교에 들고 가지 않기 때문에 오후가 될 때까지 아무것도 모르고 있었다. 그러다가 평소처럼 카트카네 집 앞에서 기다리고 있는데 그늘이 한 조각도 없어서 티셔츠만 입고 있는데도 더웠다. 이러면 절대 감기에 못 걸리는데. 그러면 상한 음식은 어떤 걸로 먹어야 하지? 이전에 실수로 시큼해진 우유를 마셨을 때는 곧장 토해버렸으니까 먹어도 바로 토하지는 않는 음식을 생각해 내야 하는데 쉽지가 않다. 상한 우유를 출발하기 전 날에 먹으면 부모님이 내가 토하는 걸 보고 가지 말라고 하진 않을까? 꽤 좋은 아이디어 같지만 생각만 해도 벌써 속이 울렁거렸다.

그때 카트카가 왔다. 카트카가 집에서 테니스 라켓을 챙긴 후 우리는 같이 출발했다.

“그런데 어디로 갈 거야?”

“밀라네 학교에 가보려고. 그 애가 거기 다니는지 보게. 거기 말고 또 어디가 있겠어?”

“그런데 벌써 3시야. 벌써 집에 갔을 것 같은데.”

“방과후 수업 때문에 남아 있을 수도 있잖아. 적어도 이름은 알아내겠지.”

“그럼 가는 길에 피자나 사 먹을까?” 내가 물었다. 아직 점심을 먹지 않았기 때문이다. 나랑 톰은 학교에서 점심을 먹지 않는다. 엄마가 루츠카랑 집에 있으니까 항상 점심을 만들어 주기 때문이다. 그래서 우리는 방과후 수업도 가지 않는다. 그런데 이제 학교가 끝나도 바로 집에 가지 않을 거다. 부모님은 신발을 사러 가야 하는데 내가 곧장 집으로 오지 않아서 화가 났다. 그래서 또 나한테 학교 끝나는 대로 바로 오는 게 좋을 거라면서 으름장을 놨지만 그건 그냥 겁줄려고 하는 말이다. 아빠는 회사에 있다가 톰을 운동에 데려다주고 엄마는 루츠카를 돌봐야 하니까 어차피 내가 어디서 뭘 하든 아무도 신경 쓰지 않을 테다. 게다가 부모님이 나한테 화가 쌓이면 쌓일수록 좋다. 나도 가기 싫다는 수련회에 억지로 보내려고 하는 부모님에게 화가 났으니까. 덕분에 이제 썩은 우유나 마시게 됐잖아.

“그래, 피자 사 먹자. 좋은 생각이야. 그런데 왜 자꾸 떨어?” 카트카가 말했다.

우리는 피자를 사서 가게 옆에 있는 벤치에 앉아서 먹고 다시 밀라네 학교 쪽으로 걸었다. 너무 더워서 아이스크림도 사 먹었다. 학교 앞에서 여러 사람한테 말을 걸었다. 처음에는 그 애를 이상하게 걷는다는 것 말고 어떻게 다르게 설명해야 할지 모르다가, 물어보는 사람이 늘어날수록 곧 '이상한 다리에 목발을 쓰는 애'라고 거리낌 없이 말하게 되었다.

그 애 이름은 프란타였고 누군가 성도 말해줬다. 어디에 사는지도 금방 알아냈다. 방과후 수업은 다니지 않는다고 했다. 그래서 우리는 프란타네 집으로 발걸음을 옮겼다.

"있잖아. 며칠 동안 앓아누우려면 뭘 먹어야 할까?"

그러자 카트카가 날 이상하게 쳐다봤다. "왜?"

나는 아무것도 아니라는 듯이 고개를 저었다.

"상한 고기면 되지 않을까?" 카트카가 한참 고민하다가 대답했다. "그런데 그러지 마. 진짜 역겨워."

우리는 그 프란타라는 애가 사는 동네로 들어섰다. 마당과 트램펄린이 있는 집이라고 했는데 그게 없는 집이 어디 있어. 그래서 우리는 길 끝까지 갔다가 다시 돌아왔다. 이번에는 초인종에 적힌 이름을 하나씩 살펴보다가 드디어 그 애의 성을 찾아서 초인종을 눌렀다. 한참 동안 아무 소리도 들리지 않다가 안쪽에서 문이 철컥 열리더니 작은 남자애가 고개를 빼꼼 내밀었다.

"뭐야?"

"프란타를 만나러 왔는데, 집에 있어?" 카트카가 물었다.

남자애가 사라지더니 곧 집 안에서 소리를 지르는 게 들렸다. "형! 누가 왔어!" 그리고 또 한참 동안 아무 일도 일어나지 않았다. 목발을 짚고 계단을 내려오려면 시간이 걸리겠지. 그런데 프란타는 생각보다 금방 내려왔다. 우리가 먼저 말을 꺼냈다. "안녕." 그리고 한동안 우리 셋은 서로 얼굴을 쳐다보며 눈치를 살폈다. 나는 카트카가 먼저 찍은 영상을 올리면 가만히 두지 않겠다며 말싸움을 시작하길 기다렸다.

그런데 카트카는 이렇게 말했다. “너 운 좋은 줄 알아.”

“그래?” 프란타가 말했다. “대박이었지?”

카트카가 프란타를 보고 씩 웃었다. 도저히 이해가 안 됐다.

“응. 대박이었어. 그래도 그러면 안 되는 거였어.”

“다음에는 물어볼게.”

“다음 같은 건 없어. 이제는 나 찍지 마.”

“알겠어. 당연하지. 네가 테니스 치는 것도 안 돼?” 프란타가 웃었다. “오! 잠깐만! 진짜 재미있을 것 같은데? 네가 테니스 치는 영상!”

“절대 싫어.” 카트카의 목소리가 갑자기 진지해졌다. “잠깐만.” 내가 프란타에게 물었다. “지금 니가 그 영상을 올렸다는 거야?” 그리고 카트카에게 몸을 돌렸다. “너는 그게 괜찮고?”

카트카가 어깨를 으쓱했다.

“보여줘 봐.”

아이들이 영상을 보여줬다. 나도 1초 정도 등장했다. 영상은 정말 꽤 웃겼고 카트카가 엄청 멋지게 나왔다. 고개를 돌려서 프란타를 쳐다봤다. 프란타는 아직도 그걸 보고 웃고 있었다. 아무리 봐도 정말 다들 괜찮아 보였다. 왜 사람들은 무엇이든 원칙에 따라 행동해야 한다고 하는 거지? 이건 분명히 옳지 않은 거였는데 어째서 지금은 갑자기 옳은 게 된 거지? 왜 나는 부모님 말을 듣고 수련회를 가야 하지? 나는 가고 싶지도 않은데?

“카트카가 올리는 게 싫다고 했는데 마음에 걸리지는 않았어?”

“난 이게 반응이 좋을지 알고 있었거든. 그리고 나는 사람들이 나한테 뭐가 옳은지 그른지 말하는 건 신경 안 써. 그런데 밀라는 어디 있어?”

“몰라. 우린 약속하고 만나는 게 아니라서. 그런데 항상 모이는 아지트가 있어. 공원 끝에 있는 아지트에서 가끔 만나.”

“그럼 지금 거기로 가는 거야?”

“응, 아마.” 카트카가 시계를 봤다. “아직 시간이 있으니까.”

“그럼 나도 너희랑 같이 갈래.” 프란타가 현관에서 절뚝거리며 내려왔다. 그리고 열쇠를 챙기고 문을 닫았다.

“핸드폰 충전도 안 하고 돌려주는 건 아니길 바라.”

“너도 뺨 맞고 싶은 게 아니길 바라.” 카트카가 말했다. 별로 웃겨 보이지도 않는데 카트카는 프란타와 함께 큰 소리로 웃었다.

밀 눈을 감고 풀 위에 누워 가만히 곤충과 새 소리를 듣고 있었다. 햇살이 얼굴을 데웠다. 까악까악 소리가 들려 눈을 떠보니 새 한 마리가 내 위에서 높게 날고 있다. 그림자 모양이 갈매기 같았는데 금방 날아가 버렸다. 해를 계속 쳐다보자 눈앞에 어두운 얼룩이 보였다. 다시 눈을 감았다. 손으로 감은 눈을 누르자 여러 가지 모양이 보인다. 아늑해서 잠들 것 같아. 아무것도, 아무 생각도 하고 싶지 않아. 갑자기 엄청 가까이서 목소리가 들려왔다. 얼른 잠들어 버려야겠어. 몇 초 뒤에 눈을 뜨자 곧 덤불 속에서 카트카가 나타났다. 뒤에는 페트르, 그리고 조금 뒤에 프란타도 들어왔다. 깜짝 놀라서 자리에서 후다닥 일어났다.

“여기서 뭐 하자는 거야?!” 저런 애한테 내 아지트를 허락해 주고 싶지도 않고 무엇보다 어째서 카트카가 쟤를 여기 데려왔는지 이해가 되지 않았다. 카트카에게 몸을 돌렸다.

“너 몰라?”

“뭘?”

“그 영상!”

“아……. 그 영상……. 뭐, 알지.”

나는 멀뚱히 눈만 끔뻑거렸다. 영상에 대해 알고 있다. 그런데도 프란타가 여기에 와 있다. 이해가 안 돼.

"그런데 어째서 쟤가 여기 있는 거야?" 손가락으로 프란타를 가리켰다. 그러자 카트카가 말했다. "너는 그 영상이 이상했어?" 그 말에 말문이 턱 막혔다. 그게 지금 무슨 상관이야? 도저히 이해가 안 된다. 나는 카트카를 바라보다 프란타에게로 눈을 돌렸다. 그러면 이해가 될 줄 알았는데 마치 내가 한 마디도 모르는 언어로 된 영화를 어떻게든 이해가 될 때까지 무작정 보고 있는 느낌이다.

"마음에 들었대. 영상이. 그러니까 내 뺨은 괜히 때린 거야." 프란타가 잠시 뒤에 말했다.

"너 얘 뺨 때렸어?"

"응, 너 때문에."

"고마워." 카트카가 말했다.

"오, 완전 감동이네." 프란타가 말했다.

"뭐가?" 내가 말했다. "지금 너네가 무슨 말을 하는지 이해가 안 돼."

"나는 뺨 맞은 거 괜찮아." 프란타가 밝은 목소리로 말했다.

"너는 너보다 어린 여자애한테 뺨 맞은 게 괜찮아?" 페트르가 처음으로 입을 열었다.

"응." 프란타가 어깨를 으쓱했다. "대단하다고 생각해. 다들 내가 무서워서 아무것도 못 하거든."

"그러면 너는 다른 사람이 너한테 뭐라고 해주길 바라는 거야?"

"뭐……. 가끔 그럴 때도 있지." 프란타의 얼굴에서 갑자기 웃음기가 사라졌다.

하지만 나는 더 이상 아이들 말을 듣고 있지 않았다. 방금 들은 것 때문에 혼란스러웠다. 나는 역시 사람들을 이해할 수가 없는 거야. 머리가 지끈거렸다. 도대체 이게 다 무슨 일인지 조금 더 생각해 보고 싶으니까 저 셋은 전부 돌아가고 나를 여기 혼자 좀 내버려뒀으면 좋겠어.

"밀라?" 카트카가 내 어깨에 손을 얹었다. "나는 이제 가야 돼. 잘 있어. 내일 보자. 알겠지?"

나는 고개를 끄덕였다. 간다니까 다행이야.

"지금 시간 좀 있어?" 프란타가 물었다. 하지만 도저히 나는 누구랑 이야기하고 싶은 마음이 없어서 그냥 가라고 고개를 저었다.

"너는?" 프란타가 페트르에게 물었다. "너 GTA 5 할 줄 알아? 아니면 포트나이트?"

페 "아니. 나는 게임 잘 안 해. 마인크래프트 정도만 해. 우리 부모님이 안 좋아하시거든. 그래서 나랑 남동생은 게임 자주 못 해. 하고 싶은 게임이 있으면 아빠가 하나하나 엄청 꼼꼼하게 확인해. 그래서 GTA 5 같은 건 절대 못 하게 해. 포트나이트도 못 하게 할걸."

"음, 그러면 우리 집으로 갈래?"

"왜?"

"우리 집에서 잠깐 게임하면 되잖아"

"난 상관없어."

하지만 속으로는 깜짝 놀랐다. 우와, 나보다 두 살이나 많은 프란타가 나랑 아무렇지 않게 이야기하면서 자기 집에서 게임을 하자고 하다니. 친구가 된 것 같아.

"너네한테 할 말이 있어." 카트카와 밀라가 가기 전에, 그리고 용기가 사라지기 전에 얼른 결심에 찬 목소리로 말했다.

"금요일에 가출할 거야."

제2장

함께

카트카는 반대야

밀 "오, 좋네." 프란타가 말했다.

"뭐라고?" 카트카가 말했다. "왜?"

"수련회 가기 싫은데 우리 부모님은 내 말을 안 들어주셔서 그냥 집 나가려고." 페트르가 답하자 카트카는 프란타의 웃는 얼굴에서 내게로 눈을 돌렸다.

"밀라. 너 우리가 하는 말 또 안 듣고 있지?"

지금까지는 어쩌다 보니 얘네가 하는 말을 놓쳤는데 이제는 정말로 듣기 싫어졌다. 나도 이상한 편이지만 오늘은 얘들이 나보다 훨씬 이상한 것 같아. 더 이상 여기에 있을 수가 없어서 아무 말도 하지 않고 도망쳐 나왔다. 집까지 뛰어와서 아무도 날 보지 못하게 정문이 아니라 마당을 빙 돌아 뒷문으로 들어왔다. 뒷마당 해먹에 누워 눈앞에서 흔들리는 나뭇가지를 보며 잠시 쉬었지만 그래도 진정이 되지 않았다. 도대체 사람들은 왜 그런 행동을 하고 그런 말을 하는 걸까? 왜 카트카는 처음엔 그렇게 난리를 쳤으면서 지금은 영상이 괜찮다 하고, 싫어하는 짓을 프란타가 했는데도 괜찮은 거야? 왜 프란타는 카트카가 올리지 말라고 한 영상을 유튜브에 올렸고, 왜 페트르는 수련회에 안 가겠다고 부모님을 설득하지 않고 가출을 하려는 거야? 프란타는 왜 "오, 좋네."라고 한 거야? 가출이 좋은 거야? 프란타가 한 말의 의미를 곰곰이 생각했다. 정말 모르겠어. 하지만 다 같이 다시 이야기하게 될 테니까 곧 알게 되겠지. 가출하는 사람은 없어야 해. 집은 원한다고 마음대로 도망 나올 수 있는 곳이 아니라고.

"너 그거 진심이야?" 다음 날 넷이 모두 아지트에 모였을 때 카트카가 물었다. 재미있겠다거나 신나는 모험 같겠다는 마음으로 묻는 말투가 아니었다.

“응.” 페트르가 대답했다 “가출할 거야. 안 그러면 상한 음식을 먹어야 하는데 그건 도저히 못 견딜 것 같아.”

이해가 안 되지만 나랑은 상관없다.

“어떻게 하려고?”

“음, 수련회 가기 직전에 얼른 나오려고.”

“어디로?”

“그건 아직 모르겠어.”

“아니, 아는 게 뭐야?”

페트르와 카트카가 서로 째려보자 프란타가 웃음을 터트렸다.

“나는 그냥 수련회가 가기 싫을 뿐이야. 자꾸 억지로 가라고 하니까. 절대로 잠들지 못할 텐데 낯선 곳에서 자는 건 질색이야. 게다가 우리 반 애들은 날 겁쟁이라고 놀린단 말이야. 그냥 가기 싫어! 안 갈 거야!” 페트르가 갑자기 불같이 화를 내자 평소의 귀여운 얼굴이 사라져버렸다.

“그러니까 수련회에 가기 싫어서 대신 아무 데나 혼자 떠나버리겠다는 거지?”

페트르는 아무 말도 하지 않고 고집스럽게 고개만 끄덕였다.

“내가 너랑 같이 가줄게” 프란타가 말했다. “주말이면 갈 수 있어. 집에는 아빠한테 간다고 하면 돼.”

“나도 갈게.” 내가 말했다. 도대체 왜 그랬는지는 모르겠지만 그때만큼은 다른 방법이 없는 것 같았다.

카트카가 우리를 미친 사람 보듯 쳐다봤다. “너네 다 같이 미친 거지? 그렇지?”

"너도 같이 가자." 프란타가 말했다. "더 재미있을 거야."

카트카가 진저리를 치면서 고개를 마구 저었다.

"너네, 지금 이걸 텐트 같은 데서 자는 편한 여행이 될 거라고 생각하는 건 아니지?"

"텐트는 추워서 안 돼. 난 추우면 관절이 아파서 절대 못 걸어. 그러니까 텐트는 안 돼. 침대가 있어야 해."

그 말에 우리 셋이 모두 벙쪄서 프란타를 쳐다봤다.

"그래, 침대가 있는 곳으로 가자고? 말이 쉽지. 남의 집에 무단 침입하자는 거야, 지금?"

"시골에 있는 이모네 집에 가려고 했지. 이모는 집이 두 채인데, 한 채에는 아무도 안 살거든."

"그럼, 그 집은 버려진 거야?" 프란타가 말했다.

"아니. 이모 집이랑 마당이 붙어 있어. 그래서 밤에 몰래 들어가려고 했어."

"그 집에 누가 들어왔는데 퍽이나 눈치 못 채겠다."

"이모는 절대 모를 거야. 눈이 안 좋거든. 그래서 거기 숨어 있으려고 했지."

"우리는 네 명이라서 안 돼. 분명히 알아채실 거야. 아니면 이웃한테 들킬 수도 있고. 마을 말고 다른 곳을 찾아보자."

"잠깐만. 왜 네 명이야? 절대 네 명이 될 일은 없어. 늬들도 그만해." 카트카가 말했다.

그때 내게 좋은 생각이 떠올랐다. 여름 방학 때 부모님과 산 위에 있는 펜션에 갔었는데 주변에 아름다운 강이 흐르고 이름이 특이한 곳이었다. 동물 이름이 들어갔는데……. 아! 기억났어. '올빼미 산'이었나? 아무튼

렌카야 사랑해

죽여버린다

V+P

분명히 올빼미가 들어간 이름이었다. 펜션을 지나 언덕을 조금 더 올라가면 마을의 끝이 나오는데 그 너머에 이제는 아무도 찾는 사람이 없는 버려진 캠핑장이 있었다. 공용 샤워실과 식당으로 썼던 것 같은 큰 집 두 채랑 작은 오두막들이 옹기종기 모여 있는 곳이었다. 식당 건물 안에는 식탁과 의자가 있는 주방도 있었고 창문은 금이 조금 가긴 했지만 커튼이 달려 있고, 그게 바람에 날리고 있었다. 마치 전날까지 누군가 살다가 갑자기 세상이 끝나버려 그곳에 있던 사람들만 몽땅 사라져버린 곳 같았다. 오두막마다 안에 멀쩡한 매트리스도 있었고 침대 프레임은 '렌카야 사랑해', 'V+P', '죽여버린다' 같은 낙서로 뒤덮여 있었다. 펜션으로 돌아가려고 캠핑장을 나오는데 오두막마다 덜 닫힌 문짝들이 바람에 쾅쾅 닫혔다. 내 눈에는 정말 아름다운 곳이었는데 엄마는 기분 나쁜 곳이라며 나보고 절대 여기 혼자 오지 말라고 했었지. 엄마한테 알겠다고 약속은 했지만, 사실은 천천히 시간을 두고 둘러보고 싶었는데. 그러지 못해서 아쉬웠다. 그러니까 이번 기회에 다 같이 거길 가면 딱 맞을 것 같아. 이번에는 캠핑장을 찬찬히 둘러볼 수 있을 테니까.

아이들에게 캠핑장에 대해서 말했다. 바로 전날까지 사람들이 살다가 갑자기 없어진 것 같은 곳이라고는 말하지 않고 지금 우리한테 필요한 게 다 갖춰진 좋은 장소라고 말했다.

"침대에 매트리스까지 있다니. 완전 최고잖아." 프란타 얼굴에 다시 웃음이 피었다.

"나는 집에 갈래. 쓸데없는 짓이야." 카트카가 말했다.

하지만 페트르가 붙잡았다. "가자, 네가 없으면 재미없을 거야."

"맞아." 내가 말했다. 사실 카트카가 없다고 정말 재미가 없을지는 모르겠지만. 난 그냥 그때 그 멋진 장소에 다시 가서 구경할 생각에 들뜬 것

뿐이야. 하지만 다른 사람을 설득할 때 이렇게 말해야 한다는 것쯤은 알지.

"같이 가자. 안 그러면 꼬맹이가 밤마다 울 거야." 프란타가 말했다.

"아니거든." 페트르가 받아쳤지만 카트카가 정말 가지 않을까 봐 걱정하는 게 보였다.

카트카는 지긋지긋해 죽겠다는 표정으로 말했다.

"너네 제발 좀 그만하면 안 돼?"

하지만 우리 셋은 아무 대답도 하지 않았다. 그러자 카트카가 자리를 박차고 일어나 가버렸다. 남은 우리 셋은 당황해 서로를 쳐다봤지만 아무 말도 하지 않고 카트카를 다시 불러오지도 않았다.

"그럼 각자 뭘 챙겨 올지부터 정하자." 잠시 후 페트르가 말했다. "다들 침낭은 있어?"

카 나는 공원에서 나와 버스 정류장을 향해 걸었다. 이제 밀라랑 페트르, 프란타 부모님께 찾아가서 말씀을 드려야겠지? 내가 이미 얘네들 계획

을 알고 있는 상황에서 얘네한테 무슨 일이라도 생기면 어떡해? 하지만 모르는 사람들을 찾아가서 말할 생각을 하자 나는 절대 못 할 거라는 확신이 들었다. 게다가 다들 이상한 애들이긴 해도 밀라도 페트르도 어쩌면 프란타까지도 이젠 내 친구들이라서 어차피 가서 이를 수 없을 거야. 어쩌다가 이런 애들이랑 친구가 되긴 했지만 사실 나도 이상한데 어떤 다른 친구들을 사귈 수 있겠어. 그래도 난 수련회를 안 가겠다고 가출할 만큼 이상하진 않아.

가출 계획을 피하면서 배신자가 되지 않으려면 어떻게 해야 할지 고민하고 있는데 버스 정류장 벤치 팔걸이에 앉아 핸드폰을 하고 있는 마테이가 보였다. 지금 가서 말 걸어야 해, 아니 못 해, 가서 말 걸어야 해. 길을 건너기 전에 마테이가 날 보고 반가워하는 모습, 그 옆에 내가 앉는 모습, 마테이가 내 어깨에 팔을 두르고 입을 맞춘 뒤에 "카트카, 난 언제나 네가 멋진 사람인 걸 알고 있었어."라고 말하는 모습을 상상했다. 내 상상 속에서는 항상 정확한 대사가 부족해서 문제야. 그러니까 가까이 갈 때마다 아무 말도 못 하고 그냥 "안녕."밖에 못 하지.

"안녕." 마테이는 짧게 대답하고 계속 핸드폰으로 문자를 썼다. 문자를 보내는 마테이의 얼굴에 갑자기 미소가 번지더니 잠시 뒤에 고개를 들고 내게 물었다. "왜?"

"아니야."

나는 뭘 해야 할지 모르겠어서 괜히 가방에 손을 넣어 책을 집었다. 책을 꺼내 펼쳤지만 너무 긴장해서 당연히 아무것도 눈에 들어오지 않았다. 뭐라도 좀 말해. 뭐라도. 아니면 옆에 가서 앉아. 자연스럽게. 그냥 버스 기다리는 거잖아. 속으로 말했다.

마침내 간신히 벤치 끝에 앉아서 책을 읽는 척했다. 얼굴엔 어김없이 주근깨가 올라왔다. 이럴 거면 도대체 왜 가까이 앉았을까? 마테이 몰래 그쪽을 슬쩍 훔쳐보다가 갑자기 마테이가 일어나는 바람에 깜짝 놀라서 크게 움찔했다.

그때 내가 모르는 여자애가 우리 쪽으로 다가왔다. 마르고 다리가 예쁜 여자애다. 여자애가 마테이에게 인사하더니 둘이서 가볍게 입을 쪽 맞췄다. "그럼, 갈까?"

"응." 마테이가 대답하고 내 쪽을 돌아봤다. "그럼, 잘 가."

둘은 손을 잡고 정류장을 떠났다. 여자애가 묻는 소리가 들렸다. "그런데 누구야?"

"아무도 아냐. 온드라 여동생." 마테이가 말했다.

둘의 뒷모습을 보면서 세상에서 사라져버리고 싶다고 생각했다. 하지만 때마침 도착한 버스에 무기력하게 올라 집까지 가는 것 말고 다른 수가 없었다. 차라리 집에 아무도 없었으면 좋겠어. 그런데 오빠가 있고 일찍 퇴근한 엄마도 있었다. 집에 들어가자 엄마는 러닝복으로 갈아입고 있었다.

"같이 뛰러 안 갈래?" 엄마가 다정하게 물었다. 내가 언제 같이 간 적이라도 있는 것처럼. 내가 달리기 싫다고, 특히 사람들이 날 쳐다보는 밖에서는 달리기 싫다고 해서 수백 번이나 싸웠으면서. 나는 고개를 저었다. 말을 할 수 없었다. 아마 앞으로 절대 할 수 없을지도 몰라. 그만큼 슬펐다.

"그래도 뛰어야지." 엄마가 말했다. "뛰면 기분이 나아진다는 걸 너도 알면 좋을 텐데."

절대 좋아지지 않아. 지금은 피자도 내 기분을 풀어주지 못해. 그러니까 뛴다고 해서 나아질 리가 없잖아. 오히려 기분이 나빠지겠지.

"가자, 우리 딸. 응? 재미있을 거야. 한 번도 같이 안 뛰어봤잖니."

"엄마, 카트카는 못 가요. 살이라도 빠지면 어떡해. 살 빠지면 큰일

나." 오빠가 하필이면 주방에서 빵 두 개에 햄을 끼워 들고 오면서 말했다.

"날 좀 내버려둬!" 나는 오빠와 엄마에게 소리를 꽥 지르고 내 방으로 뛰어갔다. 문에 열쇠가 없어서 잠가버릴 수도 없잖아.

엄마가 방 안으로 고개를 들이밀었다. "카트카, 그런 식으로 말할 필요는 없었잖아? 아니면 무슨 일이라도 있니?"

"아무것도 아니에요." 엄마한테 뭐라고 말해야 이해할까? 우리 엄마는 예뻐서 젊었을 때 패션쇼 모델을 했으니까 뚱뚱한 게 어떤 건지 전혀 모른다. 그리고 마음에 드는 남자랑은 다 사귀어볼 수 있었겠지. 엄마도 내가 그저 이상한 애에다가 책은 아무 재미도 없다고 생각하잖아. 그리고 나는 예쁘지 않으니까 아무짝에도 쓸모가 없다고 생각하겠지.

"그래, 알겠어. 그럼 엄마는 갈게. 학교에서도 별일 없지?" 엄마가 버릇처럼 묻는다. 그래, 난 학교에서 항상 별일 없지.

"응, 괜찮아요." 내가 말했다.

"그런데 무슨 일이야? 남자애 때문에 그래?"

"아니야! 남자애는 무슨!"

"아하……."

"엄마, 이제 제발 나가줘." 엄마가 눈치라도 챌까 재빨리 말했다.

"아이고, 그래 참견해서 정말 미안하다." 엄마 기분이 상했다. "같이 뛰러 가자고 해서 미안해. 그럼 난 갈게. 그리고 다음번엔 나한테 그렇게 소리 지르지 마, 알겠어? 엄마도 혼자서 힘들고 너희도 이제 다 컸잖아. 그러니까 나이에 맞게 행동해. 아무 일 없었다고 했으니까 식기세척기에서 그릇 꺼내서 정리해 두고 청소기도 돌려놔."

언제나 이런 식으로 끝난다. 엄마는 우리를 혼자 키워서 바쁘다. 그래서 피곤하니까 우리가 엄마를 배려해야 하고 신경 쓸 일을 만들면 안 된다. 그런데 우리는 자꾸 걱정할 일을 만들고. 나는 그저 혼자 있고 싶었을 뿐인데.

엄마가 나가자 나는 친구들이랑 같이 가출해야겠다고 결심했다. 어차피 여기에 있어도 날 걱정하는 사람은 아무도 없으니까. 내가 사라지고 날 찾기 시작하면 그제야 다들 깨닫겠지. 마테이는 내가 아무도 아니라고 한 말을 후회하고, 오빠도 항상 내게 못되게 군 지난날을 후회할지도. 그리고 나는 야생에서 살아남기에 대한 모험서를 엄청 많이 읽었으니까 아이들한테 도움이 될 수 있을 거야. 책에 나오는 그런 모험이 될지도 몰라. 엄마가 나보고 제발 책 좀 그만 읽고 직접 나가서 경험하라고 했으니까 어디 해봐야겠어. 가서 경험할 거야. 다들 두고 보라고.

나는 밀라나 페트르의 핸드폰 번호도 모르고 둘 다 페이스북도 안 한다. 하지만 프란타는 페이스북이 있어서 나도 가겠다고 메시지를 보냈다. 그러자 프란타가 웃는 이모티콘을 열세 개쯤 보냈고 엄지척은 더 많이 보냈다.

"와, 완전 좋다. 꼬맹이가 기뻐서 울고 있음." 메시지가 왔다.

집에 침낭이 있는지 찾아봤지만 보이지 않았다.

이제 페트르가 아니라 페탸야

밀 “괜찮아, 우리 집에 침낭 더 있어.” 다 같이 다시 모였을 때 페트르가 말했다. “내가 각자 하나씩 네 개 다 가져올 수 있어.”

“나는 있으니까 내 건 괜찮아. 거의 새 거야.” 내가 말했다.

“그래. 그런데 어떻게? 아침에 침낭을 세 개나 가지고 학교에 가면 부모님이 눈치채지 않을까?” 프란타가 페트르에게 말했다.

“당연히 모를 거야. 걱정되면 그냥 저녁에 우리 집으로 와. 내가 창문 밖으로 던지면 너네는 각자 그걸 숨겨뒀다가 학교가 끝나면 가지고 가는 거야.”

“그날 학교는 갈 거야? 아침에 바로 출발하면 부모님이 우리가 사라졌다는 걸 알기도 전에 오전 중으로 캠핑장에 도착할 수 있어.”

“그런데 나는 아침에 부모님이 학교에 데려다주셔.” 내가 말했다. “그리고 내가 항상 학교로 들어갈 때까지 기다리셔.”

“그러면 들어갔다가 다시 나오면 되지.”

“안 돼. 그건 바보 같은 짓이야. 오전 시간에 어른 없이 여행하는 애들은 너무 수상해 보일 거야. 다들 우리 얼굴을 기억할 거라고. 그리고 선생님이 부모님한테 알릴 수도 있어. 그러니까 안 돼. 다들 등교는 하자. 짐을 미리 다 챙겨서. 그리고 마치면 바로 가자.” 카트카가 말했다.

그 말이 맞으니 그렇게 하자는 의미로 모두 고개를 끄덕였다.

“각자 집에는 누구 이름을 댈까?”

“나는 너네 집에서 잔다고 이야기할게.” 내가 카트카에게 말했다. 하지만 나는 아직 친구 집에서 자본 적이 한 번도 없어서 부모님이 의심할 것

같았다. 그런데 저녁을 먹으면서 카트카네 집에서 잔다고 하자 아빠는 진심으로 기뻐했고 엄마는 머핀과 과자를 구워줘야겠다고 하며 둘 다 환하게 미소 지었다. 부모님이 안심하는 게 느껴졌다. 마침내 내가 정상이라서, 친구 집에서 자서. 부모님이 기뻐하고 무엇보다 거짓말하는 게 너무 쉬워서 나도 기뻐서 웃었다.

"나는 부모님이 저녁에 발견할 수 있게 편지를 써둘 거야" 페트르가 말했다. "왜 가출했는지 적고 날 찾지 말라고 적으려고. 그래도 분명히 날 찾을 테니까 시골에 있는 이모한테 갔다고 적을 거야. 일부러 가짜 위치를 알려주는 거지."

프란타에게는 아무도 묻지 않았다. 전에 아빠 집에 간다고 말하겠다 했으니까. "그럼 너는?" 페트르가 카트카에게 물었다. "밀라 집에서 잔다고 할 거야?"

카트카가 어깨를 으쓱했다. "우리 엄마는 내 친구 이름은 아무도 모를 거야. 그러니까 내가 뭐라고 말하든 어차피 상관없어." 하지만 내 생각엔 카트카도 나처럼 서로 집에서 잘 만큼 친한 친구는 없는 것 같아. 그런 부분에서는 카트카도 나랑 비슷하다.

"두 명씩 조를 짜자. 그리고 조마다 다른 경로로 오는 거야. 또, 변장도 하자. 아침에 학교 갈 때 입었던 옷이랑 다른 옷을 입자. 너는 안경을 벗고." 카트카가 나를 가리켰다. "너는……." 이번에는 프란타를 가리켰다. 그러자 프란타가 얼굴을 순식간에 찌푸리고 사나운 눈빛으로 카트카를 노려봤다. 아픈 다리에 목발을 짚는데 변장이 될 리가 없었다.

"아, 그럼 너는 옷만 갈아입어. 그리고 나는 머리를 풀게. 나는 절대 머리를 안 푸니까. 머리 풀고 찍은 사진은 한 장도 없어."

우리는 카트카를 쳐다봤다. 괜찮은 생각이야. 안경이 없으면 아무것도 안 보인다는 말은 그냥 안 해야겠어. 카트카가 뿌듯한 표정을 지었다. "일단 하룻밤이라도 안 들키려면 미리 생각해 둬야지. 난 추리소설을 정말 많이 읽거든."

"그럼 나는?" 페트르가 물었다. "내가 변장을 제일 꼼꼼하게 해야 해. 너네는 토요일부터 찾겠지만 난 금요일부터 찾을 테니까."

"나는 일요일부터." 프란타가 말했다. "우리 아빠랑 엄마는 서로 전화도 안 하고 메시지도 안 하거든. 그러니까 아빠 집에서 돌아오지 않으면 그때부터 찾기 시작할 거야."

"진짜 절대로 연락을 안 하셔?"

"응." 대답을 하는 프란타의 목소리가 제법 시무룩했다. 그러더니 프란타가 덧붙였다. "괜찮아. 어차피 내 일도 아닌데."

하지만 내 눈에는 괜찮아 보이지 않았다. 부모님에 대해서 이야기하고 싶지도, 생각하고 싶지도 않은 눈치였다. 그래서일까. 프란타가 얼른 페트르에게 고개를 돌려 물었다. "아참, 너는 어떻게 할래?"

그러자 모두 페트르를 쳐다봤다. 내 안경을 써도 되겠지만 나는 근시가 심해서 써봤자 잘 안 보일 텐데. 그래서 일부러 아무 말도 하지 않았다.

"머리를 자르는 건 어때?" 페트르가 말했다.

"뭐……. 나쁘진 않네." 카트카가 말했다.

페트르는 남자애치고 머리가 꽤 길어서 거의 여자애 머리 같다. 나보다 조금 짧은 정도다. 그런데 갑자기 좋은 방법이 떠올랐다.

"반대로." 내가 말했다.

"뭐?"

"페트르는 여자가 되는 거야."

프란타가 웃음을 터트리자 카트카가 하지 말라고 눈치를 주었다. 그리고 기분이 상했는지 얼굴을 찌푸리고 있는 페트르를 걱정된다는 듯이 가만히 바라보며 머리를 살짝 헝클었다.

"머리가 거의 여자애 같아서 여자애 옷을 입어도 될 거 같아. 밀라가 빌려주는 옷을 입으면 아무도 널 못 알아볼 거야. 사람들은 남자애를 찾을 테니까. 밀라, 좋은 생각이야."

"여장을 하라고? 진짜 별론데." 프란타가 말했다.

"그게 뭐? 정확히 뭐가 별론데?"

"아니……. 여자인 게……." 프란타가 말했다.

"여자인 게 남자인 거보다 훨씬 좋거든?" 카트카가 말했다.

"맞아." 정확히는 모르겠지만 나도 맞장구쳤다. 어차피 상관없으니까.

"어련하시겠어. 너네 여자애들은 당연히 그렇다고 하겠지. 너도 여장하고 싶어?" 프란타가 페트르에게 고개를 돌리자 페트르는 어깨만 으쓱해 보였다.

"뭐……. 치마는 싫지만 분홍색 후드 티 정도는 문제없어. 그리고 머리는 여자애처럼 묶어줘. 적어도 완벽한 변장이 되겠지."

"그런데 사람들 앞에서 페트르라고 부르면 남자인 게 티 나지 않을까?"

"절대 안 되지. 대신 페탸라고 불러. 중성적인 이름이라 안 헷갈리고."

프란타가 페트르를 보며 웃었다. "너 진짜 미쳤구나. 그래, 좋아. 그럼 나는 여장하는 모습을 영상으로 찍을게."

"그건 도대체 왜?" 카트카가 물었다.

"재미있을 거 같으니까."

"네가 재미있다고 하는 기준 말이야. 정말 이상한 거 알아?"

"난 상관없어. 찍어도 돼." 페트르가 말했다.

"그건 좀 어렵겠는데. 핸드폰은 못 가지고 다녀. 그걸로 우릴 찾아낼 수 있다고." 카트카가 말했다. "당연한 거 아니야?"

"그럼 난 안 가." 프란타가 말했다. "핸드폰 없이는."

하지만 아무도 뭐라고 대답하지 않았다. 프란타가 함께 가지 않는 편이 차라리 나을지도 모른다. 목발을 짚으니까 시간을 지체할 수도 있다. 게다가 멀리 가야 하는데 다리가 아플 수도 있고. 하지만 다 함께 갈 계획이었는데 아쉬웠다. 이런 생각을 하고 있는데 여태 바닥에 앉아 있던 프란타가 일어났다.

"그럼 뭐. 난 갈게."

프란타가 가버렸다. 프란타가 가고 나니 잠시 어색한 기운이 흘렀다.

"머리는 염색을 해도 되겠다." 잠시 뒤 카트카가 말했다.

그건 우리 다 같이 할 수 있겠다. 다 같이 머리색을 바꾸는 거야. 머리색을 바꾸면 사람이 엄청 달라 보이니까.

우리는 서로를 바라보며 씨익 웃었다. 끝내주는 아이디어야. 다들 머리색이 밝은 편이니까 여러 색을 살 필요 없이 모두 까만색으로 염색하기로 했다. 카트카는 엄마가 머리 염색하는 걸 본 적이 있다며 자기도 할 수 있다고 자신 있게 말했다. 그러면서 금요일 오후에는 오빠랑 엄마가 집에 없으니 자기 집에서 하면 된다고 했다. 학교가 끝나면 바로 모인다. 나는 그 날 수업이 다섯 개 있고 카트카는 여섯 개, 페트르는 네 개밖에 없다. 그건 기다리면 되니까 괜찮다. 같이 머리를 염색한 다음 버스를 타러 간다. 그런데 문제는 어떻게 조를 짜느냐다. 이제 네 명이 아니라 세 명이니까.

"그럼 내가 혼자 갈게. 너네 둘이 같이 가." 페트르가 말했다.

"말도 안 되는 소리 하지 마. 경찰은 혼자 다니는 애를 찾아다닐 거야. 그러니까 넌 혼자 있으면 안 돼."

"그럼 내가 혼자 갈 테니까 너네 둘이 가." 내가 말했다.

"음, 그것도 안 돼." 카트카가 말했다. "넌 혼자 가면 약속 장소에 도착하지 못할 거야."

맞는 말이다. 난 그렇게 오랜 시간 동안 집중 못 해. 분명히 버스에서 까먹고 안 내리거나 엉뚱한 곳에서 버스에 탈지도 몰라. 버스 이야기가 나와서 말인데, 언젠가 버스에서 비둘기가 닫히는 문에 끼는 걸 본 적이 있다. 재빨리 날았는데도 피하지 못한 걸 보면 이미 어딘가 다친 비둘기였다. 다행히 어떤 아저씨가 문을 양쪽으로 세게 잡아당겨서 비둘기가 밑으로 툭 떨어졌다. 날아간 게 아니라 정말 말 그대로 툭 떨어졌다. 버스가 다시 출발하자 비둘기가 인도 위로 폴짝 뛰어 올라갔었지.

"거봐." 카트카가 내 눈앞으로 손을 흔들었다. "또 멍때리네. 넌 혼자 가면 안 돼."

"그럼 나랑 밀라랑 같이 가고 네가 혼자 가." 페트르가 말했다.

카트카는 불만인 표정이었다. "그래도 너네끼리 잘 못 올까 봐 걱정되는데."

그런데 그때 프란타가 돌아왔다. "너네는 날 별로 붙잡지도 않네?"

다들 프란타를 쳐다봤다. "같이 가자고."

무슨 말인지 모르겠다. 자기가 먼저 안 가겠다고 했으면서.

"생각해 봤는데 나도 갈래. 너네는 운이 좋은 거야. 그리고 조 짜는 건 말이야, 너는 나랑 가고." 프란타가 날 가리켰다. "그리고 너네 둘이 같이 가." 페트르와 카트카를 가리켰다. "지금 네가 제일 중요하잖아. 다들 너 때문에 가는 거니까. 그러니까 너한테 굳이 나랑 같이 가자고 하진 않을게." 이번엔 자기 다리를 가리켰다.

프란타가 우리와 함께 간다고 해서 기뻤다. 프란타 없이는 그게 뭐가 됐든 재미없을 거야.

"아, 그럼 핸드폰은 어떻게 하려고?" 카트카가 프란타에게 물었다.

"어떡하긴? 여장하는 모습은 찍을 거야. 그런데 여장은 출발하기 전에 여기서 할 예정이잖아. 여장이 끝나면 핸드폰은 어딘가 두고 가면 돼."

"카트카네 집에 두면 되겠다. 거기서 다 같이 염색할 거야."

"대박! 염색을 한다고?" 프란타가 말했다. 하지만 프란타의 머리는 이미 완전히 까만색이었다.

"까만색으로." 페트르가 머쓱하게 대답했다.

내일 학교 끝나고

밀 "상관없어. 어차피 난 염색하기 싫어. 그냥 영상만 찍으면 돼. 가출 준비 시리즈를 만들어야지. 그리고 돌아와서 인터넷에 올리면 우리 모두 유명해질 거야."

"어차피 경찰에 실종 신고가 되면 유명해지잖아?"

그 말에 프란타가 잠시 할 말을 잃었다. "적어도 사람들은 우리가 가출에 성공해서 좋아하겠지. 조회수가 몇 천은 나올 거야. 대박."

뭐라고 반응해야 할지 모르겠어. 프란타는 그런 영상을 찍는 일이 세상에서 제일 재미있나 보다.

"지도를 사야 해. 너는 거기가 어딘지 우리한테 정확하게 알려줘."

이미 집에서 캠핑장을 찾아봤기 때문에 위치를 거의 정확하게 기억하고 있었다. 그래서 바로 구글 맵에서 그곳을 찾아서 보여줄 수 있었다.

"지금 찍어준 여기가 정말 맞는 거지? 응?" 다들 내게 물었다.

내가 대답했다. "응, 가서 다시 지도를 확인하면 되잖아."

"핸드폰 안 가져가기로 했잖아."

"아, 맞다."

"그럼 우리 집에서 인쇄해서 가자." 카트카가 말했다.

"우리 집에서 인쇄해도 돼." 프란타가 말했다.

"아니면, 지도를 그려서 가면 돼." 페트르가 말했다. 그러더니 책가방에서 노트를 꺼내 바닥에 놓았다. 그리고 카트카에게 핸드폰을 빌려 지도를 따라 약도를 그리기 시작했다. 그냥 인쇄하면 더 간단할 텐데.

"야, 관둬. 여기 바닥에서 그러고 그리게?" 카트카가 말했다. "그냥 인쇄하면 된다니까."

그런데 갑자기 다들 할 말을 잃었다. 페트르가 약도를 그리는 모습이 마치 기적 같았다. 살면서 한 번도 누군가 그림을 그리는 모습을 눈앞에서 본 적이 없었다. 그 모습을 보고 있으니 너무 편안하고 예뻐서 잠들고 싶어졌다. 페트르는 지도를 세 개 그렸다. 근처에 있는 도시가 그려진 제일 작은 지도부터 목적지와 그 주변 집 몇 채가 그려진 큰 지도까지. 그리고 다 그린 종이를 넘겨 다음 페이지에 똑같은 지도를 그려냈다. 프란타가 그 모습을 찍고 있었다.

페트르는 잠시 뒤에 지도를 다 그려내고서야 프란타가 영상 찍는 모습을 발견하고 눈살을 찌푸렸다. 그리고 우리를 쳐다보더니 물었다. "왜?"

프란타가 카메라를 끄며 말했다. "끝내주네."

"우와, 너 진짜 잘 그린다." 카트카가 놀라서 말했다. "너 미술학원 같은 데 다녀? 어디서 배웠어?"

"아니, 몰라. 그냥 그리는 거야." 페트르가 말했다. "미술학원은 안 다

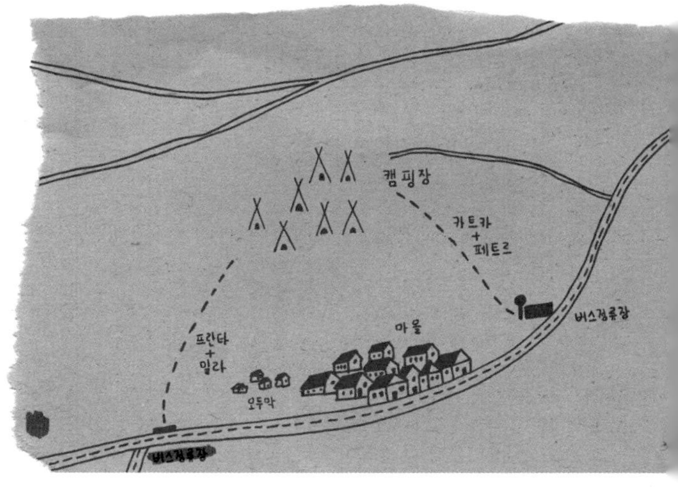

녀. 마음이 별로 안 내킬 때 굳이 그리고 싶지 않은 걸 그리는 건 재미없어. 그리고 우리 부모님은 악기를 다루는 게 더 중요하다고 생각하셔서 플루트를 배우러 다녀. 그림은 혼자서도 그릴 수 있으니까."

페트르가 두 장을 뜯어냈다. "하나는 우리 거." 카트카에게 지도를 건넸다. "하나는 너네 거." 이번엔 나에게 지도를 주었다.

"아직 어느 조가 어느 경로로 갈지는 정하지 않았으니까, 그건 그때 가서 마저 그릴게."

페트르가 노트를 다시 가방에 집어넣으려고 하자 카트카가 말했다.

"보여줘."

페트르가 카트카에게 노트를 건네자 우리는 노트를 한 장씩 넘겨보았다. 노트는 아름다운 그림으로 가득 차 있었다. 아름답다는 말이 정확하지 않을 수도 있겠다. 노트에는 기괴한 그림들도 있었으니까. 눈알 하나가 빠져 흘러내리는 여자, 손톱으로 마구 긁어놓은 듯한 무릎 위의 피딱지, 못생긴 타일과 기괴한 계단이 있는 집의 내부, 이상하게 부러져 꺾인 다리를 한 아이, 그리고 거대 해파리가 반쯤 나와 있는 풀장 그림이 있었다. 물론 진짜 해파리는 저런 데서 살 수 없지만. 지옥에서 걸어 나온 친칠라 시체처럼 생긴 무시무시한 친칠라 그림도 있었다.

"이게 뭐야?"

"이건 내가 패드풋을 무서워했을 때 그린 그림이야." 페트르가 후회하는 말투로 말했다.

"야, 짜샤." 프란타가 말했다. "이거 니가 다 그린 거 아니지?"

"당연히 다 내가 그렸지. 밤에 머릿속에 떠오른 존재들이야. 대부분은 악몽에서 봤고." 페트르가 그림을 다시 챙겨 넣으며 말했다.

나는 지도를 챙겼다. 그러면서 아까 봤던 눈알이 흘러내리는 여자가

내 꿈에 나타나면 어떨지 생각했다. 안 돼. 당연히 싫지. 누가 그런 꿈을 꾸고 싶겠어?

"오늘 더 해야 할 일 있어? 없으면 이제 집에 가서 다들 짐 챙길까?"

다들 더 이상 떠오르는 일이 없었다. 공원을 나오는 길에 함께 다시 확인해 보았다. 거의 다 확인한 것 같았다. 나는 더 이상 아이들이 하는 말을 듣지 않았다. 하늘에 너무나도 아름다운 구름 무리가 빠르게 흘러가고 있었기 때문이었다. 바람이 심하게 불지도 않는데. 잠시 혼자서 조용히 그 광경을 보고 싶어서 아이들에게서 떨어져 걸었다.

"그럼 내일 학교 끝나고 봐." 그렇게 말하며 우리는 헤어졌다. 마치 비밀스러운 주문 같았다. "내일 학교 끝나고, 내일 학교 끝나고."

나는 아지트로 돌아와서 추워질 때까지 오래도록 구름을 바라봤다. 그리고 풀 위에 누워 저 구름 말고 다른 생각은 하지 않았다. 아까 본 거대 해파리는 잠깐 생각이 났었다. 동물은 정말 좋지만 해파리는 별로야.

저녁이 되자 책가방에 짐을 챙겼다. 내일 학교 수업에 필요한 물건은 모두 집에 두고 가야 하겠지만 어쩔 수 없다. 자려고 누웠는데 그제야 페트르가 입을 옷을 챙기지 않았다는 게 떠올라서 빨간 청바지와 커다란 꿀벌이 그려진 분홍색 후드 티를 챙겼다. 엄마가 날 기쁘게 해주려고 사준 옷이었다. 이걸 받고 정말로 기뻤었지.

페 침대에 누웠지만 도저히 잠들 수 없을 것 같다. 겁이 나서라기보다 내일이 다가오기 때문이다. 방바닥에는 엄마가 수련회를 위해 챙겨둔 가방이 있다. 그 안에서 필요한 물건을 몇 개 꺼냈다. 편지는 이미 썼지만 어디에 두어야 부모님이 늦은 오후 아니면 저녁에나 찾을 수 있을지 정하지 못했다. 우리의 목적지인 버려진 캠핑장에 도착하기 전에 편지를 너무 일찍 발

엄마, 아빠,

제가 수련회에 가지 않겠다고 해도
들어주시질 않네요.
알아서 돌아올 테니 절 찾지 마세요.
그리고 조심할 거니 걱정하지 마세요.
침낭을 가져 갈게요.

~~페탸~~ 페트르

견하지만 않으면 된다. 캠핑장은 '올빼미 고개'라는 곳 근처에 있어서 그냥 '올빼미 고개'라고 부르기로 했다. 그 고개 근처에는 '푸른머리되새 고개, 사슴 고개, 종달새 고개'처럼 동물의 이름을 딴 언덕과 고개가 많았다.

"엄마, 아빠. 제가 수련회에 가지 않겠다고 해도 들어주시질 않네요. 알아서 돌아올 테니 절 찾지 마세요. 그리고 조심할 거니 걱정하지 마세요. 침낭을 가져갈게요. 페탸." 편지 마지막에 부모님이 평소에 날 부르는 애칭을 적었다가 줄을 죽죽 긋고 다시 적었다. "페트르."

부모님께는 걱정하지 말라고 적긴 했지만 나는 여전히 걱정이 됐다. 당연하지. 낯선 곳에서 자야 한다는 사실은 변하지 않으니까. 하지만 함께 수련회에 가는 우리 반 아이들보다 카트카, 밀라, 프란타가 나이가 더 많다. 그러니까 둘 중 하나를 꼭 가야 한다면 수련회에 가기보다 친구들과 가출을 하는 편이 더 낫다. 무엇보다 날 억지로 수련회에 보내려는 부모님이 미웠다. 그러니까 어디 한번 당해보라지.

짐을 챙기면서 빠뜨린 물건은 없는지 확인했다. 빗은 안 가져갈래. 필요 없어. 하지만 칫솔과 치약은 챙기고 필요할지는 모르겠지만 작은 수건과 비누도 챙겼다. 그러고 나서 생각해 보니 편지에 시골 이모네 집에 간다는 내용을 빠뜨렸다는 사실이 생각났다. 하지만 그 내용을 어떻게 적어야 너무 의도한 티가 나지 않을지 잘 모르겠기도 하고 지금 편지 내용도 이대로 마음에 들어서 그냥 내버려두기로 했다. 그 후 애들에게 나눠줄 침낭을 찾아 마당 쪽 창문 밖으로 던진 다음 몰래 빠져나와 쓰레기통 뒤에 숨겨두었다. 이따가 저녁에 카트카가 와서 모두 집으로 가져가겠지. 씻으러 가기 전에 카트카가 왔다 갔었는지 확인해 보니 정말 침낭이 사라져 있었다. 일이 정말로 벌어지고 있다고 생각하니 웃음을 참을 수 없었다.

"지금 여기서 뭐 하는 거니?" 아빠가 말했다. "밖에 나갔다 왔어?"

"응." 나는 풀을 한 움큼 쥔 손을 내밀었다. "패드풋에게 주려고 밖에서 풀을 뜯어 왔어." 혹시 몰라서 풀을 뜯어 온 내 스스로가 천재 같았다.

내가 잠들지 못하는 건 내일이 걱정돼서이기도 하지만 오늘 친구들과 함께 노트에 있는 내 그림을 훑어보는 바람에 기억 속에 묻혀있던 악몽들이 전부 되살아나서이기도 하다. 원래 악몽 속에 나타난 괴물들은 한번 그려놓으면 절대 다시 열어보지 않는단 말이야. 나는 누워서 최대한 꿈속 괴물들을 떠올리지 않으려고 안간힘을 썼다. 그 대신 내일 변장을 한 내 모습과 새 공책을 가져가서 이번 모험에서 보게 될 재미있는 것들을 그리는 모습을 상상했다. 내일 가서 보게 될 것들은 악몽 속 괴물들을 그려놓았던 노트에 담고 싶지 않아. 그러자 갑자기 스르륵 잠이 와서 아주 편안하게 잠에 빠져들었다. 최근 들어 가장 편안한 밤이었다. 새벽에 악몽 때문에 몇 번 깨긴 했지만 내용은 기억나지 않았다. 그러면 일어나서 램프를 켜는 것도 무섭지 않다. 벌써 밖에서 새들이 지저귀는 소리가 들려왔다. 내가 새벽에 가장 좋아하는 소리다. 곧 아침이 온다는 뜻이니까.

프 내일 필요한 짐을 몇 가지 챙기면서 특히 진통제를 넉넉히 챙겼다. 지도에 그려진 곳까지 내가 갈 수 있을까? 다른 아이들이 날 기다려줘야 할 거야. 사실은 나랑 함께 가고 싶지 않았을 텐데 아이들은 날 버리지 않았다. 같이 다니는 사이라서 오지 말라고 하기 어색했겠지. 하지만 이제 와서 왜 날 버리지 않았는지는 중요하지 않다. 나도 같이 가고 싶으니까 아이들이 날 버리지만 않았으면 좋겠다. 재미있을 테고 새로운 일들이 벌어질 테니까. 난 무슨 일이 벌어지는 걸 좋아한다.

"아들, 그럼 내일 학교 끝나고 아빠한테 가는 거지?"

"응."

"일요일 오후에 올 예정이고."

"응."

"좋아. 그럼 주말 잘 보내고 와." 엄마가 버스비 겸 용돈으로 500 코루나를 줬다.

"감기 걸리지 않게 외투도 하나 챙겨. 후드 티만 입지 말고."

좋은 지적이다. 아침저녁으로 춥지 않게 따뜻한 외투를 챙겨야겠다.

'아빠. 저 아파서 못 가겠어요. 그냥 감기예요. 그러니까 다음 주에나 갈게요. 알겠죠?' 침대에 누워서 아빠에게 보낼 메시지를 써두고 보내지 않았다. 혹시나 아빠가 엄마에게 연락해서 계획을 망쳐버리지 않도록 내일 오후에나 보낼 생각이다.

아빠는 절대 엄마에게 연락하지 않을 거다. 둘은 더 이상 서로 연락하지 않는다. 서로가 그렇게나 싫은가 보다. 더 이상 서로에 대한 이야기도 하지 않는다. 단 한마디도. 내 생각에 적어도 1년 정도 서로 만나지 않았다. 내가 혼자 버스를 탈 수 있을 만큼 자라고 아빠에게 날 보러 올 자동차가 없어지면서 엄마랑 아빠는 서로 만날 필요조차 없어졌다. 그러니까 서로 연락을 할 필요는 더 없겠지. 마음 불편하게 불가능한 일에 대해 생각하지 않을래. 나는 엄마와 아빠가 같이 살아야 한다고 생각할 만큼 멍청하지 않아. 불가능한 일이야. 엄마는 이제 미할과 함께이고 미샤를 낳았으니까. 그리고 미할은 괜찮은 사람이다. 나는 아기가 아니야. 하지만 이전에 가끔 그런 상상을 한 적은 있다. 엄마와 아빠가 적어도 서로 평범하게 이야기 정도는 나눌 수 있는 사이라서 우리 셋이서 다 같이 디저트 가게에서 잠깐씩 만나는 상상. 그래서 무슨 이야기든 엄마와 아빠에게 따로 두 번씩 할 필요 없이 셋이 함께 있을 때 이야기해 주는 상상. 하지만 어쨌든 우리 부모님은 그러지 않는 데다 나도 이제 다 컸으니까 이제 와서 내가 할 수 있는 건 아무것도 없지. 아빠에게 메시지를 보내야겠어. 가을 외투까지 넣자 배낭이 가득 차서 잘 잠기지 않았다.

카 페트르에게서 받은 침낭을 우리 집 창고에 넣어둔 다음 내 짐을 챙기기 시작했다. 책은 몇 권이나 가져가야 할지 고민했다. 두 권이면 충분하려나. 혹시 모르니까 내가 제일 좋아하는 책도 한 권 챙겨야겠어. 광견병에 걸려서 사람을 죽이는 개에 대한 이야기인데 너무 무서운 책이라서 절대 다시 읽고 싶지 않지만 아니, 당분간은 다시 읽고 싶지 않지만 읽고 싶지 않더라도 모름지기 사람은 자기가 제일 좋아하는 책은 꼭 품고 다녀야지.

저녁을 먹으면서 주말에 있을 오빠의 토너먼트 경기에 대해 이야기하는 엄마와 오빠를 물끄러미 바라봤다. 저 둘은 이 자리에 내가 있다는 걸 모르는 듯 보였다. 저녁으로 요거트 하나밖에 먹지 않았지만 이상하게 정말 입맛이 없었다. 그러자 엄마는 저녁을 많이 먹지 않았다고 칭찬해 주었다. 엄마에게 중요한 일은 오로지 그런 것들뿐이다. 내가 많이 먹지 않는 것, 학교에서 잘 지내는 것, 그리고 책을 많이 읽지 않는 것. 데니사와 같이

야나네 집에서 자고 올 거라고 하자 엄마는 정말 잘됐다고, 엄마도 어렸을 때 여자 친구들 집에서 같이 자는 걸 좋아했다며 잘 놀고 오라고 했다.

"책은 안 가지고 가는 거지?" 엄마는 끝끝내 저 질문을 참지 못했다.

"응." 그 순간 엄마가 너무나 미웠다.

밀 "그럼 학교 마치고 집으로 안 오는 거지? 짐은 학교 가는 길에 챙겨 가고?" 엄마가 아침에 음식을 싸주며 말했다.

"응. 집에 안 올 거야." 그 말을 하는데 갑자기 슬퍼졌다. 오늘 학교가 끝나면 정말 집에 돌아오지 않는다. 엄마에게 거짓말을 해야 한다. 사실 오늘 집에 돌아오지 않는다는 건 사실이니까 거짓말이 아니지만. 내가 다가가서 엄마를 끌어안자 엄마가 기뻐했다. 자주 하는 행동이 아니기 때문이다. 그러자 엄마가 말했다. "저녁에 괜히 울적하면 엄마랑 아빠가 데리러 갈 테니까 너무 걱정하지 마." 그런 생각은 전혀 못 해봤는데.

음식이 든 가방이 너무 커서 반만 배낭에 넣고 나머지는 학교에 두었다. 아깝지만 배낭과 침낭 말고는 아무것도 들고 오지 않는 게 약속이었다.

하루 종일 학교 수업에 전혀 집중할 수 없었다. 당연한 일이었다. 학교가 끝나고 카트카네 집에 갈 때는 거의 도망치다시피 달려왔다.

페트르와 함께 카트카의 집 앞에서 기다리면서 서로 가져온 물건을 꺼내보았다. 그리고 프란타가 와서 셋이서 카트카가 오길 기다리고 있는데 비둘기 몇 마리가 날아와서 땅에서 무언가 쪼아먹기 시작했다. 그 바람에 아주 잠깐 아이들이 하는 말을 놓쳤다. 머핀을 전부 가져와서 몇 개를 새들에게 줬어도 좋았겠지만 그건 돌아와서 해도 돼. 그러니까 아쉬워할 필요 없어. 그리고 원래 음식은 버리면 안 돼.

잠시 후에 카트카가 학교 끝나고 오는 길에 산 염색약을 가지고 집에 도착했다. 우리는 다 같이 위층으로 올라갔다. 그제야 타란툴라가 떠올랐다. 어떻게 여태 잊고 있을 수가 있었지? 드디어 타란툴라를 다시 볼 생각에 들떴다. 하지만 카트카가 오빠 방에는 혼자 들어가면 안 된다며 조금 있다가 들어가 보든지 하자고 했다. 우리는 곧장 페트르의 머리 염색부터 시작했다. 페트르가 제일 중요하니까. 그리고 머리가 짧은 내가 다음 차례였다. 그런데 나까지 염색을 마치자 염색약이 벌써 다 떨어져 버렸다.

"괜찮아." 카트카가 말했다. "그럼 나는 까만 머리 안 하는 거지 뭐."

"일단 두 명이라도 했으니까." 옆에서 찍고 있던 프란타가 말했다.

우리는 주변에 묻은 염색약을 지웠다. 욕조에 염색약이 온통 까맣게 묻었고 우리의 손과 얼굴에도 까만 얼룩이 졌다. 그사이에 페트르는 내 바지와 꿀벌 후드 티로 갈아입고 나는 안경을 벗었다. 그러고 나서 페트르와 거울 앞에 가서 비춰보자 처음 보는 여자애 둘이 서 있었다. 안경을 벗어서 잘 보이지 않아도 분명히 여자애 둘 같아 보였다.

"잘 어울리네." 프란타가 말했고 카트카가 뭔가를 묻힌 화장솜으로 우리 이마에 묻은 염색약을 박박 닦아냈다. 얼룩이 여전히 남아 있었지만 상관없었다.

카트카가 페트르의 머리를 여자애처럼 묶어주는 사이에 나는 드디어 타란툴라를 보러 갔다. 카트카에게 물어보진 않았다. 타란툴라는 자고 있었지만 여전히 예뻤고 카트카의 오빠가(이름을 벌써 까먹은 걸 보니 역시 좋아하는 건 아니야.) 정말로 언젠가 이 타란툴라를 내게 줬으면 좋겠다고 생각했다. 넌 내 거야. 마음속으로 속삭였다. 타란툴라는 꼼짝도 하지 않았지만 난 우리가 서로의 마음을 이해했다는 걸 알아.

머리 손질까지 끝난 페트르는 정말 여자아이 같았다. 머리에는 카트카가 집에서 찾은 헤어핀도 꽂고 있었다. 이어서 카트카가 머리를 풀자 갑자기 완전히 다른 사람이 나타났다. 길고 예쁜 머리카락이었다.

"우리 모두 평소랑 다른 차림을 하고 있으니까 너도 그 스웨터랑 바지 말고 다른 옷을 입는 게 어때." 프란타가 말하자 나는 그제야 프란타가 입학식 날 처음 학교에 가는 애처럼 웃긴 옷을 입었다는 걸 알아챘다.

카트카는 처음에 다른 옷은 아무것도 없다고 했지만 우리가 곧 옷장에서 꽃무늬 원피스를 찾아냈다.

"안 돼. 그건 절대 안 입어." 카트카가 말했다. "난 이런 옷 안 입어. 이모가 사주신 옷인데 난 이런 스타일 절대 안 입어."

"그런데 왜 이런 원피스를 안 입어?" 내가 물었다. 나 같은 경우는 아래에 바지를 안 입으면 마치 옷을 다 갖춰 입지 않은 듯 기분이 어색해서 원피스를 좋아하지 않는다.

"왜겠어." 카트카가 그렇게 말해도 나는 전혀 알 수가 없었다.

"뭐, 그래도 지금은 어쩔 수 없어." 우리가 카트카에게 말했다. 페트르가 자기도 분홍색 후드 티에 여자애 머리를 했는데 네가 원피스를 거절할 권리가 없다면서 카트카를 설득했다.

카트카가 고개를 저었다. "분명히 나한테 작을 거야. 그래도 굳이 입어야 한다면 어쩔 수 없지." 하지만 원피스로 갈아입은 카트가의 모습이 너무 예뻐서 카트카에게 예쁘다고 말했다.

"거짓말 하지 마." 카트카가 말했다.

"아니야, 정말 괜찮아." 프란타가 말했다.

"누구든 한마디만 더 하면 원래 옷으로 갈아입어 버릴 거야." 그렇게 말하는 카트카의 얼굴에 빨간 주근깨가 올라오는 걸 보니 진심으로 하는 말이었다. 그래서 우리는 더 이상 아무 말도 하지 않았다. 나는 페트르와 신발까지 바꿔 신었다. 내 신발은 노란색 스니커즈이고 페트르는 평범한 남자애 신발이었다. 내 노란색 신발까지 신은 페트르는 마치 알록달록한 새 같았는데, 정확히 어떤 새인지 이름은 떠오르지 않았다. 나는 안경을 벗었고 이제 다들 각자 배낭과 침낭을 집어 들었다. 준비 완료. 프란타가 거울 속에 우리가 모두 나오도록 사진을 찍었다. 그리고 핸드폰을 카트카의 방에 두고 밖으로 나섰다. 우리는 다 같이 큰길로 나온 다음 두 조로 갈라졌다. 프란타는 빨리 갈 수 없으니까 나는 프란타와 천천히 걸어갔다. 어차피 우리 둘은 버스로 체코 북부의 체스카 리파로 갈 예정이었다. 그동안 카트카와 페트르는 버스를 타고 그 옆 도시인 리베레츠로 향한다. 그런 다음 우리는 두 도시의 중간인 최종 목적지에서 합류할 예정이다.

새

밀 "야, 너 안경 안 쓸 거면 나 그거라도 줘." 프란타가 그렇게 말해서 내 안경을 건네주었다. 이제 우리 둘 다 앞을 못 보겠군. 역시 몇 걸음도 못 가서 프란타는 발이 걸려 넘어질 뻔하더니 안경을 다시 벗었다.

버스 터미널로 가는 길에는 더 이상 아무 재미있는 일도 벌어지지 않았다. 이동장에 고양이를 넣고 어디론가 데려가는 여자아이를 본 게 다였다. 아까 내가 본 게 고양이가 맞았다면. 버스 안에서도 별일이 없었다. 우리는 뒷자리에 앉았고 나는 가는 길 내내 창밖을 빠르게 스쳐 지나가는 풍경을 바라봤다. 안경이 없어서 잘 보이진 않았지만. 창문 안쪽에서 날파리가 계속 유리창에 몸을 부딪히며 밖으로 나가려고 애를 쓰고 있었다. 나는 날파리를 지켜보았다. 이따가 내릴 때 도와줘야겠어. 프란타는 핸드폰으로 게임을 하고 있었다.

우리는 머핀 두 개를 먹고 낯선 도시의 정류장에 내렸다. 내리면서 날파리를 도와줬다. 프란타는 처음에는 날 보고 미쳤다고 생각한 듯했지만 곧 날파리가 날아갈 수 있게 함께 도와줬다.

"바보 같은 날파리." 프란타가 말했다. 기분이 좋았다. 프란타도 그래 보였다.

이제 다음 버스로 갈아타야 한다. 정류장에 있는 시간표에는 적혀 있지 않았지만 우리에겐 다음 버스가 언제 오는지, 어디로 가야 하는지 적힌 약도가 있으니까 문제없이 다음 버스를 탈 수 있을 테다. 얼마 지나지 않아 다음 버스가 왔다. 버스엔 거의 우리 둘밖에 없었기 때문에 안경을 끼고 창밖의 침엽수로 덮인 언덕을 구경했다. 멀리서 보니 부드러운 나무 카펫

같이 보였다. 숲에 간다고 생각하자 기분이 들떴다. 숲속에서 부드러운 이끼로 덮인 땅 위를 걸으면 얼마나 기분 좋을까. 갑자기 프란타가 내 어깨를 흔들었다.

"다 왔어. 내리자."

우리는 재빨리 버스에서 내렸다. 하마터면 문이 닫히기 전에 못 내릴 뻔했지만 어쨌든 내렸다. 버스가 떠나자 주변에 아무것도 없는 텅 빈 정류장에 우리 둘만 오도카니 서 있었다. 저 멀리 마을 입구가 보였지만 여기엔 작은 예배당과 '주택 분양'이라고 적힌 팻말이 걸린 커다란 집 한 채뿐이었다. 약도를 다시 확인했다. 마을 입구에서 내리는 건 맞지만 약도를 확인해 보니 우리가 내릴 정류장은 분명히 마을 안에 있다고 표시되어 있었다.

"한 정거장 일찍 내렸나 봐."

"정류장 이름은 맞아. '밀밭 삼거리 입구'잖아."

"아니야. 그냥 '밀밭 삼거리'에서 내려야 해."

"아, 그렇구나. '밀밭 삼거리'까지만 듣고 깜짝 놀라서 내리자고 했어."

"그럴 수 있지." 진심이었다. 하지만 프란타의 표정이 갑자기 어두워졌다. "괜찮아. 정말이야." 내가 말했다.

"내가 안 괜찮아. 멍청한 버스 같으니. 정류장 이름을 왜 이렇게 헷갈리게 지었어?"

프란타가 쓰레기통을 몇 번 발로 걷어찼다. 무슨 말이라도 해줘야 하는데 할 말이 떠오르지 않아서 프란타가 쓰레기통을 그만 찰 때까지 가만히 기다렸다. 그사이에 옆에서 꽤 큰 새의 깃털을 발견했다. 크기를 보면 비둘기 같은데 까만색으로 멋지게 빛나고 있었다. 나는 깃털을 후드 티 주머니에 숨기고 버스 시간표를 확인했다.

"6시에 버스가 하나 더 오나 봐."

"진짜?"

"모르겠어."

"너 핸드폰 있잖아. 한번 확인해 봐." 프란타의 핸드폰이 떠올랐다. "그런데 우리 핸드폰 안 가져오기로 했었잖아." 곧바로 우리가 한 약속이 떠올라서 프란타에게 인상을 찌푸렸다.

"심 카드를 빼서 오프라인 상태야. 그러니까 버스 시간표는 확인 못 해. 핸드폰은 영상만 찍으려고 가져온 거야. 이 상태로는 핸드폰을 추적해서 우리를 찾지 못해."

"너 또 거짓말했구나."

"어." 프란타가 순순히 인정했다. "그게 뭐?"

아무것도 아냐. 나는 머릿속으로만 생각하고 아무 말도 하지 않았다.

"그럼 가자. 원래 내려야 했던 정류장까지 걸어가는 거야. 도로를 따라 걸으면 의심스러워 보일 수 있으니까 여기 이쪽 길로 가자." 프란타가 약도에 나온 길 하나를 가리켰다. "이게 지름길이야. 방향도 맞고."

맞는 길인지는 모르겠지만 가보지 않고서는 틀린 길인지도 모를 테니까 우리는 일단 그 길을 따라가기로 했다.

조금 걸어가자 집들이 하나둘씩 모습을 드러냈고 거기서 조금 더 가자 마을 이름이 적힌 표지판이 나왔다. 우리는 사람들의 눈에 최대한 띄지

않게, 늘어서 있는 주택가 뒷마당 쪽으로 난 길로 갔다. 그다음 길에서 밭으로 내려와 걸었다. 밭은 특히 프란타가 걸어서 이동하기 어려웠지만 다른 방법이 없었다. 나는 걷는 동안 재미있는 걸 발견해서 정신이 딴 데 팔리지 않도록 집중했다. 하지만 아직까지는 재미있는 게 보이지 않았다. 그런데 별안간 무언가 '땅!' 하고 터지는 이상한 소리가 여러 번 들려왔다.

우리는 멈칫했다. 다시 그 소리가 들렸다.

프란타와 나는 그 자리에 멈췄다. 그 소리를 빼고 주변은 완전히 조용했다. 우리는 주변을 두리번거렸다. 멀리 차 한 대가 지나갔다. 또 '땅!' 하는 소리가 들렸다.

"가서 확인해 보자." 프란타가 소리가 난 쪽으로 걸음을 돌렸다.

나도 가서 확인해 보고 싶었는데 마침 프란타가 먼저 가보자고 해서 기뻤다. 함께 어떤 농원을 가로질러 걷는데 안쪽으로 들어갈수록 소리가 가까워지는 걸 보니 맞는 방향으로 가고 있나 보다. 그때 한 오두막 안의 나이 든 할아버지가 눈에 들어왔다. 우리는 조금 더 다가갔다. 할아버지는 손에 쥔 소총을 쏘고 있었다. 총에서 나는 소리였구나. 하지만 소리는 보통의 총소리같이 들리지 않는데.

"공기 소총이야." 프란타가 말했다.

하지만 우리는 아직 할아버지가 어디에, 왜 총을 쏘고 있는지 알 수 없었다. 그런데 잠시 조용히 기다리자 앵두가 열린 나무 한 그루에서 새 한 마리가 날아올랐다. 팡! 할아버지가 총을 쏘자 새가 푸드덕대며 날았다. 할아버지는 혼자 중얼거렸지만 잘 들리지 않았다.

프란타가 내게 뭐라고 말했지만 난 더 이상 듣고 있지 않았다. 나는 할아버지를 지켜봤다. 공기총에 다시 총알을 넣고 있었다. 어째서 새들을 쏘는 거야? 왜? 새들한테는 앵두가 먹이니까 어쩔 수 없잖아. 그만둬!

“그만하라고 하자.” 내 목소리가 커졌다. 심장이 쿵쿵거렸다.

“가자.” 프란타가 속삭였다. “우릴 발견하기 전에.”

하지만 나는 참지 못하고 마구 소리를 지르기 시작했다. “그만하세요! 하지 말라고요! 그러시면 안 된다고요! 새들을 내버려둬요!”

그때 할아버지가 우리에게 총을 겨누는 게 보였다. 프란타가 날 끌어냈다. 할아버지는 우리에게 무어라고 욕을 했지만 총을 쏘지는 않았다. 그곳에서 얼마간 도망쳐 나와 다시 뒤돌아보니 할아버지는 오두막 창문을 닫고 사라진 후였다.

“미쳤어? 너 때문에 우리 모습을 들켰잖아.”

“저러면 안 된단 말이야!”

“그래서? 네가 그런다고 달라질 것 같아?”

우리는 서로를 노려봤다. 왜 나한테 이렇게 못되게 굴어? 나도 달라지지 않는다는 걸 알아. 나 같은 어린애가 뭘 어쩌겠어. 하지만 그렇다고 그냥 두고만 볼 생각이었어? 그래, 우리 모습은 들켰지만 지금 그게 중요해? 그렇게 서로를 노려보고 있는데 덤불 속에서 고슴도치 정도 크기의 동물이 부스럭거리는 소리가 들렸다.

“들었어?” 프란타가 속삭이자 나는 고개를 끄덕였다. 우리는 덤불 쪽을 쳐다보며 그 안에 있는 동물이 나오길 기다렸지만 아무 일도 일어나지 않고 계속 부스럭거리는 소리만 났다.

“확인해 보자.” 프란타가 굳이 할 필요도 없는 말을 했다. 덤불을 헤쳐보니 그 안에 새가 있었다. 개똥지빠귀 같은데 날개를 이리 뻗고 저리 뻗으며 몸을 뒤틀고 있었다. 끔찍한 모습이었다. 새는 온몸이 피로 뒤덮여 있었지만 크게 벌린 부리에서는 아무 소리도 새어 나오지 않았다. 목에 피가 흥건한 걸 보니 총알이 목을 관통한 모양이야. 새는 우리가 두렵지만 도망

갈 힘이 없어서 덤불 속에서 퍼덕대고 있었던 거야. 나는 두 손으로 새를 받쳐 올렸다. 새는 처음에는 내 손을 벗어나려 했지만 그럴 만한 힘이 없었다. 손 안에서 작고 따뜻한 새의 몸통이 느껴졌다. 죽어가고 있어. 나는 알 수 있었다. 두 손을 모아 새를 살짝 보듬자 새가 몸을 기괴하게 비틀었다.

프란타가 말했다. "피가 옷에 다 묻겠어." 하지만 프란타도 새를 가만히 쓰다듬고 있었다.

"뭐라도 해야 해."

그러자 프란타가 날 어린아이 보듯 바라봤다.

"그래도 얘는 죽어. 너도 알잖아."

프란타 말이 맞다는 사실도, 우리가 새를 동물 병원에 데려갈 수 없다는 사실도, 그렇다고 우리끼리 새를 살려낼 수 없다는 사실도, 이 새는 죽는다는 사실도 모두 알고 있다. 하지만.

"여기서 숨이 멎을 때까지 같이 기다려주자." 우리는 그 자리에 앉았다. 손으로 새를 조금 더 감싸자 새가 몸을 뒤틀더니 잠시 후에 잠잠해졌다. 이제 진짜 죽었다고 생각했는데 갑자기 새가 다시 고개를 치켜들고 또 다시 몸을 움찔거리고 날개를 뻗으며 어쩔 줄 몰라했다. 아파서 괴로운 데다 목에 난 구멍 때문에 숨도 쉬지 못하는 듯 보였다. 우리가 죽여야 해. 새가 오랫동안 괴롭지 않으려면. 머릿속에 그 생각이 번뜩 떠올랐다. 모든 동물의 죽음은 빨라야 한다.

그때 프란타가 말했다. "우리가 죽여야 해."

하지만 나는 대답하지 않았다. 우리 중에 누가 새를 죽여야 할지 몰라서였다. 그때 새가 갑자기 정신을 차린 듯 내 무릎에서 떨어져 내리더니 우리에게서 도망가려고 안간힘을 썼다. 날개를 계속 안간힘을 내어 움직였다. 우리가 무섭구나. 바로 알아차릴 수 있었다. 죽어가는 와중에도 우리가 무서운 거야. 새를 여기 내버려두고 우리는 가야 해. 하지만 어떻게 여기에 그냥 두고 갈 수가 있겠어. 죽는데. 어차피 죽는데. 나는 아무것도 하지 못했고 지금 내 눈앞엔 죽어가는 새가 있다. 우리가 죽여야 해. 어차피 죽을 테니까. 하지만 어떻게 죽여? 우리 중에 누가 죽여? 프란타가? 프란타는 남자애고 나보다 나이가 많으니까. 그럼 프란타가 새를 죽이고 나는 그 모습을 보지 않겠어. 내가 프란타를 바라보자 프란타도 나를 바라봤다. 우리는 그 순간 서로 무슨 생각을 하는지 알고 있었다. 그러자 프란타가 말했다. "모르겠어. 한 번에 보내려면 돌로 해야 할지 몽둥이로 해야 할지."

프란타의 목소리가 떨렸지만 내가 도와줄 수 있는 게 없다. 그래서 새를 죽일 도구를 찾아 주변을 두리번거렸지만 마땅한 물건이 보이지 않았다. 새는 점점 더 괴로워했다. 그래, 프란타의 목발이 있잖아. 프란타를 돌아봤다. 하지만 프란타는 이미 내가 무슨 생각을 하는지 알고 고개를 저었다. 안 돼. 그건 안 돼. 그래서 나는 적당한 돌을 찾으며 세상에서 제일 간절하게 저 새가 이제 죽길, 내가 돌을 찾아내기 전에 혼자서 죽길 기도했지만 새는 여전히 죽지 않았다.

프란타는 돌을 양손으로 힘껏 거머쥐었다. 한 번에 죽일 수 있을 만큼 충분히 큰 돌이다. 이제 그만 끝내라고 빨리 내려치라고 말하고 싶다. 프란타가 숨을 크게 들이마시고 새에게 한 걸음 다가갔다. 나는 두 눈을 질끈 감았다. 하지만 아무 일도 일어나지 않았다. 끔찍한 소리가 들리기만을 기다리고 있었는데 프란타는 아무것도 하지 않았다. 프란타는 돌을 휙 하고 옆으로 던져버리고 목발을 챙겼다.

"조금만 있으면 죽을 거야. 확실해." 내가 쳐다보자 프란타가 말했다. "미안해." 그리고 고개를 절레절레 저었다.

우리는 자리를 옮겼다. 하지만 나는 몇 걸음도 채 가지 못하고 새가 여전히 가만히 누워 죽음을 기다리고 있는지, 이제는 죽었는지 확인하려고 몸을 돌렸다. 새는 아직도 온몸을 비틀고 있었다. 나는 세 걸음 뒤로 물러나 아까 프란타가 던지려다가 포기한 돌을 집어 들고 손을 위로 올려 새의 머리를 겨냥했다. 하지만 첫 번째 시도에는 새를 맞추지 못하고 두 번째로 돌을 던지자 정확히 내가 상상했던 그 끔찍한 소리가 귀에 꽂혔다. 이제는 정말 죽었을 거야. 큰 새도 아니고 나도 돌을 있는 힘껏 던졌으니까. 이미 죽어가고 있었으니까 이제는……. 제발……. 하지만 감히 새를 확인할 용기가 나지 않았다. 나는 천천히 고개를 들었다. 새는 꿈쩍도 하지 않았다. 자리에서 일어서는데 눈앞에 희미하게 얼룩이 졌다. 눈을 감아도 눈앞에 새가 보였다. 아마 영원히 내 눈앞에 보이겠지. 입안이 쓰다. 꿀꺽하고 침을 삼켜도 마찬가지였다. 눈을 질끈 감았다.

프란타가 서서 날 바라보고 있었다. 프란타가 저기 없었으면 좋겠어. 그러면 이대로 마구 뛰쳐나가서 여길 벗어나 버릴 텐데. 지금 있었던 일이 전혀 없었던 일이 되어 버렸으면 좋겠어. 프란타에게 가지 않고 반대편으로 달아나고 싶지만 그 자리에서 꼼짝도 할 수 없었다. 그사이에 프란타가 나에게 다가와 목발을 오른쪽 팔로 옮겼다. 그리고 한 번 풀쩍 뛰어 내게 더 가까이 오더니 날 와락 끌어안았다. 편하지 않아. 프란타가 여기 있는 게 싫어. 하지만 몸을 떼려고 하자 프란타는 나를 더 꼭 붙들었다. 잠깐 둘이서 밀치고 붙들고를 반복하다가 프란타가 넘어질까 봐 그대로 있었다. 프란타가 날 끌어안았고 나는 울음을 터트렸다. 그러자 프란타가 나를 더 꼭 끌어안으면서 말했다.

"잘했어, 밀라. 네가 세상에서 제일 최고야."

그딴 건 상관없어. 내가 무슨 상관이야. 생명이 사라져버렸다고. 나는 죽을 수밖에 없었던 새를 생각하며 엉엉 울었다. 프란타에게 안겨 울고 있는데 콧물이 줄줄 나와 프란타의 셔츠에 묻었다. 그렇게 시간이 조금 더 지나자 프란타가 말했다.

"미안. 나 계속 이렇게는 못 서 있을 것 같아."

프란타가 다시 양손으로 목발을 짚자 그제야 나도 주머니에서 휴지를 꺼내 코를 풀 수 있었다. 집에 가고 싶어. 혼자 있고 싶어. 그런데 프란타가 날 보더니 말했다.

"혼자 있고 싶으면 네가 먼저 앞서 가. 이 길만 쭉 따라서 가면 돼. 가다가 적당한 곳에서 날 기다려."

누군가 내게 해준 말 중에서 가장 따뜻한 말이었다.

길을 따라 달려 나갔다. 길은 곧 숲길로 이어져서 내 발소리가 전혀 들리지 않았다. 나는 전속력으로 달렸다. 이렇게 하면 모든 게 사라질 것 같았다. 숨이 턱까지 차고 더는 뛸 수 없을 만큼 내달리고서야 나는 그 자리에 멈췄다. 지금 이곳에는 고요한 숲과 내 숨소리뿐. 내가 뛰어온 길을 돌아봤다. 저녁이 찾아오고 있었다. 하늘색이 변하고 있다. 프란타는 보이지 않았다. 나는 천천히 뛰어온 길을 되돌아 걸었다. 숲 쪽으로 되돌아 걷는데 땅에는 부러진 가지, 잎사귀 더미, 열매가 널려 있었다. 한 걸음 한 걸음 내딛을 때마다 그 새가 보였다. 나는 다시 냅다 달렸다. 그 순간 갑자기 다 소용없다는 생각이 들었다. 내가 달리든, 걷든, 아니면 멈춰 있든, 눈을 감든, 눈을 떠 숲을 바라보든 말든 어차피 소용없었다. 나는 새를 죽였어. 하지만 옳은 일이었어. 그러니까 이미 일어난 일에서 도망치지 않을래.

잠시 후에 프란타의 모습이 보이자 기뻤다. 프란타가 잠깐 쉬면서 뭘 좀 먹자고 했다. 조금 전까지만 해도 다시는 음식을 먹지 못하리라 생각한 게 무색하게 머핀 하나를 다 먹어 치웠다.

"약도를 보면 이제 거의 다 온 것 같아."

"그러길 바라야지." 프란타가 말했다. "난 이제 더는 못 가."

그 말에 슬쩍 보니 프란타는 어딘가 아파 보였다. 하지만 나랑은 상관없는 일이다.

페 "아가씨." 버스에 타자 기사님이 카트카를 불렀다. "주머니에서 종이 떨어졌어요." 카트카의 주머니에서 약도가 떨어졌다. 큰 문제는 아니지만 꽤 골치 아플 뻔했다. 내가 기억을 더듬어서 다시 그릴 수는 있지만.

카트카는 "감사합니다."라고 하더니 얼굴이 새빨개졌다. 우리는 뒷자리로 가서 내가 창가에 앉았다. 카트카는 상관없다고 했다.

"난 책 읽을 거야." 카트카가 말했다. 덕분에 나는 창밖을 구경할 수 있었다. 사실 창밖이 아니라 창문에 비치는 내 모습을 보고 있는데 지금 내 모습이 꽤 마음에 들었다. 아마 난 다른 사람이 되고 싶었나 보다. 내가 여자애였다면 내 작은 키가 이상하지 않았겠지. 내가 여자애였다면 남보다 겁이 많고 잘 울어도 문제 삼지 않겠지. 여자애들은 울어도 되니까. 내가 여자애였다면 힘도 없고 할 줄 아는 운동이 없어도 아빠가 염려하지 않겠지. 여자애가 아니라서 아쉽네.

리베레츠에서 다음 버스로 갈아타면 거기서부터는 조금만 더 가면 된다. 낯선 도시의 외곽에 있는 작은 정류장에서 다음 버스를 기다렸다. 우리 말고는 정류장에 거의 아무도 없었다. 우리는 벤치에 앉아 점심을 먹었다. 카트카는 먹는 중에도 책을 읽어서 나는 그냥 주변을 두리번거렸다. 주변은 끔찍했다. 큰 고속도로, 그 위를 달리는 차들. 주변에서 딱 하나 볼만한 광경은 파랗고 아름다운 하늘을 배경으로 공장 굴뚝에서 하얀 연기가 올라오는 모습이었다. 나는 얼른 노트를 꺼내 그 광경을 그려냈다. 카트카가 곧 알아차리고 책을 잠시 덮고 내가 그림 그리는 모습을 지켜봤다.

“우와. 정말 말도 안 돼. 페탸.” 그림을 다 그리자 카트카가 말했다. 그냥 스케치일 뿐인데 엄청난 작품이라도 본 듯한 말투였다.

“가질래?”

“응, 당연하지.” 내가 종이를 뜯어냈다.

그때 카트카가 말했다. “그런데 접어버리기에는 너무 아까워.”

그래서 나는 그림을 그대로 내 노트에 끼워뒀다. 그러자 카트카는 다시 책으로 눈을 돌렸고 나는 계속 연기를 바라봤다. 기분이 편안했다. 그 순간 해가 구름에서 빠져나와 내 이마를 데워서 눈을 감았다. 금방 잠들 것 같아. 나는 내 짐에 스르륵 기대었다. 지금 잘 수는 없을까. 이대로라면 잠드는 데 얼마 걸리지도 않을 텐데. 햇볕이 내리쬐던 얼굴에 그림자가 드리워지는 느낌이 들어서 눈을 떴다.

그때 남자애 두 명이 우리 쪽으로 다가오는 것이 보였다. 우리보다 아니, 카트카보다 나이가 많은 것 같았다. 손에는 각자 맥주 캔과 담배를 들고 있었지만 그렇다고 해서 맥주를 마셔도 되는 나이 같지는 않다. 잘 모르겠어. 그 둘이 우리에게 다가오자 카트카도 눈치챘는지 책을 덮어 가방에 집어넣었다.

“안녕, 예쁜이들.”

그중에 한 명이 말을 걸어서 나는 미소를 지었다. 난 여자애야. 대신

말은 하면 안 돼. 그러더니 둘이 우리 옆에, 그러니까 카트카 옆에 앉는 바람에 나는 벤치 끄트머리로 밀려났다. 카트카가 귀찮게 굴지 말라고 앙칼지게 한마디만 하면 저 둘이 가버릴 거라고 생각했는데 카트카는 아무 말도 하지 않고 얼굴만 붉히고 있었다.

"뭐 읽고 있었어?" 남자애 중 한 명이 물었다.

"별거 아냐. 그냥 학교에서 읽어 오라고 한 거야." 카트카가 말했다.

"몇 학년인데?"

"8학년." 카트카가 거짓말을 했다. 왜 거짓말을 하는지 알겠다. 나이가 많아 보이려고 그러는 거지. 멍청한 짓이다.

"너네 어디 가?"

"아……. 리베레츠……." 이건 카트카가 거짓말을 해서 다행이다. 나는 카트카에게 잘했다는 눈빛을 보냈지만 카트카는 날 보고 있지 않았다.

"리베레츠로 가는 버스는 2번 승강장에서 타면 되는데 한 시간은 지나야 오거든. 그사이에 우리랑 안 놀래? 지금 마을 광장에 임시 놀이공원이 와 있는데 거기서 레모네이드나 마시면서?"

카트카가 시계를 확인했다. 나는 고개를 절레절레 흔들었지만 날 봐주는 사람은 아무도 없었다.

"가자. 응?"

"모르겠는데……." 카트카가 말했다. "안 될 것 같아……."

"이 근처야. 같이 아이스크림 먹자, 응? 별거 아냐. 같이 가자."

"어떡할래?" 카트카가 드디어 내 쪽으로 몸을 돌렸다.

나는 일부러 고개를 마구 저었다. 미쳤어? 나는 옆통수에 검지를 대고 빙빙 돌렸다. '너 돌았냐?'

"우리 어차피 시간 있잖아. 그러니까 아이스크림만 먹자. 어차피 여기

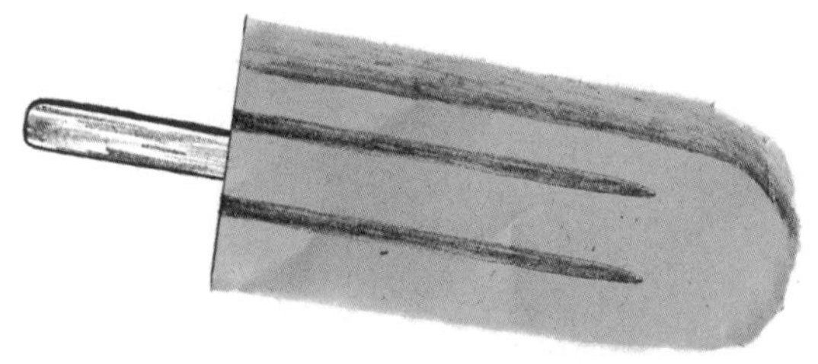

서 가만히 있는 것보다는 낫잖아?"

나는 자리에 앉아서 양팔로 X자를 내보였다. 나는 안 가.

"우리는 못 갈 것 같아." 카트카가 남자애들에게 말했다. "동생이 싫대." 전부 나 때문에 안 된다는 듯한 말투였다.

"우리 꼬마는 아이스크림 먹기 싫어?" 남자애 하나가 우습다는 듯 날 보고 미소 지었다. 나는 고개를 저었다.

"뭐야. 너 말 못 해? 얘 벙어리야?"

"아니야. 그냥 말을 잘 안 해."

"음, 아쉽네. 그럼 동생은 여기 두고 너만 우리랑 같이 안 갈래?"

나는 카트카가 안 된다고 말하길 기다렸다. 당연히 안 되지. 그런데 카트카가 아무 말도 하지 않고 날 쳐다봤다.

"30분이나 남았잖아. 그럼 내가 가서 네 아이스크림까지 사 올게. 넌 짐을 지키고 있으면 되잖아. 됐지?"

정말 정신이 나갔나 보다. 나는 곧장 자리를 박차고 일어나서 내 배낭을 집어 들고 다른 곳으로 와 버렸다. 그래, 가라고 해. 대신에 나도 여기서 짐이나 지키고 있진 않아. 버스가 언제 오는지 아니까 이따 정류장으로 돌아온 다음 내리면 산장까지는 혼자 갈 거야. 밀라와 프란타도 와 있겠지. 카트카는 왜 저딴 놈들이랑 시시덕거려? 저러다가 들키기라도 하면 어쩌려고. 그리고 왜 저런 놈들이랑 멍청하게 아이스크림 따위나 먹겠다는 거야? 그래, 가버리라고 해.

나는 작은 가게 앞에 멈춰 섰다. 어차피 곧 돌아가야 하는데 시계가 없다. 버스를 놓치지 않길 바라야지. 바닥에 앉아서 한숨을 푹 쉬었다. 화가 났다. 도대체 왜? 하지만 나도 이유는 안다. 내 생각에 카트카는 평소에 저런 남자애들이랑 말도 섞지 않을 거다. 왜냐하면 저런 애들은 평소에는 나와 카트카 같은 애들을 괴롭히는 부류니까. 그게 보이지 않는 걸 보니 카트카는 멍청하구나. 내버려두라지. 나랑은 상관없어. 나도 굳이 나서서 말해주지 않을 테니까.

그때 카트카가 나타났다. “대체 왜 그러냐?”

“너는 대체 왜 그러는데? 왜 저런 애들이랑 말을 섞는데?” 내가 쏘아붙였다. 왜 모르는 척하는 거야?

“걔네랑 아무 말도 안 했거든. 그리고 안 할 거거든. 그런데 너는 왜 도망가는데?”

“나는 짐이나 지키는 사람이 아니니까.”

“그러니까 우리랑 같이 놀이공원에 갔으면 됐잖아.”

“내가 왜 그런 곳에 갈 거라고 생각해? 난 다섯 살짜리가 아니라고.”

“뭐라고?” 카트카가 낯선 사람을 보듯 날 쳐다봤다. 아마 정말 모르나 보다. 카트카는 그 남자애들이 정말로 괜찮아 보였나 보다. 여자애들은 그런 것도 못 알아채나 보다.

“우리는 다른 사람들이랑 말 섞으면 안 돼.”

“뭐, 그런데 걔네가 먼저 말 걸었잖아.”

“그러니까 네가 대답을 안 했어야지.”

“그래. 걔네한테 바로 꺼지라고 안 하고 평범한 척해서 미안하다. 도대체 왜 그러냐, 너?”

"이해가 안 돼! 왜 저딴 놈들이랑 아이스크림을 먹고 싶은 거야?"

"왜 그러면 안 되는데! 내가 누구랑 어딜 가든 너랑 무슨 상관인데?"

"네가 이상하게 행동했으니까!"

"그래서 어쩌라고? 내가 이상한 것도 너랑 무슨 상관이야?"

그 말에 나는 할 말을 잃었다. 그러게. 사실 그게 나랑 무슨 상관인가. 그때 어색한 말 딱 한마디가 머릿속에 떠올랐다. 이 말이 내 마음을 설명할 수 있을까. "우리 여기 같이 왔잖아."

카트카가 고개를 절레절레 흔들었다. "알겠으니까 이리 와. 어차피 걔들은 갔어."

하지만 벤치로 돌아와 보니 우리 침낭이 사라지고 없었다. 그놈들이 멍청한 놈들일 거라는 내 예상이 맞아떨어졌지만 그래도 전혀 기쁘지 않았다. 카트카가 나 몰래 우는 모습이 보였지만 당연히 못 본 척해 주었다.

카 돌아와 보니 우리 침낭은 사라지고 없었다. 내가 세상에서 제일 멍청한 사람이 된 기분이었다. 왜 나는 고작 원피스를 입고 머리를 풀었다고 해서(그나저나 엄청 불편해!), 버스 기사님이 날 '아가씨'라고 불렀다고 해서, 그 남자애들이 나한테 말을 걸고 싶어 한다고 생각했을까? 그리고 어째서 나는 그 남자애들이(한 명은 바다같이 푸른 눈이었지.) 나한테 레모네이드를 사주겠다고 했을 때 그걸 좋은 의도였다고 생각했을까? 아무 의미도 없었던 데다 페트르에게 못되게 굴고 이제는 침낭까지 도둑맞았잖아. 내가 이렇게나 멍청해서, 그 남자애들이랑 시시덕거려서. 페트르는 이게 전부 내 탓이라고 할 자격이 있는데도 내게 아무 말도 하지 않았다. 그저 뭘 좀 먹지 않겠느냐며 배낭에서 오늘 만들어 온 점심을 꺼냈다. 엄마가 햄 샌드위치를 정말 맛있게 만든다면서.

“그래?”

“응. 너 이런 햄 샌드위치는 아직 못 먹어봤을걸?”

그래 봤자 빵을 갈라서 버터를 바르고 햄을 넣었을 뿐일 텐데 뭐가 그렇게 대단하다는 건지 모르겠지만 그래도 기꺼이 반을 건네받아 한 입 물었다. 그런데 정말이지 내가 먹어본 중에 최고의 햄 샌드위치였다.

어떻게 이런 맛이 날 수 있는지 알고 싶었지만 페트르는 어깨를 으쓱할 뿐이었다. “나도 정말 모르겠어. 엄마한테 한 번도 안 물어봤거든.”

우리는 자리에 앉아 샌드위치를 먹으면서 아무 일도 없었던 척했다. 페트르가 잃어버린 침낭에 대해 아무 말도 하지 않아서 기뻤고 그래서 사과하고 싶었다.

그런데 내가 “있잖아, 페탸. 아까 그 남자애들 일은 말이야…….” 하고 운을 떼자 페트르가 말했다. “나 샌드위치 말고 아몬드 초콜릿도 엄청 많이 가져왔다? 먹을래?”

“응, 당연하지.” 이제 굳이 더 말할 필요가 없구나. 기분이 좋았다.

그리고 나중에 버스에서 내려 숲으로 걸어 들어갈 때가 되자 벌써 밖은 초저녁에 접어들고 있었고 페트르가 겁을 먹은 모습이 보였다. 페트르의 기분이 나아지길 바라며 손을 잡아주었지만 사실 나도 무섭긴 마찬가지였다. 여기서 웬 살인범이 우릴 덮치면 어떡하지?

페 “무서워하지 마.” 카트카가 말했다.

하지만 카트카도 겁먹은 게 보여서 더 무서워졌다. 다행히 숲길이 끝나고 집이 하나둘씩 보였다. 약도를 보니 거의 다 왔다.

올빼미 고개

프 캠핑장까지 남은 길은 스스로도 믿기지 않을 정도로 헤매지 않고 곧장 찾아갔다. 이미 와본 길처럼 내내 길에서 벗어나지 않고 쭉 걸어와서 곧 있으면 도착할 예정이었다. 더는 못 버틸 만큼 다리가 아팠지만 남은 길을 걸어오는 내내 밀라는 단 한 번도 날 돌아보지 않고 항상 몇 발자국 앞에서 걸었다. 그러다가 너무 멀리 앞서 나가면 잠시 날 기다려줬지만 여전히 쳐다보지는 않아서 기뻤다. 밀라에게 무슨 위로를 더 해줘야 할지 떠오르지 않았기 때문이다. 빨리 나머지 둘과 만나서 그 둘이 밀라를 기쁘게 해줬으면 좋겠어. 나는 다른 사람을 기쁘게 할 줄 모른다. 아까는 어찌저찌 달래줬지만 이제는 어떻게 해야 할지 모르겠다. 일단 어디든 빨리 좀 앉아야 해. 누우면 더 좋고.

첫 번째 오두막이 나타났다. 아직까진 괜찮아 보였다. 하지만 곧 캠핑장 전체의 모습이 드러났다. 커다란 집 세 채를 중심으로 스무 채 정도 되는 작은 오두막이 반원 모양으로 퍼져 있고 중앙에 기둥이 꽂혀 있다. 기둥 끝에는 말 그대로 무슨 걸레짝 같은 천이 펄럭이고 있었는데, 원래 달려 있던 어떤 깃발의 잔해 같았다. 창문은 죄다 깨져 있고 창문 안쪽으로는 커튼이 바람에 흔들리고 있었다. 집 한 채 앞에는 가구들이 밖으로 나와 있었다. 의자들이 쌓여 있고 탁자도 몇 개 있다.

나는 벙쪄서 진심으로 여기에서 지낼 거냐는 표정으로 밀라를 쳐다봤다. 버려진 캠핑장이라고는 했지만 멋진 곳이라고 했잖아……. 그런데 지금 내 눈에 보이는 모습은 난장판이지 멋진 곳과는 거리가 멀었다. 사실 끔찍하다는 게 맞는 말 같았다.

“이런 끔찍한 곳에서 머물자고?” 내가 물었다.

하지만 밀라는 나를 보지 않았다. 그래서 나는 오두막 한 채에 다가가 안을 들여다보았다. 안에는 정말 매트리스가 깔려 있는 이층 침대가 두 개 있었다. 오두막 안은 축축하지도 않고 쓰레기가 많지도 않았다. 나는 빈 병 몇 개를 밖으로 걷어차 버리고 침대 위에 앉았다. 다리를 펴고 좀 쉬어야 해. 밀라는 우리 오두막 문 쪽에 서 있다가 반대편 매트리스 위에 누워 얼굴을 벽 쪽으로 돌리고 몸을 웅크렸다. 나는 핸드폰을 꺼내 게임을 했다. 재미없어. 오프라인 게임이 원래 재미없지, 뭐.

그때 나머지 둘의 목소리가 들려왔다.

“왔다.” 내가 말했다. 하지만 밀라는 꼼짝도 하지 않았다. 그래서 나는 일어나서 밖으로 나갔다.

“지금 장난하는 거지?” 카트카가 화난 목소리로 말했다. “그냥 귀신 들린 더러운 캠핑장이잖아.”

그때 갑자기 바람이 불었다. 쾅! 우리는 화들짝 놀랐다. 하지만 그냥 맞바람이 불어 오두막 문이 닫힌 것뿐이었다.

“나는 죽어도 여기서 안 자.” 페트르가 말했다.

밀라가 드디어 내 뒤로 모습을 드러냈다.

“밀라! 너 진짜 미친 거지!” 카트카가 화난 표정을 지었다. “이렇게 끔찍한 곳이라고 왜 말 안 한 거야?”

밀라는 아무 말도 하지 않았다.

“왜 그래?” 카트카가 다시 물었다.

“내 생각엔 괜찮은 것 같은데.” 내가 말했다. “축축한 곳도 없고…….”

“뭐야, 오는 길에 무슨 일 있었어?”

그 순간 밀라가 무슨 말을 할지 고개를 돌려서 쳐다볼 뻔했지만 참고 그냥 내가 대답했다. "아니, 아무 일도 없었어. 너네는?"

그제야 나는 밀라를 바라봤다. 밀라도 날 바라보고 있었다. 내가 아무 말도 하지 않아서 안심하는 눈치였다.

"아무 일도 없었어." 페트르가 말했다.

"있었어. 침낭을 도둑맞았어." 카트카가 말했다. "내 잘못이었고."

카트카는 여자니까 내 침낭을 쓰라고 기꺼이 말하고 싶었지만 다리 때문에 그럴 수가 없다. 그게 밀라라도 침낭을 줄 수 없을 것 같다. 아니, 밀라라면 줄 수 있을지도 모르지.

다시 맞바람이 치자 문이 부서질 듯 쾅쾅 닫혔다.

"난 여기서 안 잘래." 페트르가 말했다. "나, 갈래."

"그래? 어디로 가야 하는지는 알지? 왼쪽 숲을 지나서 갈래? 아니면 오른쪽 숲을 지나서 갈래?"

캠핑장은 사방이 숲으로 둘러싸여 있었다.

"진정해. 우리는 네 명이나 되고 문은 밖에서 아무도 들어오지 못하게 문고리에 의자를 괴면 돼."

"난 사람은 무섭지 않아. 내가 무서워하는 건 문이 잠긴다고 해서 사라지는 것들이 아니야." 페트르가 말했다.

페트르가 그린 눈알이 흘러내리는 여자가 떠올랐다. 여전히 바람에 문이 덜컹이고 있었다. 여자애 행색을 하고 곧 울 것 같은 얼굴을 한 페트르를 쳐다봤다. 이 모든 게 자기 때문에 벌어진 일인데 자기가 제일 먼저 집으로 도망가고 싶어 하는 꼴 하고는.

"불부터 피워야겠어. 나무 구하러 가자." 나는 페트르와 둘이 숲가로 가서 땔감을 줍기 시작했다. 페트르는 계속해서 주변을 두리번거렸다. 아, 적당히 좀 하지. 그때 기가 막힌 장난이 하나 떠올랐다. 왜 나는 자꾸 이런 장난이 떠오르는지 모르겠다. 하지만 종종 있는 일이고 지금 이 순간에 딱 어울릴 만한 장난이다.

카 "아니야, 화내지 마." 밀라가 내 말에 화가 나 보여서 내가 말했다. "여기 정말 별로긴 한데, 음, 내 상상이랑 좀 달라서 그런가 봐. 그래도 난 괜찮아." 말은 이렇게 했어도 사실 속으로는 그냥 집에 남아 책이나 읽었어야 했다는 생각이 들었다. 이런저런 생각으로 머리가 복잡하다. 여기서 뭘 해야 할까. 왜 이런 행동을 했을까. 지금이라도 집에 갈 수 있을 것 같은데. 야간 버스가 있지 않을까. 페트르라면 무조건 갈 텐데.

"밀라, 너 집에 가고 싶어서 그래? 아직 집에 갈 수 있어."

하지만 밀라는 아무 대꾸도 하지 않았다. 내게서 몸을 돌리고 있어서 얼굴이 보이지 않았다. 자고 있거나 또 자기 세계에 빠져 있겠지. 이층 침대에 'F+P'라고 적은 낙서가 펜으로 마구 그어져 있다. 다시 밀라를 들여다보았지만 밀라는 꼼짝도 하지 않았다. 나는 내 가방에서 볼펜을 꺼내 마테이랑 카트카의 이니셜 'M+K'를 새기듯이 꾹꾹 눌러 적었다. 그리고 짐을 풀기 시작했다. 저녁도 먹어야 하고 누가 무얼 가져왔는지도 봐야 하니까.

"밀라, 너는 먹을 거 뭐 가져왔어?"

아무 대답이 없었다. 누워 있는 밀라 위로 몸을 굽혀 자고 있는지 확인했다. 자고 있는 게 아니었다. 밀라는 내가 자기 위로 몸을 굽혀 보는 걸 알면서도 벽만 쳐다보고 있었다. 미동도 없이.

"무슨 일 있었어? 몸이 안 좋아?"

밀라가 고개를 조금 흔들었다.

"프란타가 괴롭혔어? 내가 한마디 해줘?"

고개가 거세게 흔들렸다. "아니. 아무 일도 아냐. 아무 일도 아냐."

"그럼 도대체 무슨 일인데?"

"아무 일도 아니라고!" 밀라가 소리를 빽 질렀다. "그냥 좀 내버려둬!"

밀라는 자리를 박차고 일어나 그대로 오두막에서 나가버렸다. 나는 배낭에서 레몬 쿠키를 꺼내 침대에 누웠다. 머리 밑에 침낭을 하나 베고 책을 펼쳤다. 책이라도 읽지 않으면 여기 있을 수가 없을 것 같았다. 하지만 내용이 눈에 들어오지 않았다. 가서 밀라를 찾아야 해. 어딘가에서 길을 잃지는 않았겠지? 남자애들은 어디로 갔지? 밀라에게 무슨 일이 있었던 거야? 나는 왜 여기에 있지? 앞으로는 어떻게 되는 거지? 이제 침낭이 없으니까 앞으로 큰 골칫거리가 될 텐데. 당장 다 같이 집으로 돌아가야 해. 하지만 핸드폰은 아무도 안 가져왔고 그러면 손전등도 당연히 못 쓰잖아. 나도 어두운 숲속을 다시 지나가고 싶진 않아. 어쩌자고 손전등을 까먹었을까?

위를 올려다보니 위층 침대 바닥에 낙서가 가득했다. 죄다 '사랑해', '♥', '죽여버린다', 'K 개새끼' 같은 내용이다. 그리고 한쪽에 '아무것도 무서워하지 마.'가 적혀 있다. 밖에서 문이 덜컹거렸다. 까마귀가 까악거렸다. 그거 말고는 온통 조용했다. 다 무서워.

그때 밀라의 비명이 들렸다.

페 묵묵하게 땔감을 줍던 프란타가 갑자기 사라졌다. 나는 일단 꼼꼼하게 주변을 둘러보고 주위의 소리에 귀를 기울였다. 하지만 아무 소리도 들리지 않았다. 곧장 속이 울렁거렸다. 그때 프란타가 일부러 숨었을 거라는 생각이 들었다. 당연했다. 그렇지 않고선 어디에 있겠어. 그래서 웃기지도 않으니까 이제 나오라고 소리쳤다. 겁이 났다. 프란타가 사라졌고 무언가가 프란타를 납치했고 이제 곧 내 차례라는 생각이 들었다. 무서워서 목소리가 떨렸다. 그만 좀 해, 페트르. 내 자신에게 속으로 말했다. 이게 무슨 영화도 아니고 숲의 귀신이나 악마 같은 게 프란타를 잡아갔을 리가 없잖아. 꿈에 나왔던 검은 소용돌이가 눈앞에 번쩍하고 떠올랐다. 그만해. 그만해. 쓸데없는 생각하지 말고 땔감이나 줍자. 몸을 숙이고 계속해서 나뭇가지를 주웠지만 심장이 마구 요동쳤고 프란타는 여전히 보이지 않았다.

나뭇가지를 내던지고 마지막으로 프란타를 봤던 곳을 확인하러 걸음을 옮겼다. 무슨 일이 생긴 걸지도 몰라. 넘어져서 기절해 쓰러지는 바람에 대답을 못 한 걸지도 몰라. 아니면 캠핑장으로 돌아갔거나. 그런데 갑자기 반대편에서 나뭇가지가 부러지는 소리가 들려왔고 나무 사이에서 누군가가 얼굴을 확 내밀었다. 순간 낯선 사람이 여기까지 날 따라온 줄 알고 기겁했지만 곧 낯선 사람이 아니라 프란타라는 걸 깨달았다. 프란타는 내 꼴을 보면서 웃고 있었다. 배를 잡고 깔깔거리면서 그 모습을 핸드폰으로 찍고 있다. 목구멍에 울음이 차올랐다. 프란타가 사라지지 않았다는 안도감과 동시에 어째서 나한테 이딴 장난을 칠 수 있느냐는 생각에 화가 났다. 나는 프란타가 내 쪽으로 먼저 다가오기도 전에 프란타에게 마구 뛰어가 손에 들린 핸드폰을 뺏어 던져버리고 달려들었다. 우당탕 하고 프란타가 뒤로 넘어졌다.

"왜 그래? 그냥 장난이잖아." 나는 프란타의 말이 끝나기도 전에 온

몸을 내던져 프란타를 마구 쥐어패기 시작했다. 너한테는 장난이었겠지. "너는 왜 그따위야?" 마구 소리 지르는 내 목소리가 귀에 울렸다.

"너는 왜 그따위냐고!?" 나는 계속 소리를 지르면서 프란타를 때렸고 프란타는 내 주먹을 막고 있었다. 그렇게 치고받고 싸우다가 프란타가 묵직하게 날린 주먹 한 방에 뒤로 쓰러졌다. 아팠다. 주먹질을 멈추고 바닥에서 일어났다.

"야, 정말 나쁜 마음으로 그런 게 아니라고. 진짜 그냥 장난이었다고."

프란타의 입술에서 피가 흘렀다. 나도 내가 몸싸움을 할 수 있는지 처음 알았다. 프란타의 눈빛을 보니 정말 나쁜 뜻으로 친 장난은 아니다. 프란타에게는 정말 그냥 장난이었던 것이다.

"그렇게까지 겁주고 싶은 마음은 없었어." 프란타가 말했다.

"그럼 대체 왜 그랬는데?" 이해가 되지 않았다. 겁먹으라고 한 행동이 아니면 도대체 뭐란 말이야? 안 그래도 무서워하는 것도 많은데. 그러니까 혼자 재미있으려고 한 짓이잖아. 프란타가 겁주려는 의도는 없었다는 건 알겠지만 그래도 일단 놀란 건 맞잖아. 그런 내 꼴을 영상까지 찍고.

"그냥 재미로 한 장난이야."

"너한테나 재미있었겠지."

"야, 어차피 금방 다시 나타날 생각이었어." 프란타가 얼굴을 찌푸렸다. "뭐, 그냥 조금 빡치게 하려고 하긴 했는데 그냥 재미있으라고 그런 거야." 프란타가 어깨를 으쓱했다. "뭐 그래서 어쩔 건데? 내가 원래 이따윈데. 원래 쓸모없는 놈인데."

"넌 네 아픈 다리 때문에 뭐든 네 마음대로 해도 된다고 생각하지?"

프란타가 날 노려봤다.

"너는 아무것도 모르잖아, 새끼야. 그러니까 그만해."

그 말에 다시 화가 치솟았다. 갑자기 프란타가 하는 행동의 진짜 이유를 깨달았다. 난 다시 프란타에게 덤벼들었다. 다시 싸울 자신이 있었다.

"이 세상에서 너만 힘들고 너만 괴로운 줄 아냐? 어두운 곳만 가면 헛것이 보일 바엔 난 차라리 너처럼 다리 아픈 편이 낫겠어! 밤마다 잠들지 못하는 것보다 차라리 못 걷는 게 낫고, 목발을 짚고 다녀도 되니까 평범하게 살고 싶단 말이야! 그런데 너는 아무것도 모르잖아! 그래, 넌 쓸모없는 인간이야. 그런데 네가 쓸모없는 놈인 건 네 다리 때문이 아니라 네가 나쁜 놈이라서 그런 거야. 그리고 그건 네가 선택한 거라고!"

"진짜 정신 나간 새끼야, 넌." 프란타가 내게 말했다. "정신 나간 미친 새끼라고."

"그럼 너는 나쁜 새끼야. 다른 사람은 건강하고 너는 아니라고 해서 닥치는 대로 미워하잖아. 아무것도 모르면서."

우리는 다시 치고받고 싸우기 시작했다. 다시 싸워보니 아까는 프란타가 살살 싸웠다는 게 분명해졌다. 난 사실 싸울 줄도 모르는데 이번에는 진짜로 아프기까지 했다.

"야! 너네!" 밀라가 고함을 질렀다. "너네 그만해!"

그러자 프란타가 금방 주먹을 멈췄다. 밀라가 계속 고함을 질렀기 때문이었다. 우리는 바닥에서 일어나 서로를 노려보며 숨을 골랐다. 머리가 울렸고 손이 아팠다. 프란타는 피투성이였다.

"코피만 조금 나는 거야. 아무것도 아니라고." 프란타가 소매로 코피를 쓱 닦았다.

"너네 왜 싸워?"

"그냥 재미로." 내가 말했다. "그렇지?"

"어." 프란타가 말했다.

소리를 들은 카트카도 이쪽으로 달려왔다. "여기서 왜들 소리 지르고 있어? 너네 싸웠어? 무슨 일이야?"

"아무것도 아냐." 나와 프란타가 말했다.

"땔감이나 줍자." 내가 말했다.

땔감을 마저 주우려고 했지만 카트카가 우리를 내버려두지 않았다. 자꾸 우리 앞을 가로막고 서서 다른 곳으로 가지 못하게 했다.

"셋 다 그만해. 너네한테 무슨 일이 있었는지도 모르겠고, 밀라 너는 왜 이상하게 구는지도 모르겠지만 지금부터 너네 다 정상적으로 굴지 않으면 난 그냥 가버릴 거야."

"난 원래 이상하거든?" 밀라가 말했다.

"너 오늘은 더 이상해. 그리고 우리는 지금 네가 오자고 한 귀신이 쓰다 간 거 같은 캠핑장에 와 있잖아. 네가 이런 곳이라고 미리 알려줬다면 우린 절대 오지 않았을 거야. 여기는 무섭고 으스스하다고. 하지만 일단 와버렸으니까 어쩌겠어? 그러니까 다들 그만 소리 지르고 정신 차리고 와서 저녁 준비해. 그것도 싫다면 난 도저히 모르겠다. 너넨 뭘 하고 싶은데? 도대체 여기까지 와서 뭘 하고 싶은 거냐고?!"

우리 넷은 그 자리에 서서 서로를 바라봤다. 도대체 뭘 하고 싶은 걸까. 그때 바람이 불어 또 문이 쾅 하고 닫혔다. 자꾸 문이 쾅쾅 닫히지 않게 뭐라도 해야겠어. 안 그러면 밤새 끔찍하겠지. 하지만 그 순간 오늘 밤은 저 문이 아니더라도 끔찍한 밤이 될 거란 생각이 들었다. 누구라도 설득해서 같이 깨어 있어 달라고 해야겠어. 나는 오늘 분명 잠들지 못할 테고 혼자 깨어 있기는 싫으니까.

"화내지 마." 내가 카트카에게 말했다. "불 피울 준비하고 있었어."

"그래야 저녁을 먹지." 프란타가 말했다.

“난 평소보다 이상한 거 아니야. 그냥 슬퍼서 그래.” 밀라가 말했다.

“지금 다들 집 나와서 슬프거든? 그런데 벌써 여기까지 와버렸으니까 일단 오늘은 어쩔 수 없어. 그러니까……. 땔감부터 줍자.”

우리는 다 같이 땔감을 주웠다.

나는 카트카가 우리에게서 조금 떨어져서 이쪽을 보지 않을 때 프란타에게 얼른 핸드폰을 건네며 말했다. “핸드폰 안 가져오기로 했잖아.” 하지만 핸드폰 덕분에 경찰이 우리를 찾으러 오면 여기서 밤을 지내지 않아도 될 거란 생각이 들었다.

“심 카드는 뺐어. 그러니까 내 핸드폰을 추적해서 찾지는 못해. 네 영상은 지울게. 알겠지?” 프란타가 말했다.

“상관없어.” 진심이었다.

복수

밀 집을 나와서 슬픈 거라니. 그래서 슬플 거라고는 생각도 못 했어. 그리고 어째서 여기가 싫다는 거야? 이렇게나 아름다운데. 물론 나도 같이 땔감을 줍긴 했지만, 아이들은 불 피울 준비를 하면서 음식이나 다른 멍청한 것들에 대해 계속 조잘거렸다. 그러면서 내게도 자꾸 말을 걸었다. 나는 아무와도 이야기하고 싶지 않아서 캠핑장이나 둘러보러 가겠다고 말하고 자리를 피했다. 여름에 부모님이 들어가지 말라고 했던 곳을 드디어 구경할 수 있겠구나. 발 아래로 깨진 유리가 부서지는 소리가 났다. 이틀 뒤면 돌아갈 텐데 집이 왜 그립겠어. 내가 슬픈 이유는 새 때문이야. 그 새는 영원히 돌아갈 곳이 사라져버렸으니까.

휴게실 같아 보이는 장소를 찾았다. 바닥에는 보드게임 말이 흩어져 있었고 그 옆에는 부서진 게임판과 책 그리고 다 뜯어진 소파가 있었다. 소파에 앉아서 어디선가 물이 똑똑 떨어지는 소리에 귀를 기울였다. 눈을 감았다. 여전히 그 새가 보였다. 눈을 떴다. 구석에 아무렇게나 던져놓은 헝겊이 있었다. 헝겊마저 그 새처럼 보였다. 눈을 감았다. 눈을 떴다. 주변이 거의 어두워져서 아이들이 날 부르고 있었다. 창밖을 바라보니 벌써 불을 피우고 다들 날 찾고 있었다.

"어디에 있었어?" 카트카가 빼꼼 하고 나타났다. "왜 자꾸 우리가 없는 곳으로 숨는데?"

"그냥 잠깐 잠들었어."

"왜? 이 폐허에서 잠들었다고? 여기는 왜 들어왔어?"

"그냥……. 구경하려고."

"우리한테는 왜 어디 간다고 말하지 않았어?"

나는 어깨를 으쓱했다. 왜 말해야 되지? 몰래 간 것도 아닌데.

"왜 아무 말도 안 해? 무슨 일 있었어? 너 밀라한테 무슨 짓을 한 거야?" 카트카가 프란타에게 고개를 돌렸다.

"아무 일도 없었다니까."

"그래, 그러시겠지. 정말 믿음이 간다." 카트카가 비꼬았다.

"야, 너 그러니까 진짜 우리 엄마 같다." 프란타가 말했다.

"내가 왜 너네 엄마야!" 카트카가 빽 하고 소리를 질렀다.

"그럼 왜 밀라한테 소리 질러?" 프란타가 말했다. "나한테도 그렇고!"

"나 정말 너네를 그만 좀 챙기고 싶어! 날 챙겨주는 사람은 아무도 없잖아! 그러니까 너네 스스로 알아서 챙기면 안 돼? 게다가 무슨 일이 있었는지 말해주는 사람도 한 명도 없잖아. 그래, 너네 마음대로 하고 다 엿 먹으라 그래."

프란타가 날 쳐다봤다. 카트카가 그걸 봤다. 프란타는 고개만 절레절레 흔들었다. 그래서 내가 말했다. "내가 새를 죽였어."

카트카가 내게로 몸을 돌렸다. "뭐라고?"

"어쩔 수 없었어." 프란타가 말했다. "어차피 곧 죽을 목숨이었어. 괴로운 시간을 줄여준 거야."

"어떡해! 맙소사." 카트카가 내게로 한 걸음 다가온 걸 보니 또 안아주려고 하는 것 같았다. 하지만 나는 포옹이 싫어 한 걸음 물러났다.

"왜? 다친 새였어?" 페트르가 물었다.

"어떤 할아버지가 새를 쐈어." 프란타가 대답했다.

"아무렇지 않게 새한테 총을 쏘더라. 생명이 없는 물건을 쏘는 사람 같았어." 내가 말했다. "그 새는 총알이 목을 관통했어."

"미안해." 카트카가 말했다. "왜 혼자 있고 싶었는지 이해가 된다."

그런데 그 말을 듣자 갑자기 혼자 있을 필요가 없어졌다. 괜찮아.

나는 기꺼운 마음으로 아이들과 같이 불가로 갔다. 배가 고팠다.

"빵이랑 소시지 좀 구워 먹어."

나는 빵과 소시지를 구웠다.

"꼬챙이는 두 개밖에 없어. 더는 못 만들 것 같아." 프란타가 말했다. "손에 물집도 잡혔고." 프란타가 페트르에게 작은 칼을 돌려줬다.

물고기 모양 주머니칼이다. 나도 어렸을 때 저런 칼이 있었는데. 지금은 잃어버렸지만. 뭐, 꼬챙이가 두 개밖에 없는 건 상관없다. 우리는 꼬챙이를 번갈아 쓰며 저녁을 먹었다. 불이 예쁘게 타고 있었다. 난 불을 바라보는 것도 좋아한다. 하지만 물을 바라보는 편이 더 좋아. 그런데 생각해 보니까 불을 바라보는 건 누구나 좋아하는구나. 우리 아빠가 그런 말을 한 적이 있었지.

"그래서 그 사람은 그대로 내버려뒀어?" 페트르가 말했다. "새한테 총을 쏜 사람 말야."

우리는 페트르를 빤히 쳐다봤다. 그런데 그 옆에 앉아 있던 프란타가 페트르 쪽으로 몸을 기울여 프란타를 확 껴안다가 둘이 중심을 잃고 벤치에서 떨어졌다. 아까 내가 휴게실에서 잠든 사이에 가져온 벤치였다.

"뭐하는 거야?"

"넌 정말 천재야." 프란타가 말했다. "우리 다 같이 죽은 새를 위해서 그 할아버지한테 복수하자. 뭐라도 해보자고! 그 사람이 있던 오두막으로 가서 공기총을 훔쳐도 좋고."

"절대 안 돼." 카트카가 단호하게 말했다. "정신 차려. 우리 지금 여기 숨어 있는 거야. 그러니까 누구한테서 총을 훔치자니 하는 바보 같은 짓은

절대 안 돼. 너네 다들 제정신이 아니구나."

"그럼 집에 가는 길에 하면 되지." 프란타가 손을 흔들었다. "상관없어. 우리는 복수할래."

같이 하겠냐는 듯 프란타가 날 쳐다봐서 내가 웃어 보이자 프란타도 미소를 지었다. 그러자 갑자기 이상한 기분이 들었다. 타란툴라를 봤던 날처럼 기뻤다. 세상 모든 것들이 자기 자리에서 아름답게 빛나는 기분이다.

"나는 내일 아침에 집에 갈래." 카트카가 말했다. "너네 때문에 지쳤어. 너넨 정말 최악이야. 누구 하나 더 나은 애가 없어. 도대체 내가 여기서 뭘 하고 있는지 이해가 안 돼. 더 있을 가치가 없어."

카트카는 자리에서 일어나 오두막으로 들어갔다.

우리 셋만 남아서 불을 계속 바라보고 있는데 페트르가 말했다.

"누가 카트카한테 가볼래?"

"왜?" 내가 물었다. 왜 누가 카트카에게 가봐야 하는 거지? 그냥 혼자 있고 싶어서 간 거 아니야?

“네가 가봐야 하지 않겠어?” 프란타가 페트르에게 말했다. “재는 날 제일 싫어한단 말이야.”

“그럼 대신 밤에 나랑 같이 깨어 있자.” 페트르가 말했다.

“못 할 것도 없지.” 프란타가 말했다.

“약속하는 거다?”

“그래.” 프란타가 어깨를 으쓱하자 페트르가 오두막에 들어가 보려고 자리에서 일어났다.

“야, 나 핸드폰 좀 빌려줘. 지금은 그게 우리한테 유일한 손전등이야.”

“뭐, 그래.” 프란타가 주머니에 손을 넣더니 핸드폰에서 손전등을 켜 페트르에게 건넸다.

페트르가 카트카를 따라 안으로 들어가자 불 앞에 우리 둘만 남았다. 내가 프란타를 바라보자 프란타도 날 바라봤다. 그리고 우리는 다시 눈을 돌려 각자 다른 곳을 바라봤다.

페 “너 핸드폰 가져왔네.” 카트카가 날 보자마자 말했다.

그래서 이건 내 핸드폰이 아니고 안에 심 카드가 없어서 경찰이 우리를 찾지 못한다고 설명했다. 카트카의 표정은 딱히 기뻐 보이지 않았다. 카트카는 책을 읽겠다고 했다. 사실 카트카에게 뭐라고 말을 해줘야 할지 모르겠고 왜 화가 났는지도 모르겠다. 이곳이 마음에 들지 않아서 그런가 보다. 여기가 내가 생각했던 것보다 꽤 별로이긴 하지. 하지만 그렇게 끔찍한 편도 아닌걸.

“사실 여기 그렇게까지 나쁘진 않아.” 내가 말했다.

카트카가 날 쳐다봤다. “그래, 완전 멋진 곳이지.” 내가 대답을 하지 않자 카트카가 말을 이었다. “처음부터 말도 안 되는 계획이었어. 다 같이 집으로 돌아가야 해.”

하지만 지금은 밤이라 돌아갈 수 없다. 그리고 내일은 내일이 되어봐야 알겠지. 하지만 오늘 이 밤만 잘 보내고 나면 두 번째 밤도 잘 보낼 수 있을 것 같은 느낌이 들어. 그러면 부모님도 내가 겁쟁이가 아니라는 걸, 가족들 없이도 잘 지낼 수 있다는 걸, 처음부터 수련회쯤 문제도 아니었다는 걸 알게 되겠지. 사실 문제였긴 해도 지금 날 봐. 가족들 없이 낯선 장소에서 잘만 지내고 있잖아?

“나쁜 생각이었어.” 카트카가 내게 말했다.

“어째서? 정말 좋지 않아?”

카트카가 날 바라봤다. “진심이야?”

나는 어깨를 으쓱했다. “뭐……. 나름 괜찮잖아. 안 그래?”

카트카가 날 바라봤다. “페탸.” 내 이름을 불렀다. “너도 이게 미친 짓인 거 알잖아. 아침에 집에 가자.”

난 잘 모르겠는데. 오늘 밤을 지내보고 결정할래. 그리고 어차피 새를 쏜 그 할아버지에게 복수도 하러 가야 하잖아. 그건 당연히 해야 하는 일이니까. 하지만 카트카가 듣고 화를 냈던 계획이니까 굳이 입 밖으로 꺼내진 않았다.

카트카는 책을 펼쳐 촛불 가까이 다가갔다.

“그러니까 버스 터미널에서 내가 가버리는 바람에 침낭 잃어버린 걸로 그만 화내.” 내가 말했다. 카트카가 내게 화를 내는 이유는 그것밖에 없다고 생각했기 때문이다.

하지만 카트카는 날 이상하게 쳐다볼 뿐이었다. “맙소사, 낮에 있었던 일은 상관없어. 그냥 지금 이 모든 상황이 이제는 좀……. 난 너네가 나만 빼고 여기 오는 게 싫었나 봐. 하지만 재미있고 모험 같은 시간을 보낼 줄 알았는데 아니잖아. 난 집에 가고 싶어. 아마 내가 지루하고 너무 정상인 사람이라서 그런가 봐. 집에 가고 싶어."

"나도 정상이고 싶어." 내가 말했다.

"뭐야, 너도 정상이잖아."

나는 고개를 저었다. "아니야."

카트카가 어깨를 으쓱했다. "나 책 읽을래."

카트카가 책을 펼쳐서 나는 밖으로 나왔다.

밤의 악마

페 우리는 방 가운데에 의자를 하나 놓고 그 위에 촛불을 붙였다. 어쩌다가 촛불은 챙기고 손전등은 챙기지 않았는지 모르겠어. 유일한 손전등은 프란타의 핸드폰인데 프란타는 지금 핸드폰으로 게임을 하고 있다. 밀라가 그 모습을 지켜보고 있길래 가까이 가보니 밀라는 그냥 멍때리고 있는 중이었다. 나는 촛불 옆에서 그림을 그렸다. 빛이 약했지만 괜찮다. 카트카는 내 반대편에서 책을 읽고 있다. 학교에서 가는 수련회와 별다를 게 없었다. 더 춥고 어둡고 선생님이 없을 뿐. 그래도 나는 정말 괜찮았다. 게다가 프란타가 나랑 함께 깨어 있겠다고 했으니까. 만약에 잠들면 깨우면 된다. 잠시 부모님을 떠올렸다. 이제 날 찾고 있겠지. 지금쯤이면 경찰도 날 찾고 있을지도 몰라. 텔레비전에 내 사진이 나오고 있겠지……. 엄마가 내 걱정을 한다고 생각하면 조금 미안하지만 아빠가 내 걱정을 할 생각에 기분이 좋았다. 톰도 날 걱정했으면 좋겠다.

난 가족들이 원하던 좋은 아이는 아니었지만 그래도 가족들이 내가 없는 집보다 함께 있는 집이 더 낫다고 생각해 줬으면 좋겠다. 그리고 이제는 내가 싫어하는 일을 억지로 시키지 않았으면 좋겠다. 사실 좀 뿌듯하긴 해. 내가 지금 여기에 와 있고 정말로 가출을 해냈으니까. 그리고 내가 좋아하는 카트카랑 여기에 함께 있잖아. 밀라도 좋긴 해. 다가가기 조금 어려워서 그렇지. 그리고 사실 프란타도 완전히 나쁜 애는 아닌 것 같아. 그냥 조금만 나쁜 것 같아. 그래도 우리는 친구이고 프란타네 집에서 같이 컴퓨터 게임도 했으니까.

그때 갑자기 문밖에서 이상한 소리가 들려왔다. 처음에는 내가 잘못

들었거나 바람에 나뭇가지가 부딪혀서 나는 소리인 줄 알았지만 계속해서 같은 소리가 반복됐다. 심장이 쿵쿵거렸다. 밖에 누가 있어.

"너네도 들었어?" 내가 속삭였다.

"뭘?"

"문밖에 누가 있어."

또다시 같은 소리가 들렸다. 이상하게 부스럭거리는 소리. "지금!"

"그냥 동물이겠지. 고슴도치 같은 거." 카트카가 말했다. 하지만 카트카도 목소리에 자신이 없었고 난 저게 고슴도치가 아니라고 확신했다.

"고슴도치는 저런 소리 안 내." 밀라가 말했다. "고슴도치는 쉭쉭거리고 많이 쩝쩝대는 소리를 내."

프란타가 일어나서 핸드폰 손전등을 켰다. 다들 자리에서 일어났다.

"그럼 무슨 다른 동물이겠지."

"여우인가?"

"광견병 걸린 여우 아냐?"

할아버지가 광견병에 대해 해주신 이야기가 떠올랐다. 보통 동물들은 사람을 무서워하지만 광견병에 걸린 동물은 오히려 사람에게 다가오고 그다음에 사람을 물어버린다고 하셨다. 물리면 병원에 가서 배에 꽂는 주사를 맞아야 하는데 그게 그렇게 아프다고 하셨다. 그 장면을 상상하자 너무 징그러워서 밖에 있는 저것이 무섭다는 생각마저 잠시 잊었다.

그때, 이번에는 문 바로 뒤에서 또다시 부스럭거리는 소리가 들렸다. 문 뒤에 무언가가 있다. 누군가가 우리 근처에 있다. 이번엔 정말 여우처럼 그르릉거리는 소리가 들렸다. 가래 끓는 소리 같기도 했다.

"동물이 아니야." 밀라가 속삭였지만 사실 모두 같은 생각이었다.

"어떡하지?"

우리는 서로를 쳐다봤다. 문고리에 의자를 괴어두긴 했지만 그 이상 우리가 할 수 있는 일이 없었다. 문밖의 무언가는 우리가 여기 있다는 걸 알고 지금 안으로 들어오려고 한다. 의자가 있든 없든 상관없어. 어떻게 될지 뻔해. 문 밑의 틈을 통해 뚫고 들어오거나 이 문을 부수고 들어오겠지. 다 같이 얼른 창문을 통해 도망가야 하는데 어두운 숲속으로 뛰어드는 건 도망가는 의미가 없어.

다시 목을 긁는 소리가 들려왔다. 눈을 감았다. 무슨 일이든 이제 그냥 벌어져 버렸으면! 뭔지도 모르는 채로 이러고 있는 게 더 무서워! 누군가 내 손을 잡더니 다른 쪽 손도 잡았다. 그 순간 그것이 문을 쿵쿵 치며 계속 그르렁댔다. 우리는 문 앞에 서서 서로 손을 잡고 있었다. 눈을 뜨자 다들 겁을 먹은 게 보였다. 카트카는 거의 울고 있고 프란타는 얼굴이 하얗게 질렸다. 밀라도 문 뒤의 무언가가 그 어떤 동물보다 나쁜 존재라는 사실을 분명히 알고 있겠지. 갑자기 그것이 다른 소리를 내기 시작했다. 뭐라고 고함을 지르고 싶은데 목구멍이 막힌 것같이 들렸다. 더 이상 못 버티겠어! 이제 이 공포에서 단 1초도 더 못 버티겠다고! 도망도 못 가겠어. 나는 카트카를 힘껏 밀쳐버리고 프란타의 손에서 계속 불빛을 쏘고 있는 핸드폰을 낚아챘다. 그 바람에 프란타가 휘청거렸다.

"잠깐만! 뭐 하는 거야?" 프란타가 물었다.

손전등이 필요해. 나는 문 앞으로 마구 달려갔다. 누군가 뒤에서 하지 말라고 소리를 질렀지만 멈출 수 없었다. 괴어둔 의자를 빼냈다. 난 볼드모트도, 눈알 빠진 얼굴도 볼 준비가 됐어. 거대 해파리고 뭐고 내가 상상할 수 있는 모든 걸 마주할 준비가 됐다고! 문을 열고 빛을 비추자 내 앞에 한 남자가 서 있었다. 남자는 핸드폰 불빛에 눈을 찡그리며 계속 크르렁대는 소리를 냈다. 다 헤진 옷을 입고 한 손에는 병을 들고 있었다.

“여긴 내 거야.” 남자의 목구멍에서 드디어 말이 새어 나왔다. “여긴 내 거야. 여긴 내 거라고!” 거의 소리를 지르고 있었다.

남자가 내게 손을 뻗었다. 이제 어떻게 해야 할지 모르겠어. 내 앞에 있는 존재가 그냥 평범한 사람이라는 걸 직접 확인했는데도 너무 무서워서 미쳐버렸나 봐. 그런데 사람으로 변신해서 날 숲으로 끌고 가려는 거면 어쩌지? 내 심장을 뜯어가 버리면? 난 더는 이성적으로 생각하지 못하고 양손으로 힘껏 남자를 밀었다. 그러자 남자는 비틀거리더니 뒤로 쓰러져 계단 세 개 아래로 쿵 떨어지더니 그대로 뻗어버렸다.

모두 잠시 아무 말도 하지 못했고 나만 숨을 헐떡였다. 그때 남자가 코를 골기 시작했다. 내가 들어본 코골이 중에 가장 최악의 코골이다. 끔찍해. 나는 어둠 속을 바라봤다. 원래의 내가 돌아왔다. 어둠 속에서 온갖 유령이 다시 보였으니까. 그래서 문을 닫고 아이들에게로 돌아섰다. 참을 수 없는 웃음이 터져 나왔지만 뭐가 웃긴지 모르겠다. 내가 웃음을 터트리자 다른 아이들이 날 이상하게 바라봤다.

“너 끝내준다.” 프란타가 말했다. “찍지도 못했어.”

프란타도 웃기 시작했다. 밀라도 미소를 지었다. 유일하게 카트카만 웃지 않고 날 이상하게 쳐다봤다. 우리는 다시 의자를 문고리에 끼워뒀다.

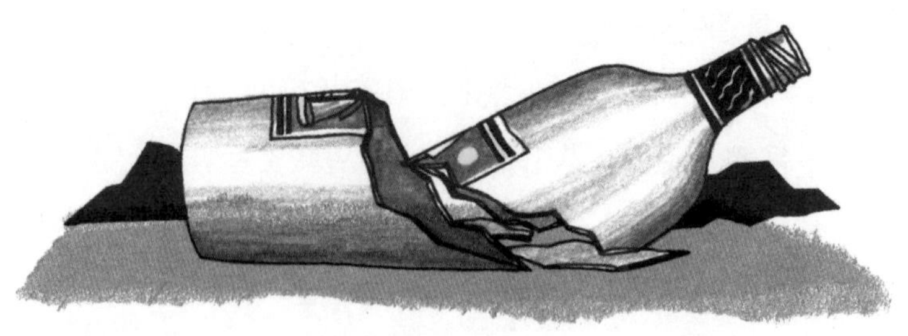

프란타는 내가 무서워하지 않는 모습이 멋졌다는 이야기를 계속 반복했다. 얼마나 무서웠는지 모른다는 것과 사실은 아직도 무섭다는 이야기는 당연히 하지 않을 거다. 가끔 나는 너무 무섭고 그 무서움이 더는 커질 수 없이 극에 달하면 오히려 자고 싶은 생각이 들 때가 있다. 그게 바로 지금이었다. 프란타가 내일 새를 쏜 할아버지에게 복수를 하러 가자며 복수 계획을 이야기하고 있었지만 나는 침대로 들어가 눈을 감았다. 졸려. 침낭이 없어서 조금 추웠다. 나는 바지 하나와 후드 티 하나를 더 껴입고 다시 침대에 누워 몸을 동그랗게 말았다. 아이들의 소리가 멀어졌다. 남자는 밖에서 아직도 시끄럽게 코를 골았지만 오히려 그 소리가 마음을 진정시켰다. 마치 사람이 아닌 다른 물건에서 나는 소리 같았다. 저 사람이 잠들었으니 이제 나도 잘 수 있겠지. 눈을 감았다. 오두막 안 매트리스 위에 누워 있는 나도 추운데 저 사람은 밖에서 그것도 바닥에서 춥지 않을까? 그런 생각을 하다 곧바로 잠들어버렸다.

카 남자가 쓰러지며 묵직하게 쿵 하는 소리가 났다. 분명히 죽었을 거야. 그 순간 시간이 멈추고 난 페트르가 서 있는 모습을 바라봤다. 영락없는 여자아이같이 생긴 애가 사람을 죽였다. 이제 우리는 어떡하지? 어떻게 이런 일이 생긴 거지? 어떻게 내가 여기에 있는 거지? 그리고 이제 우리는 정말 어떡하지? 실수로 사람을 죽여서 소년원에 간 아이들에 대한 책을 읽은 적이 있다. 너무 무서운 책이라서 끝까지 읽지도 못했는데 우리가 그 일을 겪게 생겼다. 왜 집에 가지 않았을까, 왜 여기에 왔을까, 어째서 여기에서 엄청나게 재미있는 모험을 해내고 모두에게 내가 책만 읽는 애가 아니라는 걸 증명해 보이리라 생각했을까? 왜 그냥 집에 남아서 책이나 읽고 있지 않았을까? 페트르가 밤마다 울게 되더라도 그냥 수련회에 가라고 설득할 걸 왜 그러지 못해서 사람까지 죽이게 만들었을까? 왜 나는 옳은 일은 아무것도 하지 않았을까? 아무리 내가 얘들을 좋아한다고 해도, 왜 이 정신 나간 아이들 셋을 어떻게든 이끌지 못했을까? 내가 제일 나이가 많은데. 이제 전부 내 책임이 되겠지. 이제 어떡하지. 경찰을 불러야 해. 하지만 전화가 되는 핸드폰이 없잖아. 우리를 찾을 수 없도록 핸드폰을 가져오지 말자고 한 건 나였고 이제 내가 그 대가를 치르고 있다. 난 그냥 친구가 갖고 싶었을 뿐이야. 난생 처음으로 친구들을 사귀었다고 생각했다고. 그런데 나한테 이런 일이 일어나다니.

남자가 백만 년 만에(적어도 내겐 백만 년이 지난 느낌이었다.) 코를 골기 시작했다. 정말 끔찍한 코골이였지만 내가 들어본 소리 중에 제일 아름다운 소리였다. 남자는 독한 감기에 걸린 것 같았지만 그건 상관없다. 남자는 죽지 않았고 아무런 일도 생기지 않았다. 추운 겨울에 따뜻한 물에 몸을 담근 것처럼 안도감이 몸을 데웠다. 다른 아이들은 웃음을 터트렸다. 웃으며 아무 일도 없었던 것처럼 조잘대기 시작했다. 쟤네들은 저 사람이 죽었을지도 모른다는 생각은 전혀 못 했구나. 다들 기뻐 보였다. 저 남자가 문 앞을 걸어 다녔을 때는 무서웠지만 지금은 다 해결됐다고. 물론 나도 무서웠다. 남자가 정말로 기괴한 소리를 냈으니까. 누군가 우리를 죽이려는 줄 알고 얼마나 무서웠는데 나도 당연히 기쁘지. 하지만 도저히 웃을 수가 없었다. 여기서 끝내야 해. 정말로 끔찍한 일이 벌어지기 전에 당장 집으로 돌아가자고 설득해야 해.

그때 프란타가 다시 복수 이야기를 꺼내자 다들 복수 방법을 하나씩 꺼내놓기 시작했다. 공기총을 뺏자. 창문을 깨. 자동차 타이어에 구멍을 내자. 그런데 갑자기 지금 내가 할 수 있는 일 딱 한 가지가 떠올랐다.

"좋아." 내가 말했다. "복수하자. 대신에 계획을 철저하게 짜야 해. 내일 같이 생각해 보자. 지금은 자고."

그래, 물론 다들 이제 제발 입을 다물었으면 좋겠어서 한 말이지만 그래도 진심이었다. 아이들은 내가 아무것도 하지 말라고 해도 내 말을 도저히 듣지 않아. 나도 이제 못 견디겠어. 우리는 친구지만 어차피 각자 자기가 하고 싶은 대로 행동해. 그 할아버지에게 어떻게 복수할지 상상하며 기뻐하는 얼굴들이 보였다. 그러니까 이제 내가 할 수 있는 유일한 일은 최대한 모두에게 아무 일도 생기지 않도록 복수하는 법을 생각해 내는 거야. 이 모든 일이 벌어지도록 내버려둔 사람도 나고, 내가 제일 나이가 많으니까 이제 내가 여기서 리더가 될 생각이다. 어차피 우리가 여기에 와 있는 이상 누군가는 리더가 되어야 하는데 저 애들 중에서 나 말고 과연 누가 리더를 할 수 있겠냐고.

"그리고 복수가 끝나면 집으로 돌아가는 거야. 지금은 자자."

내 말에 세 명 모두 잘 준비를 했다. 그때 밀라와 프란타가 서로를 바라보는 눈빛을 보았다. 문득 저 둘이 서로를 좋아하게 된 것 같다는 생각이 들었다.

침대에 누우니 너무 추워서 가지고 온 옷을 모두 껴입었다. 페트르 쪽을 슬쩍 보자 페트르도 똑같이 옷을 잔뜩 껴입고 몸을 동그랗게 말고 누워 있었다. 계속 추워하는 것 같아서 내 점퍼를 페트르에게 던졌다. 하지만 꼼짝도 않는 걸 보니 벌써 잠든 것 같았다. 일어나서 점퍼를 덮어주러 가야겠다. 그런데 페트르가 일어나서 내게 점퍼를 다시 던졌다. 그럼 말고. 결국 페트르가 버스 터미널에서 가버리지 않았더라면, 그래서 내가 찾으러 가지 않았더라면 침낭을 도둑맞지 않았을 테니까.

잠시 누워 있으니 이제 그 일에 대해 생각하고 싶지 않아졌다. 나도 페트르 잘못이 아닌 거 알아.

모닥불 앞의 남자

밀 아침에 눈을 떠보니 오두막 안은 따뜻했고 문 틈으로 햇살이 들어와 잠깐 기분이 좋았다. 하지만 곧 죽은 새와 끔찍했던 어젯밤이 떠올랐다. 결국 잘 해결된 일이지만 더 이상 기분이 좋지 않았다. 밖으로 나가고 싶었으나 밖엔 그 남자가 있다. 화장실에 가고 싶은데 남자가 그때까지 좀 더 잠들어 있었으면 좋겠다. 침낭에서 나오니 카트카는 벌써 일어나서 책을 읽고 있었고 페트르도 이미 깨서 그림을 그리고 있었다. 프란타만 자고 있었다. 신기하게도 프란타의 자는 얼굴은 깨어 있을 때와 전혀 달라 보였다. 하지만 그건 다들 그렇겠지. 프란타가 잠든 모습은 꼭 손을 뻗어 쓰다듬어보고 싶게 생겼지만 왜 난데없이 프란타를 쓰다듬고 싶은지 어째서 그런 생각이 드는지 전혀 모르겠다.

창밖을 보니 햇살은 여름날같이 내리쬐지만 땅에는 풀잎 위로 잔뜩 쳐진 거미줄에 이슬이 반짝이고 있었다. 늦가을인데 여름이 잠깐 다시 고개를 내밀었네. 그렇게 많은 일이 있었는데도 세상에서 가장 아름다운 날 같아. 하늘에는 그려놓은 듯한 구름이 떠 있었다. 밖으로 나갈래. 밖으로 나가야 해. 이런 날씨는 잠깐이니까. 누가 지금 내게 소원이 뭐냐고 물어본다면 오로지 밖에 있고 싶다고 말하겠지.

밖에서 남자가 아직 자고 있었기 때문에 조심스럽게 문을 열었지만 남자는 이제 그 자리에 누워 있지 않았다. 남자는 우리가 피웠던 모닥불 앞 벤치에 앉아 있었다. 내가 문을 열자 남자가 날 쳐다봤다. 우리는 잠시 서로 눈치를 살폈다. 그리고 남자가 내게 손을 흔들었다.

나는 슬그머니 다시 안으로 들어왔다.

“왜 그래?” 자리에서 일어난 카트카가 물었다.

“아저씨가 모닥불 앞에 앉아 있어.” 내가 속닥였다.

“어때 보여?”

내가 어깨를 으쓱했다. “멀쩡해 보여.”

“그럼 다 같이 나가보자.”

함께 프란타를 깨우려고 했는데 프란타는 벌써 잠에서 깨서 침대에서 뒤척이고 있었다. 옷을 잔뜩 껴입고 잤는지 페트르가 옷을 하나씩 벗고 있었다. 프란타가 핸드폰을 만지작거리자 카트카가 말했다.

“찍으려고?”

하지만 프란타는 고개를 저었다. “아니, 그냥 배터리가 닳지 않게 끄려고.” 그리고 핸드폰을 다시 침대에 던졌다.

오두막 문을 열기 전에 우리는 서로를 쳐다봤다. 싸울 준비는 되었다.

다 같이 밖으로 나왔다. 우리가 남자를 쳐다보자 남자도 우리를 쳐다봤다. 남자는 걱정 말고 와서 앉으라는 듯 손짓을 했다. 하지만 가까이 가서 앉을지 말지 확신이 없었다. 갑자기 남자가 무어라고 말했지만 쉰 목소리 때문에 잘 들리지 않았다. 남자가 헛기침을 했다. 그제야 말을 이해할 수 있었다. “걱정하지 마.”

그리고 우리에게 와서 앉으라고 다시 손짓했다. 남자가 우리에게 등을 돌려 자신의 가방 쪽으로 몸을 숙이자 뒤통수에 굳어 있는 피딱지가 보였다. 사실 피딱지는 아직 완전히 굳지 않았다. 정확히 어제쯤 머리를 다친 것처럼 그만큼만 굳어 있었다.

다른 아이들의 눈치를 살펴보니 다들 같은 생각을 하는 눈치였다.

“괜찮으세요?”

페트르가 한 걸음 앞으로 다가가서 남자의 머리를 가리켰다. 남자는 페트르가 무슨 말을 하는지 모르는 듯했다. 그러자 이번엔 카트카가 남자 쪽으로 다가갔다.

"뒤통수가 깨진 것 같아요. 안 아프세요?"

그 말에 남자는 뒤통수에 손을 대어 보더니 작게 씁 소리를 냈다. 손에 피가 조금 묻어났다.

"병원에 가봐야 하지 않아요?" 카트카가 물었다.

남자는 바지에 손을 쓰윽 닦고 휘휘 내젓더니 술을 먹고 넘어진 거라며 손짓을 해 보였다. 남자가 어깨를 으쓱했다. "종종 있는 일이야. 괜찮아." 그러더니 쿨럭거렸다.

우리는 서로 흘깃 쳐다보고 다시 남자를 쳐다봤다. 아무것도 모르는 눈치였다.

"내가 어젯밤에 너희들을 놀래켰지? 여기를 이렇게 다 어질러놓은 것도 나고? 그렇지?" 남자가 쉬어버린 목소리로 속닥였다. "일부러 그런 건 아니야. 무서워하지 마라."

"아니요, 아니에요. 괜찮아요." 프란타가 얼른 대답했다.

"좀 닦으셔야 할 것 같은데."

"됐어. 뭘……."

"잠깐만요."

페트르가 오두막으로 들어가더니 작은 헝겊을 우리가 가져온 물에 적셔서 가지고 나왔다.

"괜찮다니까." 남자가 중얼댔지만 페트르는 조심스럽게 머리에 난 상처 주변을 닦아내기 시작했다. 우리는 그 모습을 지켜보고 있었다. 남자는 꽤나 지저분해서 가까이 다가가자 악취가 풍겼다. 상처는 빨간색으로 작게 적은 알파벳 J 모양이었다. 페트르는 다 닦은 헝겊을 모닥불 속에 던졌다.

"상처에 뭘 좀 붙여야 할 텐데……."

"모자 쓰면 돼. 야, 괜찮아."

남자는 그러더니 정말로 더러운 모자를 그대로 푹 눌러썼다. 그리고 가방에서 오래되어 보이는 빵 조각과 토마토를 조금 꺼내 먹기 시작했다.

"잠시만요. 저희 음식 드실래요? 저희는 많아서요."

카트카가 불쑥 말하고 우리를 쳐다보자 우리는 음식을 가지러 일사불란하게 안으로 뛰어 들어갔다. 우리는 가져온 음식을 모두 꺼내와 남자에게 먹고 싶은 만큼 먹으라며 건넸다. 정말 꽤 많은 음식이었다. 그러자 남자는 정말로 음식을 잔뜩 집더니 짐승처럼 먹어대기 시작했다. 배가 고팠나 보다. 우리는 그 모습을 지켜보며 같이 음식을 조금 먹었다.

"여기에 사세요?" 프란타가 물었다.

남자는 고개를 끄덕이며 다른 오두막 중 하나를 가리켰다. 어제 우리가 오두막을 하나씩 모두 돌아보았을 때는 아무도 보지 못했다고 남자에게 말했다. 남자는 손을 쑥 뻗어 숲을 가리키고 어깨를 으쓱했다. 아마 숲 속에 있었다는 뜻인 것 같다. 그러면서 입안으로 우리 엄마가 만들어 준 머핀을 가득 쑤셔 넣고 있었다.

"음식은 가져 가세요." 카트카가 말했다. "두셨다가 나중에 또 드세요. 여기 과자도 있어요." 카트카가 가방에서 과자를 한가득 꺼냈다.

"너희 정말 착하구나." 남자가 쉰 목소리로 말했다. "든든하게 먹어두면 밤에 춥지 않더라고." 남자가 속삭였다. 그리고 손을 흔들며 말했다. "뭐, 일단 살아는 있으니까 된 거지! 안 그래?"

"침낭은 있어요?" 페트르가 물었다. 남자가 고개를 저었다. "그럼 제 거 드릴게요."

남자는 마치 세상에서 제일 멋진 선물을 받은 사람처럼 페트르를 향해 활짝 웃어 보였다. 이는 모두 새까맣고 그마저도 듬성듬성 몇 개가 빠져 있었다. 그걸 본 페트르는 움찔하더니 갑자기 어딘가 아픈 것 같은 표정을 지었다. 페트르가 나와 프란타를 쳐다보자 나는 바로 그 눈빛이 무슨 의미인지 알았다.

"아, 나는 안 돼. 나는 다리 때문에 추운 데서 못 자……. 그럼 다리가……. 미안……." 프란타가 저렇게 말하는 걸 보니 프란타도 무슨 뜻이었는지 이해했나 보다.

"당연하지." 페트르가 말했다. 하지만 내게는 물어보지 않았다.

나는 일어나서 안으로 들어가 내 침낭을 가져왔다. 부모님이 떠올랐다. 이건 비싼 침낭이다. 아빠가 사면서 요즘은 침낭이 이렇게나 비싸다고 했었다. 정확히 얼마라고도 말했었는데 가격은 기억나지 않는다. 나는 침낭을 남자에게 건넸다. 남자는 침낭을 꼭 끌어안고 얼굴을 비볐다. 고작 침낭 같은 물건으로 저렇게 행복해할 수 있다니. 보는 내 마음도 기뻤다.

"우와. 이거 정말 나 주는 거야?" 남자가 노래하듯 말했다.

나는 맞다며 고개를 끄덕였다.

"얘들아, 내가 여기에 와서 만난 사람들 중에 너희가 최고야."

내 생각에는 우리가 여기까지 찾아온 유일한 손님 같았지만 그건 뭐 상관없었다.

페트르가 일어났다. "제가 어제 아저씨를 밀었어요. 그래서 머리를 다치신 거예요. 제가 너무 놀라는 바람에……. 죄송합니다."

남자가 페트르를 빤히 쳐다봤다. 잠시 화가 난 것같이 보였는데 남자가 곧 고개를 저었다. "아냐, 어제 내 꼴이 말이 아니었나 보다. 그렇지?" 그러고는 쿨럭댔다.

남자는 자리에서 일어나 모닥불 옆 바닥에 내 침낭을 깔았다. 흙바닥이었다. 나라면 더러워지지 않게 풀 위에 깔 텐데. 뭐, 이제 내 침낭이 아니니까. 남자는 침낭에 누워 눈을 감았다.

"얘들아, 너희는 술 많이 먹지 마라. 좋을 게 하나도 없어요." 그리고 남자는 곧 코를 골기 시작했다.

우리는 다시 벤치에 앉아서 음식을 조금 더 먹었다. 해가 잠시 우리 얼굴을 데웠다가 구름 속으로 들어갔다. 구름은 아침에 일어나서 보았을 때보다 훨씬 더 부풀어 있었다. 한동안 우리는 아무 말도 하지 않았다. 그러다가 프란타가 입을 열었다.

"그럼 이제 갈까? 그 공기총 할아버지한테."

그리고 프란타가 날 바라봐서 내가 웃어 보였다. 하지만 그 할아버지에게 가고 싶어서 웃은 게 아니라 그냥 웃은 거였다. 그러자 프란타도 내게 미소 지었다. 프란타는 치열이 그린 듯 반듯하고 크기가 일정하다. 나는 입술 아래 숨어 있다가 입 밖으로 고개를 내미는 저 이가 참 보기 좋다.

"응. 당연하지." 페트르가 말했다. 페트르는 갑자기 세상에 무서운 게 없는 사람 같아 보였다. 아니, 그런 척하는 것 같았다.

"그래." 카트카가 말했다. "대신 멍청한 짓은 절대 하지 않을 거야. 똑똑하게 해내야 해."

사실 우리가 그 못된 할아버지에게서 총을 뺏는다 하더라도 뭐가 달라질진 모르겠다. 총은 다시 살 수도 있고 복수를 한다고 해서 내가 죽인 새나 그 할아버지가 죽인 다른 새들의 목숨이 돌아오지도 않는데. 하지만 프란타가 복수를 하고 싶어 하고 페트르도 그렇게 보이니까 아마 복수하는 게 맞겠지. 아니면, 내가 복수를 하고 싶어 해서 다들 날 위해 함께 움직여 주는 걸까. 그래서라면 기뻐. 그리고 우리 넷이 다 같이 어딘가로 가기 때문에, 다들 기분이 좋은지 서로 싸우는 사람이 없어서 기뻐. 아이들이 어떻게 복수할지 이야기하는 걸 조금 듣다가 그냥 여기에 누워서 남아 있고 싶다는 생각을 했다. 아이들에게 그 말을 꺼내볼까 잠깐 고민했지만 특히 프란타가 나를 위해서 하는 복수니까 말하면 안 될 것 같아.

어제는 복수에 반대했던 카트카도 일단 할아버지의 오두막에 도착하면 얼마나 숨어서 지켜봐야 될지 이야기하고 있다. 할아버지의 행동을 먼저 지켜본 다음 우리의 정체가 탄로 나지 않게 모든 경우의 수를 고려해서 계획을 짜야 한다고 했다.

우리는 캠핑장을 나서면서 짐은 캠핑장에 두고 거의 모든 음식을 남자를 위해 벤치 위에 남겨놓았다. 나머지는 오두막 안에 뒀다. 그러니까 누구도 말은 하지 않았지만 여기로 돌아오겠다는 뜻이었다.

길을 나서기 직전에 하늘에서 빗방울이 하나둘씩 떨어지기 시작했다. 하지만 우리는 모두 점퍼를 입었고 페트르와 내 점퍼는 방수여서 비는 딱히 문제가 되지 않았다. 하지만 나는 점퍼가 없어도 괜찮아. 가끔은 일부러 옷이 비에 홀딱 젖을 때까지 두기도 하니까. 특히 여름에 비가 수도꼭지를 튼 듯 많이 쏟아지는 날이면 일부러 빗속에 뛰어들어 옷이 흠뻑 젖을 때까지 한참을 서 있는다. 그러면 얼마나 기분이 좋은데. 지금 이 정도는 비도 아니지.

밀라가 이상한 걸까?

밀 아이들은 길을 걷는 내내 할아버지에게 어떻게 복수할지에 대해 이야기했지만 나는 듣지 않고 숲길을 만끽하고 있었다. 그러다가 길에서 어치 깃털을 찾았다. 새의 깃털을 발견하면 언제나 기분이 좋지만 어치 깃털은 흔하지 않아서 더 기분이 좋았다. 나는 깃털을 조심스럽게 주머니에 넣었다. 중간중간 프란타도 쳐다봤다. 핸드폰으로 하는 게임이며 찍는 영상이며 나는 잘 이해가 안 되는 세상이다. 하지만 프란타와 이곳에 함께 있는 게 좋아서 여기에 하루 더 머무른다는 사실에 기분이 좋다. 어제는 프란타가 자기가 찍은 영상들을 보여줬다. 동생이 스케이트를 타며 묘기를 부리다가 우당탕 넘어지는 모습이며 새아빠가 샹들리에를 어설프게 달고 있는 모습이었지만 프란타가 날 보며 웃을 때마다 그 모습이 보기 좋았다. 내가 프란타를 쳐다보자 프란다가 걸음을 멈췄다.

“난 잠깐만 쉬어야겠어.” 프란타가 말했다. “난 많이 못 걸어.” 그리고 바닥에 앉아 다리를 폈다. “너네 먼저 가도 돼. 가서 먼저 지켜보고 있으면 되니까.”

“아냐. 기다릴게.”

“아니야. 정말 괜찮으니까 먼저 가.” 그 말을 하는 프란타의 모습이 내게는 화가 난 것같이 보였다.

카트카가 어깨를 으쓱했다. “뭐, 그럼 알겠어.”

“나도 조금 쉬고 싶어.” 내가 말했다.

프란타가 아무 말도 하지 않고 어깨를 으쓱하며 앉으라고 했다.

순간 프란타가 평소랑 조금 다르게 주저앉더니 얼굴을 살짝 찡그렸

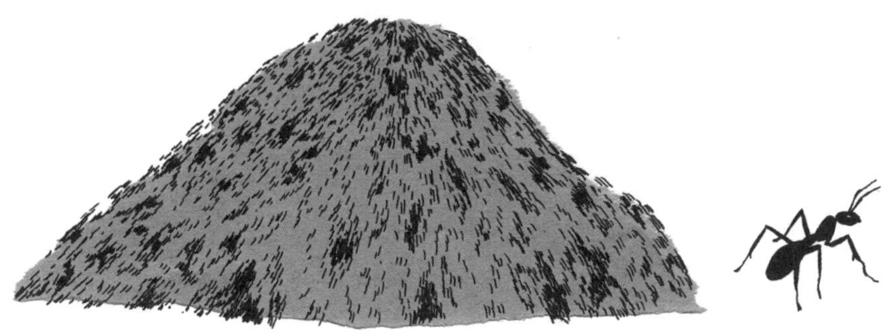

다. 다리가 아픈가 보다.

"다리 아파서 그래?"

"아니." 프란타가 대답했지만 왠지 거짓말처럼 들렸다. 그 할아버지한테 복수를 하든 말든 상관없다고 말했어야 했다는 생각이 들었다. 새는 이미 죽었고 이제 나는 캠핑장 근처에서 발견한 개미집이나 관찰하고 싶었다. 아니면 캠핑장을 조금 더 구석구석 둘러보거나 여기 그냥 누워서 나뭇가지를 보는 편도 좋았을 텐데.

나는 바닥에 등을 대고 누워 나뭇가지를 바라봤다. 프란타도 내 옆에 누웠다. 얘도 바람에 살랑이는 나뭇잎을 보는 게 좋은가 보다. 우리는 가까이에서 나란히 누워 있었지만 눈은 나무에만 집중했다. 마치 여기에 나 혼자 있는 기분이었다. 아, 이거지.

"할아버지한테 복수하지 말고 여기에 있어도 좋을 것 같아. 그러면 네 다리가 아플 일도 없잖아." 내가 말했다.

"나 하나도 안 아파."

"나 때문에 일부러 이럴 필요 없어."

"누가 너 때문에 이런다고 그래?" 프란타가 일어나 앉았다.

프란타가 갑자기 날 기분 나쁘다는 듯이 쳐다봤다. 왜 그러는지 모르겠다. 프란타는 자리에서 일어나더니 절뚝거리며 걸어갔다. 그래서 나도

자리에서 일어났다.

“기다려. 왜 그래?”

“몰라. 알게 뭐야. 네가 내 일에 무슨 참견인데?”

“그냥……. 다리 아프지 말라고…….” 도대체 뭐라고 말해야 할지 모르겠다. 내가 왜 프란타 일에 참견하는지도 모르겠다. 친구니까. 친구는 서로를 챙겨주니까. 그리고 프란타도 날 챙겨주잖아. 그런데 왜 물어봐?

“내 다리에 신경 꺼. 도대체 너랑 무슨 상관인데? 날 좀 내버려두라고. 난 너한테 관심도 없어. 너같이 이상한 애한테는.”

나도 내가 이상한 건 알아. 여태껏 너무나 많은 사람들이 나한테 이상하다고 말했고 나조차도 내게 이상하다고 말할 수 있지만, 지금 프란타의 입에서 나오는 이상하다는 말은 끔찍하게 들렸다. 나쁜 욕을 들은 기분이다. 도대체 왜 그런지는 모르겠지만 갑자기 눈물이 났다. 나는 그렇게 자주 우는 편도 아닌데 아니, 거의 울지 않는데. 아, 새 때문에 울긴 했지만 누가 나한테 뭐라고 했다고 해서 울지는 않는데. 도저히 이해가 되지 않는 일이 벌어지고 있었다.

“뭘 자꾸 쳐다봐?” 프란타가 또 한 번 몰아세우자 나는 프란타를 그곳에 두고 마구 달려서 금세 카트카와 페트르를 따라잡았다.

“프란타는 어디 두고 왔어?” 카트카의 물음에 내가 말했다.

“몰라!” 나는 소리를 질렀다.

그러자 카트카가 말했다. “뭐야. 너네 또 무슨 일이야?”

“몰라.” 내가 반복했다. 이번엔 소리 지르지 않았다.

“걔가 너한테 못되게 굴었지? 그렇지?” 페트르가 말했다.

나는 대답하지 않았다. 나에게 못되게 굴긴 했지만 아이들한테 말하고 싶진 않았다. 카트카가 왜인지 날 뚫어져라 바라봤다.

우리는 계속해서 농원을 향해 걸어갔고 나는 아이들에게 저 멀리 떨어진, 할아버지가 있던 오두막을 가리켰다. 아니, 할아버지가 있었던 것 같은 오두막을 가리켰지만 마침 셔터를 쳐서 닫혀 있었다. 그래도 우리는 각자 다른 위치의 근처 덤불 속에 엎드렸다. 카트카가 지켜보자고 했기 때문이었다. 각자의 위치도 카트카가 정해줬다.

"자꾸 이해하려고 하지 마." 페트르 없이 우리 둘만 남자 카트카가 말했다. "남자애들은 원래 못됐어."

카트카는 그 말을 남기고 자기 위치로 갔다. 그래서 나는 남자애들이 정말 못됐는지 곰곰이 생각해 보았다. 어제 프란타는 완전히 다르게 행동했단 말이야. 다정하고 멀쩡했다고. 남자들은 어떤 날은 못됐고 어떤 날은 다정한 거야? 왜 그러는데?

새들이 앵두나무로 날아와 앵두를 부리로 쪼기 시작하자 나는 프란타 생각을 하지 않으려고, 날아오고 다시 날아가는 새들에게 집중했지만 별 도움이 되지 않았다. 그사이 도착한 프란타를 쳐다봤지만 프란타는 내 쪽을 보지도 않았다. 카트카가 프란타를 자기 쪽으로 불렀다.

비가 더 많이 내리기 시작했다. 이제는 보슬비가 아니라 정말 비다. 꽤 추운 데다 아마 여기 오래 있을 듯해서 점퍼를 입은 게 다행이었다. 다 끝나고 나더라도 옷을 갈아입고 따뜻한 욕조에 들어갈 수도 없다.

슬슬 집으로 돌아가서 따뜻한 욕조에 몸을 담그고 싶다는 생각이 드는데, 그때 그 할아버지가 차를 타고 농원으로 들어왔다. 그 사람을 다시 보는 순간 아무리 바보 같고 의미 없는 짓이 되더라도 반드시 복수를 해주고 말겠다는 의지가 불타올랐다. 꼭 되돌려줄 거야. 그게 뭐가 됐든 복수가 끝나기 전까지는 절대 여길 벗어나지 않을 거야.

카 프란타가 내 옆으로 와서 앉았다.

"괜찮아?" 내가 프란타의 다리를 가리켰다.

"도대체 다들 왜 그래?" 프란타가 내게 쏘아붙였다. "자꾸 불쌍한 애 취급하지 말고 날 좀 내버려둬!"

단단히 화가 났군.

"밀라가 너 보고 그런 말을 했어?" 내가 물었다. "불쌍한 애라고?" 하지만 나는 밀라가 그런 말을 하지 않았을 거라 생각했다. 밀라는 사람들한테 그런 말 안 해.

"굳이 그런 말을 입 아프게 왜 하겠어? 어차피 다들 아는 사실 아냐? 나는 병신이고 불쌍한 애잖아. 다들 날 그런 눈빛으로 본다고."

나는 잠시 아무 말도 하지 않았다. 분명히 아까는 불쌍한 애 취급 말라고 해놓고. 하지만 그 부분은 굳이 짚어주지 않는 편이 낫겠지. 뭐라고 대답을 해야 할까 고민했다. 누구나 괴로운 점 하나씩은 있고 나에겐 그게 뚱뚱한 몸이라고 해야 할까. 하지만 내가 가진 고민은 뭔가 작아 보였다. 프란타는 정상적으로 걸을 수 없으니까. 그게 더 힘들겠지. 엄마는 내가 운동을 더 해야 한다고 그럼 금방 살이 빠질 거라고 항상 말한다. 그러니까 뚱뚱한 몸은 그냥 내 잘못이다. 그러니까 프란타랑은 다르다.

"내 말이 맞지? 너네 내가 여기 오는 거 싫었잖아." 프란타가 언성을 높였다. 그런 프란타의 모습을 보자 갑자기 무슨 말을 해야 할지 떠올랐다.

"밀라는 그렇게 생각하지 않아."

"그래, 그렇겠지."

"맞아, 정말 그래. 걘 그런 거 신경 안 써."

"그렇겠지. 비정상이니까."

프란타의 말에 화가 났다. 밀라한테 그렇게 말하다니.

“넌 의아할 수 있겠지만 여자애들한테는 네 외모보다 네가 어떤 애인지가 더 중요해. 그런데 너는 똑똑하고 꽤 재미있지만 행동은 못됐잖아. 그래서 사람들이 널 싫어하는 거야. 네가……. 목발을 짚어서가 아니라. 바보야.”

난 프란타를 그곳에 두고 자리를 옮겼다. 남자애들은 진짜 못됐어. 그건 그저 밀라를 위로하려고 한 빈말이 아니었다. 그런 애들은 여자애들이 어떤 애인지보다 어떻게 생겼는지가 더 중요하지. 예쁘게 생긴 멍청이만 좋아하잖아. 밀라는 예쁜 데다 아름답기까지 한데도 멍청이가 아니야. 그러니까 저렇게 복잡하겠지.

그런데 프란타가 저러는 이유가 어제 내가 침낭을 도둑맞았을 때랑 같은 기분이 들어서일지도 모른다는 생각이 들었다. 밀라가 착해서 망정이지. 그래서 나는 다시 프란타에게 가서 너무 걱정하지 말라고 말했다.

“도대체 뭘?”

“뭐……. 밀라 말이야.” 그러자 프란타가 날 이상하다는 듯 째려봤다. 그래서 내가 다시 말했다. “그만 째려보고 못되게 굴지 좀 마. 그게 끝이야.”

나는 조금 떨어져 있는 덤불로 몸을 옮기고 아래쪽에 있는 밀라를 슬쩍 확인했다. 페트르는 반대편에 있어서 보이지 않았다. 프란타와 그만 떠들고 자리를 옮겨서 다행이었다. 내 위치에 자리 잡은 지 2분이 채 되지 않아 빨간 스코다 자동차가 농원 안으로 들어왔기 때문이다. 차에서 할아버지가 내리더니 문을 쾅 닫고 오두막 안으로 들어갔다.

작전 개시

카 밀라가 내게 다가왔다.

"또 새들한테 총을 쏘나 해서." 밀라가 새들이 날아드는 앵두나무를 가리켰다. "쏘면 여기 가만히 엎드려서 보고만 있지 않을 거야."

그 말에 뭐라고 대답을 할 수가 없었다. 그저 할아버지가 끝까지 총을 쏘지 않아서 가지 말라고 밀라랑 싸우는 일이 없기만을 바랐다. 잠시 후 할아버지가 밖으로 나왔다. 할아버지는 다른 옷으로 갈아입고 농원에 있는 온실 두 개 중에 하나로 들어갔다.

그때 프란타가 다가왔다. "추워. 빨리 하자. 지금 들어가서 총을 훔쳐 오자고."

총을 훔쳐 온다고 해결될 문제가 아니라고, 총은 또 사면 된다고 말을 할 가치가 있을지 잠시 고민했다. 그냥 말을 하기로 결심했다. 분명히 총을 다시 사서 새를 쏘아댈 거라고. 우리가 할 수 있는 건 없다고.

"다시 총을 살 거야. 어차피 계속할 거라고."

"그래서 어쩌라고? 다른 방법이라도 있어?"

없다고. 우리가 할 수 있는 건 없다고 말하면 그만둘까?

“내가 가서 총을 뺏어 올게.”

밀라가 갑자기 자리에서 벌떡 일어나는 바람에 황급하게 붙잡아 다시 앉혔다.

“말도 안 되는 소리. 넌 절대 가면 안 돼.”

“뭐라도 해야 돼. 총을 찾아서 뺏어 올 거야. 총을 또 살 수도 있지만 안 살 수도 있잖아. 새 총을 살 때까지 몇 마리라도 살겠지. 모르겠어. 상관없어. 난 들어갈 거야.” 밀라가 날 밀치려고 했다.

“그만하고 진정해. 같이 생각을 해보자.”

페트르에게 가려는데 페트르가 이미 우리 쪽으로 몸을 숙이고 살금살금 다가오고 있었다.

“이제 어쩔 거야?” 페트르가 물었다. “온실에서 뭔가 하고 있어.”

비는 계속 내려 모두 흠뻑 젖었다. 아이들의 얼굴을 보니 이제 끝이 보였다. 이제 하나만 더 하면 돼. 총만 뺏으면 끝나겠지. 그리고 곧바로 집에 가는 거야. 아침에 캠핑장에서는 그렇게 말하지 않았다. 그래서 오두막에 짐을 두고 왔지만 난 이제 집에 가고 싶고 아이들도 같은 마음인 게 눈에 보였다. 프란타와 페트르도 이제는 포기할지도 몰라. 지금 맞고 있는 비는 더 이상 보슬비가 아니라 완전한 가을비다. 내 옷은 이미 흠뻑 젖었다. 지금이 바로 그 순간이야. 이제 밀라만 포기하면 돼. 그럼 끝이야.

“가서 총을 뺏어 올게.” 밀라가 다시 말했다.

“집에 가자.” 내가 말했다. “할아버지한테서 신경 끄고 집에 가자.”

“바로 집으로 가자고? 캠핑장으로 안 돌아가고?”

“응. 곧장 집으로 가자.” 내가 말했다. “어차피 비 때문에 불도 못 피울 테고 춥기도 하고……. 모르겠어……. 넌 여기에 계속 있고 싶어?”

난 페트르에게 몸을 돌려 물으며 싫다고 말하길 기다렸지만 계속 있겠다고 대답해도 설득할 생각이었다. 이 미친 짓을 더는 끌고 가고 싶지 않아. 얘네들을 챙기면서 다니긴 질렸어. 이제 거의 소나기처럼 쏟아져 내리는 이 비가 아이들에게 축축하고 추운 오두막으로 돌아가는 건 나쁜 생각이라는 걸 설득해 주길 바랐다. 이제 다들 자기 방과 제일 좋아하는 음식과 핸드폰을 떠올리기를 바라면서 나는 침대에 누워 따뜻한 이불을 덮고 책을 읽으며 감자칩을 먹는 상상을 했다. 아, 그게 바로 지금이었으면.

페트르가 고개를 저었다. "아니, 별로……."

나쁜 짓을 고백하는 아이같이 주저하며 대답했다. 나는 그 대답이 너무 반가워서 페트르를 와락 안아주고 싶었다. 하지만 아직 기뻐하긴 이르다. 집에 돌아가고 싶은 마음이 사라지기 전에 여기서 아이들을 데리고 나가야 해.

그때 프란타와 밀라가 서로를 바라봤다.

"나는 총을 뺏을 때까지 아무 데도 안 가." 밀라가 말했다.

"응, 나도 안 가." 프란타가 거들었다.

"뭐라도 하긴 해야지." 페트르까지 말을 보태자 나는 힘이 쭉 빠져서 복수 같은 건 소용없다고 더 이상 설득할 마음이 사라졌다. 그렇다고 해서 총 같은 무기가 밀라나 다른 아이들의 손에 들어가는 상황은 절대 허락할 수 없다. 그렇게 되면 어떻게 될지 불 보듯 뻔한 일이었다.

"알겠어. 내가 가서 훔쳐 올게. 그리고 곧장 집으로 가자. 그럼 됐지?"

다들 고개를 끄덕였다.

"캠핑장에 있는 짐은 어쩌고?" 프란타가 말했다. "핸드폰을 두고 왔단 말이야."

나도 내가 제일 사랑하는 책을 두고 왔지만 일단 그건 나중에 생각하자고 말했다. 이렇게 쏟아지는 비에 캠핑장으로 돌아갈 순 없어.

"총을 뺏고 나면 지나가는 차를 잡아서 마을로 들어간 다음 버스를 타고 집에 가는 거야. 알겠지?" 나는 아무도 반박할 수 없도록 단호하게 말했다. 다들 "응."이라고 해서 다행이었다. 남자는 지금 온실 안에 있다. 나는 일단 아이들을 모두 각자 위치로 보냈다.

"무슨 일 생기면 손으로 휘파람을 불어."

"나 그거 할 줄 모르는데." 페트르가 말했다.

"그러면 부엉이 소리를 내." 프란타가 부엉이 소리를 흉내 냈다.

"부엉이는 그렇게 안 울어. 그리고 부엉이는 낮에는 절대 안 울어." 밀라가 그렇게 말하더니, "대신 까치 소리는 엄청 쉬워." 하고 까치 소리를 내보였다. "깍. 깍깍. 깍."

까치 소리가 오두막에 들어갔을 때 잘 들릴 만한 신호일지는 잘 모르겠지만 그냥 내버려뒀다. 그냥 얼른 해치우자. 나는 아이들이 제 위치로 가길 기다렸다가 오두막으로 살금살금 다가갔다. 추운 데다 몸이 쫄딱 젖어서 불편하고 무서웠다. 그래도 해내야 해. 다 같이 여기서 나가려면 최대한 빨리 해야 해.

전기난로가 안을 데우고 있어서 오두막 안은 따뜻했다. 나는 총을 찾기 시작했지만 총은 아무 데도 없었고 그렇다고 옷장을 열어보기는 싫었다. 이곳을 마구 헤집고 싶지는 않았다. 마음이 불편했다. 총이 그냥 눈앞에 놓여 있으면 좋았겠지만 그렇지 않으니 찾아봐야만 했다. 침대 아래를 들여다보았다. 먼지 뭉치가 내가 훅 하고 부는 숨을 타고 바닥에서 쓸려 나갔지만 총은 그곳에 없었다. 한참이 지나서야 의자와 침대 사이에 세워둔 총을 찾았다. 30분은 지난 느낌이었다.

총을 손에 들고 문 쪽으로 걸어가려는 순간 페트르의 비명이 들렸다. 심장이 멈추는 것 같았다.

밀 나는 나무 아래에 서서 나뭇잎이 만든 그림자의 테두리를 가만히 바라봤다. 그리고 주머니에 있던 어치 깃털을 꺼내 얼굴을 부드럽게 쓸어보았다. 잠들 것 같아. 그때 페트르가 까치 소리를 냈지만 카트카는 오두막에서 나오지 않았다. 나도 함께 까치 소리를 냈다. 아무 반응이 없었다. 이제 어떻게 해야 할지 모르겠다. 하지만 페트르가 소리를 지르자 카트카가 곧 오두막 옆으로 작게 난 창문을 열고 총을 먼저 밖으로 던진 다음 창문을 통해 오두막을 나왔다. 카트카는 잠시 고민하는 듯하더니 총은 바닥에 그대로 두고 페트르에게 달려갔다.

페트르 옆에는 그 할아버지가 서 있었다. 제발 페트르에게 아무 짓도 하지 않길. 여기 있는 그 누구에게도 아무 짓도 하지 않길. 당장 페트르에게 달려 나가고 싶었지만 할아버지가 나와 프란타를 이미 발견해 버려서 달려들면 상황이 안 좋아질 뿐이었다. 까치 소리가 들렸다. 프란타였다. 내게 자기 쪽으로 오라고 손을 흔들고 있었다.

페 남자가 온실에서 나와 오두막으로 몸을 돌리는 모습을 보고 까치 소리를 내려고 했지만 잘 되지 않았다. 이제 어떻게 해야 할지 모르겠어서 일단 마구 소리를 내질렀다. 남자가 움찔하더니 내 쪽으로 방향을 트는 게 보였다. 지금 난 여장을 했는데 목소리를 내야 한다면 무슨 말을 해야 하지? 그런 생각을 하면서도 일단 계속 소리를 질렀다. 그 와중에도 여자애 흉내를 내려고 노력했다.

"왜 여기서 소리를 꽥꽥 지르고 있어?" 남자가 내게 호통을 쳤다.

나는 물론 남자가 무서웠지만 어둠 속에서 보이는 괴물보단 덜 무서웠다. 이제 뭐라고 해야 할지 모르겠어서 일단 훌쩍거리기 시작했다. 그저 카트카가 빨리 나와서 어떻게든 상황이 해결되길 기다릴 뿐이었다.

"뭐 하는 짓이야! 빨리 대답하지 않으면 꽉 꼬집어서 진짜 울 이유를 만들어 주마."

"다리가 아파서요." 내가 기어 들어가는 소리로 말했다.

"그걸 나보고 어쩌라고?" 남자가 말했다.

그때 뒤에서 카트카가 모습을 드러냈다. 너무 반가웠던 나머지 얼굴에 티가 나버려서 남자가 내 표정을 알아채고 바로 고개를 돌렸다.

"넌 뭐야?" 남자가 마당에서 걸어 나오는 카트카에게 쏘아붙였다.

"죄송해요. 아저씨. 저희를 좀 도와주세요. 여동생이……." 말을 흐리며 날 가리키는 걸 보니 내가 그사이에 뭐라고 말을 해뒀는지 몰라서 조심하는 눈치였다. 하지만 나는 아직 아무것도 말하지 않았다.

"발목을 삐었어요." 내가 여자애처럼 훌쩍였다.

"그걸 나보고 어쩌라고?" 남자가 다시 말했다.

"아……. 그래서 어디 계신지 찾고 있었어요. 혹시 발목을 좀 봐주실 수 있을까 해서요."

"내가 그걸 봐서 뭐 하게? 나는 의사가 아니야."

정적이 흘렀다. 나는 잊지 않고 심하게 아픈 척 끙끙댔다.

"나보고 어쩌란 거야? 너희 오두막은 어디야?"

"아니에요. 저희는 저어기서 자전거를 타고 왔어요." 카트카가 손으로 멀리 숲속을 가리켰다. "자전거는 저기 두고 이쪽으로 걸어오다가 동생이 넘어졌어요. 도저히 못 걷겠나 봐요."

“나보고 어쩌란 거야?”

“저기……. 저희를 마을까지 태워다 주실 수 있을까요?” 카트카가 불쑥 말을 꺼냈다. 나는 놀란 눈으로 카트카를 쳐다봤다. 저 사람한테 그런 부탁을 하겠다고?

“안 돼. 못 데려다줘.”

“돈은 드릴게요. 방법이 없어서 그래요. 부모님께 연락할 핸드폰도 없어요. 부모님은 지금 집에 계시지 않아서 데리러 오실 수도 없다고요.”

“에휴, 알겠다.” 남자가 말했다.

내가 훌쩍였다. 남자가 날 잠시 쳐다봤다.

“알겠다고.” 남자가 반복했다. “차 키를 가져오마.” 하고 오두막으로 들어갔다.

“왜 데려다 달라고 한 거야?” 내가 속삭였다.

카트카가 어깨를 으쓱했다. “어차피 히치하이킹이나 이거나 똑같잖아? 옷이 너무 축축해서 이제 여기서 나가고 싶어.”

“총은? 훔쳤어?”

“훔치다 말았어. 정원에 던져두고 왔어.” 카트카가 소곤소곤 대답하며 눈으로는 밀라와 프란타를 찾더니 둘에게 얼른 가라고 신호를 보냈다. 남자는 돌아와서 차 문을 열고 있었다. 나는 사실 뽀송한 차 안에 탈 수 있어서 기뻤다.

조금 뒤엔 덥기까지 했다.

온실

밀 나는 프란타와 살금살금 몸을 낮춰 걸으며 조금 떨어진 곳으로 옮긴 후 그곳에서 카트카가 할아버지에게 말을 걸러 가는 모습과 곧이어 할아버지가 다시 오두막으로 가서 문을 잠그는 모습을 확인했다. 그런데 카트카와 다리를 다친 척하는 페트르가 할아버지의 차에 타더니 떠나버렸다. 왜 저 사람이랑 같이 차를 타고 가는지 잘 이해는 안 됐지만 쟤네들이 원해서 같이 가는 것 같아 보이니까 뭐, 괜찮겠지. 그리고 어차피 우리 모두 마을에 가서 버스를 타야 하니까.

"그럼, 우리도 갈까?" 프란타가 물었지만 나는 공기총을 가지러 가야 한다고 답했다. 카트카가 일을 끝내지 못했고 총은 저기에 있으면 안 된다고, 왜냐하면 남자가 바로 다시 찾을 거라고 프란타에게 설명했다. 그리고 프란타에게 여기서 잠깐 기다리라고 하자 프란타가 고개를 끄덕였다.

살금살금 걸어갈 필요도 없었다. 나는 곧장 마당으로 가 창문 아래 놓여 있던 공기총을 집어 들었다. 카트카가 빠져나왔던 창문이 조금 열려 있어서 손이 닿는 만큼 최대한 마저 닫아놓고 나오고 싶었다. 하지만 창문에 다가서자 공기총이 왜 사라졌는지 그 남자에게 메시지를 남겨야겠다는 생각이 들었다. 오두막 안으로 들어가 이불이 흐트러져 있는 침대에 놓인 베개 위에 어치의 깃털과 그저께 주워 후드 티 주머니에 계속 간직하고 있던 까만 깃털을 올려두었다. 나는 깃털을 십자가 모양으로 놓아두었다.

오두막 밖으로 나와 창문을 마저 닫고 공기총을 들고 왔다.

이제 다 끝났어. 집에 가면 돼.

우리가 새를 죽였던 곳에서 멀지 않은 자갈길에 접어들었을 때 프란타가 말했다.

"기다려봐."

프란타는 불편한 몸으로 힘들게 돌을 몇 개 주웠다. 그리고 팔을 휙 뻗어 돌 하나를 온실에 던졌다. 온실의 유리 한 칸이 깨졌다. 조용한 곳이어서 그런지 소리가 유난히 크게 들렸다. 소름 끼치는 소리다. 프란타는 잠시 기다렸다가 다음 돌을 던졌다. 그리고 또 다음 돌도. 유리가 와장창 깨지는 소리는 끔찍했다. 온 세상에 소리가 들릴 것 같았다. 분리수거 컨테이너에 유리를 버리는 소리랑 비슷했지만 그것보다 더 끔찍했다. 귀를 막고 싶었지만 대신 공기총을 내려놓고 같이 돌을 주웠다. 빨리 끝낼 수 있게. 프란타는 지금 나 때문에 돌을 던지고 있으니까. 어차피 내가 하지 말라고 해도 하겠지. 우리는 온실 두 개의 유리를 모두 깼다. 순식간이었다. 온실은 뼈대만 남아 괴상하게 생긴 한 쌍의 거미 같았다.

"조금만 더 기다려봐."

프란타가 그 말을 남기고 오두막으로 돌아갔다. 나는 영문을 몰랐다. 영상을 찍으려고 하나? 프란타는 한동안 아무것도 찍지 않았다. 잘은 모르겠지만 일단 프란타를 따라갔다. 프란타는 빠르게 울타리로 다가가더니 초능력이 있는 사람처럼 나보다 훨씬 가볍게 울타리를 훌쩍 뛰어넘었다.

"다리 대신 팔 힘이 좋거든." 프란타가 말했다. 프란타는 뼈대만 남은 온실로 절뚝이며 다가가 깨진 유리 조각 하나를 집어 손수건에 고이 싸서 주머니에 넣었다.

"깨진 조각은 왜 가져가게?"

프란타가 어깨를 으쓱였다. "몰라. 뭐, 기념품 같은 거야."

"난 네가 영상을 찍을 줄 알았어." 내가 말했다.

프란타가 고개를 저었다. "핸드폰이 없는걸."

맞아, 핸드폰은 오두막에 뒀지.

“어차피 올릴 영상도 아니라서 찍을 필요 없어. 조회수가 백만이 나온대도 말이야. 우리가 여기서 겪은 건 사실 아무것도 찍을 필요 없었어. 우리끼리만 알고 있는 게 더 좋을 것 같아서 말이야. 무슨 말인지 알지?”

알 것도 같았다. 우리에게 있었던 일과 프란타가 여태 찍어왔던 다른 모든 사건들의 차이가 뭔지는 잘 모르겠지만 그건 상관없었다. 생각을 접고 일단 가야 할 것 같았다. 우리는 다시 울타리를 넘어 도로를 향해 걸었고 가는 길에 공기총을 작은 연못 속으로 던졌다. 공기 방울이 뽀그르르 올라오더니 공기총이 사라졌다. 프란타와 나는 마주 보며 미소 지었다. 도로에 도착하자 나는 내가 한 마리의 새가 되어 날개를 펼치고 날아오를 수 있을 것만 같은 기분이 들었다.

우리는 차가 지나갈 때까지 한참을 기다렸다. 그러다가 마침내 차 한 대가 다가오자 양팔을 흔들어 차를 세웠고 곧 그 차에 탔다. 앞에 앉은 아저씨는 희끗한 머리에 조금 뚱뚱했다.

“어서 타.” 차가 출발하자 아저씨가 버튼을 눌렀고 차 문이 잠겼다. “뉴스에서 너희를 봤어. 이놈들아.” 아저씨가 말했다. “괜찮아? 아무 일 없었어?”

“저희는 완전 괜찮아요.” 프란타가 말했다. 맞는 말이다. 우리는 완전 괜찮았다. “저희를 마을 광장에 내려주실 수 있을까요?”

“아니. 경찰서에 내려주마. 어떠냐?”

“뭐, 그러셔도 되고요.” 프란타가 말했다.

그 말을 끝으로 아저씨와 우리는 조용히 도로를 달렸다. 잠시 후에 프란타의 손이 내 손에 조금씩 가까워지더니 손가락이 살짝 닿았다. 우리는 손을 잡았다. 사람들이 왜 손을 잡는지는 모르겠지만 싫지는 않았다.

페 차를 타고 가면서도 나는 잊지 않고 간간이 훌쩍거렸다. 난 발목을 다쳤으니까. 남자는 햄을 끼운 빵을 먹기 시작했다. 그제야 나도 꽤 배가 고프다는 걸 깨달았다.

"감사합니다." 카트카가 말했다.

"이런 날씨에 밖에서 뭘 하고 있었어?"

"저희는 비가 오기 전에 나왔어요. 강아지를 잃어버렸거든요. 여동생 강아지예요. 그렇지?"

나는 맞다고 고개를 끄덕이며 짐짓 슬픈 표정을 지었다.

"혹시 보셨어요?"

"어떻게 생긴 강아지냐?"

"까맣고 털이 덥수룩해요. 크기는 이 정도고요." 카트카가 양손으로 강아지의 크기를 가늠해 보였다.

"그 강아지는 저희가 주워온 강아진데 겁이 많아서 낯선 소리가 들리면 깜짝 놀라거든요. 하필 그때 여동생이 강아지를 산책시키고 있었어요. 그저께요. 그때 멀리서 누가 폭죽 같은 걸 터트렸어요. 그리고 까미가, 까미는 까만 강아지라서 저희가 지어준 이름이에요. 까미가 깜짝 놀라서 목

줄을 쥐고 있던 동생의 손을 확 잡아당기더니 그대로 도망가 버렸어요. 그래서 이렇게 비가 오는데도 밖에 있었던 거예요."

남자가 아무 대꾸도 하지 않는 걸 보니 카트카의 말이 앞뒤가 척척 맞았나 보다. 그런데 카트카가 계속 말을 이어갔다. "까미를 처음 만났을 때 까미는 숲속에 혼자 덩그러니 묶여 있었어요."

"벌써 며칠은 묶여 있었던 것 같았어요. 비쩍 말랐더라고요. 얼마나 불쌍하던지." 내가 끼어들었다.

나도 같이 무슨 말이라도 해야 할 것 같았고 이 상황이 재미있기도 했다. 여자애 목소리로 말하려고 노력은 했지만 사실 이젠 상관없었다. 처음부터 내가 남자애라는 사실을 들키지 않았고 지금도 저 사람은 내가 정말 여자애라고 생각하는 것 같았다. 그리고 아저씨는 내 목소리가 전혀 특이하다고 생각하지 않는 것 같았다.

"누가 한 짓인지는 몰라도 까미는 굶어 죽도록 숲속에 버려진 강아지였어요. 저희가 발견했을 때 까미는 저희랑 이미 아는 사이처럼 꼬리를 치면서 반겼어요. 그래서 묶여 있던 줄은 풀어줬지만 부모님이 까미를 허락하지 않으실 걸 알았죠. 그런데 까미가 집 앞까지 저희를 졸졸 따라왔어요. 그제야 목에 난 커다란 상처가 보였어요. 묶인 자리에서 벗어나려고 하다가 다쳤었나 봐요. 차고 있던 쇠사슬 목줄에 피부가 쓸려서 상처가 아주 피범벅이었어요. 목줄을 이빨로 끊을 수 없도록 쇠사슬로 된 목줄을 해두었더라고요. 하지만 저희는 까미를 그냥 밖에 두어야 했어요. 그런데 다음 날 저희가 학교에 가는데 까미가 밤새도록 밖에서 저희를 기다렸다가 또 저희 뒤를 졸졸 따라왔어요. 그래서 저 강아지를 마냥 저렇게 밖에 둘 수는 없다고 부모님을 엄청 설득했어요. 결국에는 부모님도 까미를 데려와도 된다고 허락해 주셨죠. 대신 까미의 병원 진료비는 저희가 내야 했지만 그건 상관없었어요. 그렇지?"

내가 고개를 끄덕였다. 당연하지.

"마침 그때가 여동생 생일이어서 생일 선물로 그 강아지를 데려오고 싶다고 하더라고요."

"맞아요. 제 강아지는 제가 받은 선물 중에 제일 예쁜 선물이에요."

"그리고 강아지 목에 있던 상처에 구더기 알이 잔뜩 있었어요." 카트카가 말을 이었다.

카트카를 쳐다보는데 순간 구더기 알이 강아지의 몸에 잔뜩 붙어 있는 그림이 머릿속에 그려졌다.

"수의사 선생님이 하나씩 핀셋으로 떼어내셨어요."

"이제 그만 말해. 징그럽구나."

"왜요? 아저씨는 동물이 싫으세요?" 내가 말하자 카트카가 내게 인상을 찌푸렸다.

"좋아하지. 제일 좋아하는 건 노릇하게 구운 돼지야. 내가 제일 좋아하는 동물이지." 남자가 껄껄 웃었다. "아니면 슈니첼도 좋아. 그런데 그건 꼭 돼지고기로 만들 필요는 없지. 닭고기로 튀겨도 되니까. 그러니까 난 모든 동물을 좋아한다고 할 수 있지."

나는 참지 못하고 말했다. "제 친구는 앵무새를 좋아해요. 앵무새가 강아지만큼 똑똑하단 걸 알고 계세요? 새인데도 말이에요."

남자가 말도 안 된다는 듯 껄껄 웃었다. "참나. 어련하겠어."

"정말이에요. 그리고 까치는요. 한 마리가 죽으면 다른 까치들이 슬퍼하면서 죽은 까치에게 지푸라기나 풀을 물어다 놓는대요. 사람처럼 장례식을 치러주는 거죠. 알고 계셨어요?'

카트카가 다시 날 보며 그만 말하라는 듯이 눈알을 요리조리 굴렸다.

“몰랐어. 그런 건 관심도 없고. 그런 날개 달린 구더기 새끼들은 내 나무에 열린 열매나 파먹는다고.”

“새들도 먹고는 살아야 하니까 그렇죠.” 카트카가 말했다.

“그래도 내 정원에 있는 과일은 안 돼.” 남자가 심각한 표정으로 말했다. “하지만 그놈들을 처리하는 방법을 아니까. 걱정할 필요는 없단다.”

그 순간 여기에 밀라가 없어서 다행이라는 생각이 들었다. 그리고 밀라를 떠올리자, 내가 총에 맞은 새를 죽였어야 했다면 지금 이 상황을 절대 견디지 못했으리라는 생각이 들면서 눈앞의 이 사람이 혐오스러웠다.

“아저씨는 나쁜 사람이에요.” 카트카가 내 마음을 읽기라도 한 것처럼 말했다. 카트카의 얼굴이 새빨갰다.

“뭐? 이게 어디서 감히?”

남자가 뒤쪽으로 팔을 휘두르자 카트카가 얼른 피했다. 자동차 타이어가 도로에 쓸려 끼익 하는 소리가 났다.

“이 자식들이! 기껏 차를 태워줬더니 이딴 식으로 굴어? 내려!”

남자는 차를 도로가에 세웠다.

“우리도 아저씨 같은 사람이랑 가기 싫어요!”

“엿이나 먹어, 멍청한 꼬맹이들아!”

우리는 잽싸게 차에서 내렸다. 그런데 내리면서 발목을 삔 연기를 잠깐 까먹었다는 생각이 번쩍 들었다. 하지만 이미 늦었다. 남자가 마구 고함을 지르기 시작했기 때문이다.

“잠깐만, 늬들 뭐야? 나한테 감히 사기를 쳐? 이 자식들이!”

남자가 차 문을 열고 나오려고 하자 우리는 전속력으로 달려 도로 옆으로 내려와 밭으로 달려갔다. 차에서 내린 남자가 우리 뒤로 마구 소리를 질렀다.

“다음에 또 마주치면 아주 두고 봐라, 이 사기꾼 꼬맹이들아! 그리고 늬들이 키우는 똥개도 마주치기만 해봐! 냅다 걷어차 버릴 테니까!”

남자는 다시 차에 타 문을 쾅 닫고 가버렸다. 우리는 서로 바라봤다.

“너네 말이 맞았나 봐. 더 심한 복수를 해줬어야 했나 봐.”

카트카가 말하자 내가 답했다. “일단 뭐라도 했잖아.”

“공기총을 오두막 옆에 던져놓고 와버렸어. 금방 다시 찾을 거야. 다시 돌아가서 마저 훔쳐야 할까 봐. 진짜 화나더라.”

나도 머리끝까지 화가 났지만 날씨가 너무 추웠다. 그리고 배도 너무 고팠다. 아침에는 많이 먹지 않는 편이라 오늘도 거의 먹은 게 없었다. 코끝에 아까 남자가 먹던 햄을 끼운 빵 냄새가 나는 것 같았다……. 이만하면 충분해.

“어차피 소용없는 일이라고 말한 사람은 너잖아.”

“그건 그렇지…….”

카트카는 풀이 죽어 보였다.

“소용없는 일이지만 그래도 다시 할 수 있을 것 같아.”

“그럼 밀라랑 프란타부터 만나자. 그리고 같이 결정하자. 어때?”

“그래. 좋아.”

우리는 다시 도로로 올라가 갓길을 따라 걸어서 마을로 향했다. 다행히 그렇게 멀지 않았다.

“있잖아. 아까 까치 이야기는 어디서 들었어?”

“밀라가 말해줬어.”

“그렇겠네.” 카트카가 말했다. “걔가 아니면 누구겠어.”

“아까 강아지랑 구더기 알 이야기. 너 진짜 재미있게 지어내더라.”

“그냥 어딘가에서 읽은 이야기야.” 카트카가 손을 휘휘 내저었지만 나는 카트카가 읽은 이야기가 아니라고 생각했다.

"아니야. 네가 지어낸 이야기잖아. 그렇지?"

"몰라……. 그럴 수도 있고. 그게 중요한 게 아니잖아. 안 그래?"

"아니야. 정말 멋진 이야기였거든."

카트카는 별거 아니라는 듯이 어깨를 으쓱했지만 얼굴은 이미 새빨개져 있었다.

"우리가 왜 그 오두막에 있었는지, 뭘 하고 있었는지 저 사람이 우리 말을 믿게 하려고 지어냈을 뿐이야."

"우리 같이 만화를 그려봐도 재미있겠다." 아이디어가 떠올랐다.

"아까 그 구더기 알에 대해서 말이야."

"정말?"

"응, 정말. 아니면 아까 그 강아지 이야기도 좋아. 아니면 아무거나 다른 이야기도 상관없고. 어때? 네가 이야기를 만들면 내가 그 이야기를 그려내는 거야."

카트카가 미소를 지었다. "응, 해보자. 재미있을 것 같아."

너무 좋은 아이디어라 나도 함께 미소 지었다.

그사이 우리는 드디어 마을에 다다랐다.

"하지만 일단 먹을 걸 좀 사서 어딘가에 숨자."

우리는 작은 슈퍼에 들어가서 감자칩, 쿠키, 레모네이드, 초코스틱 같은 간식을 이틀은 먹을 수 있을 만큼 잔뜩 산 다음 비를 피해 광장에 있는 집 계단에 앉았다. 들이붓는 듯한 비에 발이 얼고 몸이 추웠지만 어쩔 수 없었다. 이제 곧 다 끝날 테니까. 부모님이 수련회에 보낸다고 하더라도 이젠 상관없다. 물론 몸살이 나서 집에 있는 편이 더 좋겠지만. 갑자기 나는 혼자가 아니라는 생각이 들었다. 여태껏 아이들과 같이 있었는데 왜 갑자기 이런 생각이 드는지는 모르겠다. 뭐, 어쨌든 그렇다고.

카트카와 내가 앉아서 쿠키를 먹고 있는데 주변에는 아무도 없었다. 비가 많이 오는 날엔 항상 세상이 마치 버려진 곳 같아 보인단 말이지. 나랑 카트카가 지구에서 살아남은 유일한 인간이고 말이야. 이야기가 머릿속에 그림처럼 선명하게 떠올라서 당장 그려내고 싶었다. 하지만 카트카에게 지금 이 느낌을 말해주고 이야기를 지어내 달라고 말을 꺼내려는 순간 경찰차 한 대가 바로 우리 앞에 와서 섰다.

다음에 봐

프 나는 밀라와 경찰서에 있는 대기실 같은 공간에 앉아 있다. 경찰들은 우리를 이 방에 들여보내고 문을 잠갔다. 형광등이 지직거리는 소리 빼고는 주변이 조용했다. 아픈 다리를 벤치 위로 올렸지만 여전히 다리의 통증이 날카롭게 느껴졌다. 진통제는 짐과 함께 캠핑장에 두고 왔다. 하지만 참을 수 있다. 경찰은 부모님이 곧 우리를 데리러 올 거라고 했다. 집에 가면 약을 먹고 컴퓨터를 해야지. 벌써 기대된다. 밀라는 내 맞은편에 앉아 자기만의 생각에 빠져 있을 때의 그 표정으로 허공을 바라보고 있었다. 마침 지금은 할 말이 떠오르지 않아서 밀라와 이야기하고 싶지 않았기 때문에 다행이었다. 밀라가 공기총을 가지러 갔던 모습도 좋았고 특히 함께 온실 유리를 몽땅 깼다는 점이 마음에 들었다. 복수는 아무 소용없는 일이란 말은 틀렸다. 복수는 멋진 일이었다. 손수건에 싸둔 유리 조각을 꺼내어 형광등에 비추어 보았다. 마음이 편안하다.

그래서인지 다른 경찰관이 카트카와 페트르를 데려왔을 때에도 나는 계속 싱글싱글 웃었다. 그러다가 경찰관에게 기어이 한 소리를 들었다.

"뭐가 그렇게 웃긴 거냐?"

나는 어깨를 으쓱했다. 내게는 당연히 웃을 일이지만 경찰관에게는 그렇지 않을 것 같았다.

경찰관들은 우리 넷을 모두 같은 방에 앉혀놓았다. 다행히 카트카와 페트르에게 먹을 것이 한가득 있었다. 레모네이드는 얼마 남지 않아서 몇 분 만에 금방 바닥을 보였지만 그거 빼곤 괜찮았다.

"오는 길은 괜찮았어?" 카트카가 물었다.

“물론이지.” 내가 대답했고 밀라는 아무 말도 하지 않았다. 그리고 우리는 서로에게 돌아가며 감자칩 봉지를 건넸다. 나는 카트카와 페트르에게 누가 우리를 차에 태워줬는지, 그 사람이 어떻게 우리를 바로 알아보고 여기로 데려다줬는지, 경찰서에 들어오고부터는 빵 한 조각도 사러 밖으로 나갈 수 없었고, 도착하니 경찰들이 우리에게 각자 물 한 컵씩만 준 게 끝이었다는 말을 해주었다.

“그런데 너네는 왜 그 나쁜 인간 차를 타고 간 거야?” 내가 물었다.

카트카가 인상을 찌푸렸다. “그냥 순간적으로 떠오른 생각이었어. 좋은 생각은 아니었지만. 진짜 나쁜 사람이더라.”

“더 심하게 복수를 해줬어야 했는데.” 페트르가 말했다.

“그래?”

“그랬어야 했나 봐.” 카트카가 한숨을 푹 내쉬었다.

나와 밀라가 서로를 쳐다봤고, 밀라가 말했다.

“우리가 좀 더 복수해 줬을 수도 있지.”

나머지 이야기를 해주기도 전에 모두의 얼굴엔 웃음이 한가득 폈다.

“그러니까 괜찮아.” 내가 말했다.

카트카도 내 말을 반복했다. “그러니까 괜찮아.”

한동안 우리는 다들 기분이 좋았고 함께 과자랑 쿠키를 오독오독 씹어 먹었다. 그런데 그때 경찰서 밖에 차 한 대가 도착했다. 그 순간 나도, 그리고 다른 아이들도 누군가의 부모님이 도착했다는 것을 알았다. 우리는 후다닥 창문으로 달려가 얼굴을 붙였다. 창문은 경찰서답게 창살이 쳐져 있어서 마치 우리가 도둑 같아 보였다. 부모님이 아니었다. 그냥 또 다른 경찰차였다. 하지만 다들 부모님이 온다는 사실을 실감하자 풀이 죽었다. 혼쭐이 날 게 뻔하니까. 모두 조용히 앉아 있었다. 과자 봉지를 부스럭대는 소리만 들려왔다. 시계를 보니 경찰서에 온 지 한 시간쯤 지났다. 곧 부모님들이 도착하겠지. 오늘은 아마 컴퓨터를 할 수 없을지도 모르겠다. 생각해 보니까 엄마가 온다는 사실에 그렇지 들뜨지도 않았다. 그래, 엄마만 오겠지. 아빠는 자동차가 없으니까.

아까로 돌아갈 수 있다면 좋을 텐데. 다들 부모님을 만나서 오늘 어떤 벌을 받을지 얼마나 혼날지 생각하지 않았을 때로. 우리의 모험이 이런 데 앉아서 부모님을 떠올리며 안절부절못하는 모습으로 끝날 순 없어. 우리 모험의 끝도 모험 속 모든 과정처럼 멋져야 해. 내가 말하는 멋지다는 건 무섭고 끔찍한 일도 포함이야. 그게 뭐든 무슨 일이 벌어지는 건 멋진 일이니까. 새가 죽은 일만큼은 우리 모험에서 빼고 싶은 기억이지만 그것도 이 모든 모험의 일부분이야. 그 순간 나는 몸을 바로 고쳐 앉아 방법을 떠올렸다. 순간 주머니에 있던 뾰족한 것이 내 다리를 찔렀다. 처음엔 그게 무엇이었는지 모르고 있다가 곧 아까 가져온 온실 유리 조각이라는 걸 깨달았다. 그때 갑자기 좋은 생각이 떠올랐다. 이거야!

“우리 서로 몸에 상처를 내자.” 내가 말했다.

“뭐라고?” 카트카가 말했다.

“서로 몸에 상처를 내자고. 다 같이. 내가 페트르에게, 페트르는 너에게 그리고 넌 밀라에게 서로 상처를 내자.”

“대체 왜?” 카트카는 정말 미쳤냐는 듯이 날 쳐다봤다.

“우리가 이번 일을 절대 잊지 않도록. 우리가 앞으로 함께 있지 않아도 여전히 우리일 수 있게 이번 일을 기념할 뭔가를 남기자는 거지.”

막상 소리 내어 말해보니 머릿속으로 생각했던 만큼 멋지게 들리지 않았다. 머릿속에서는 항상 뭐든 더 멋진 계획 같은데 말이야. 다들 이해를 못 하는 것 같은데 내가 과연 이해시킬 수 있을까.

“너 진짜 미쳤어, 어?” 카트카가 손으로 이마를 짚으며 징그럽다는 눈빛으로 날 쳐다봤다.

“뭘로 할 건데?” 밀라가 말했다.

밀라가 내 말을 이해했다는 사실에 너무 기뻐서 바로 유리 조각으로 하면 된다고 말하고 싶었다. 일단 깨끗하게 닦긴 해야겠지? 내 눈에는 엄청 깨끗해 보이긴 하지만.

“나한테 주머니칼 있잖아.” 페트르가 주머니에서 물고기 모양 주머니칼을 꺼내 보였다.

“미쳤나 봐. 너 입 안 다물래?” 카트카가 페트르에게 쏘아붙였다. “지금 그걸로 그으라고 냉큼 빌려주겠다고?”

“난 좋은 생각 같아서 그래.” 나는 페트르도 이렇게 나올 줄은 몰랐어서 조금 놀랐다. 하지만 페트르가 오두막에서 우리를 놀라게 했던 일을 생각하면 페트르는 그렇게 겁쟁이는 아닌 것 같기도 하다.

“좋아.” 내가 말했다.

그러자 카트카가 페트르의 손에서 칼을 낚아챘다. “절대 안 돼. 그럴 일은 없어. 여기까지 해.”

나는 어차피 보여주려 했던 유리 조각을 꺼낸 후, 깨끗하게 닦긴 해야 한다고 말했다. 그걸 본 카트카는 얼굴을 찡그리더니 슬그머니 주머니칼을 다시 돌려주었다.

“다들 정신이 나갔어. 이건 미친 짓이야. 너네가 무슨 피로 맺은 형제 같은 거라도 돼? 이게 대체 무슨 바보 같은 짓이야?”

카트카의 말에 서로 상처를 낸 다음 흘린 피를 문지르는 장면이 떠올라서 갑자기 속이 안 좋아졌다. 그렇게까지 할 생각은 없거든? 웩. 하지만 카트카는 내 말뜻을 전혀 이해하지 못할 것 같아서 더 설명하지 않았다.

"자, 그럼 누구부터 할래?" 페트르가 말했다.

"내가 너한테 해줄게." 내가 말했다.

"그럼 내가 너한테 해줄게." 페트르가 말했다.

"그럼 나는 누가 해줘?" 밀라가 물었다.

"나는 밀라한테 못 해주겠어." 페트르가 고개를 저었다.

나는 밀라를 바라봤다. 나도 밀라에게 상처를 내고 싶진 않다. 페트르는 문제 없지만 밀라는 아니야. 하지만 내가 생각해 냈으니까 당연히 내가 해주어야겠지.

"여자애 몸에 상처 내는 거 아니야." 카트카가 말했다. 맞는 말이었다.

"왜 안 돼?" 밀라가 말했다. "왜 프란타가 해주면 안 되는 건데?"

"너는 쟤가 네 몸에 상처를 내길 바라?" 카트카가 밀라에게로 몸을 돌렸다. 밀라가 고개를 끄덕였다. "응. 좋은 생각이잖아. 이번 일을 영원히 함께 추억하자는 거잖아. 좋지."

"추억은 사진으로 남기는 거야! 몸에 상처를 내는 게 아니고!"

"하지만 사진보다 더한 뭔가를 하는 거니까 더 큰 의미가 있잖아. 안 그래?" 밀라가 말했다. 역시 밀라는 세상에서 제일 멋진 여자애다.

"이건 그냥 말도 안 되는 거야." 카트카가 말했다. "너네 다들 비정상이야." 카트카가 다른 곳에 가서 앉았다.

"그럼 네가 먼저 해." 내가 밀라에게 주머니칼을 내밀었다. 칼날은 이미 꺼내놓았다. 그러자 밀라가 말했다.

"그럼 어디에?"

"몰라, 어디에 할지까진 생각 안 했어."

"손은 위험해." 카트카가 다시 이쪽으로 와 앉았다. "손에 긋는 건 허락 안 해."

“게다가 부모님이 바로 알아채실 테니까.” 페트르 말이 맞았다. 그러니까 다리같이 바지에 가려지는 곳이어야 한다.

그때 경찰관이 안으로 들어왔다. “여기가 어딘 줄 알고 감히 칼로 장난을 쳐?” 밀라의 손에서 칼을 빼앗았다. “여기서는 이런 거 갖고 있으면 안 돼. 또 칼이나 날카로운 물건 없어?”

우리는 정말 없다며 고개를 양옆으로 힘껏 흔들었다. 카트카도 내 유리 조각에 대해서 말하지 않았다. 결국 경찰관도 고개를 절레절레 저었다.

“너희 정말 이상한 놈들이구나. 응?”

그리고 경찰관이 나가버렸다. 그러자 우리 모두 웃음을 터뜨렸다. 우리는 이상한 놈들이 맞으니까. 그리고 나는 다시 주머니에서 유리 조각을 꺼냈다. 그러자 카트카가 다시 이마를 짚었지만 더 이상 나를 엄한 눈빛으로 쳐다보지는 않았다. 하지만 나는 카트카에게 같이 할 거냐고 묻는 건 의미가 없다고 생각했다.

“그럼, 할까?” 밀라가 물었다.

나는 밀라에게 유리 조각을 건넸다. “조심해. 날카로우니까.”

그리고 내가 바지를 걷어 덜 아픈 쪽 다리를 드러내자 밀라가 쓰다듬듯 내 다리에 손을 얹더니 정말로 피부를 유리 조각으로 그었다. 빠르게 그어서 처음엔 아프지 않았다. 상처가 벌어지며 피가 맺히자 그제야 아픔이 찾아왔다. 꽤 아팠지만 상관없었다. 가는 핏줄기가 다리를 타고 흘러내렸다.

“웩, 나 토할 것 같아.” 페트르가 말했다. 페트르는 하얗게 질려 정말 토할 것 같은 얼굴을 하고 있어서 무리해서 할 필요는 없어 보였다. 이번엔 밀라가 바지를 걷었다. 하얗고 부드러운 다리였다. 자꾸 망설이면 안 돼. 손이 조금 떨렸다. 모르겠다. 긴장돼서 그런 건지 베인 곳이 아파서 그런 건지. 뭐, 하지만 상관없다. 밀라의 다리를 그었다. 하지만 밀라가 내 다리를 그은 것보다 약하게 그었다. 상처에 피가 맺히는 데 시간이 조금 걸렸고 나처럼 피가 아래로 흐르지도 않았다. 피는 상처 안에 조금만 비쳤다.

"너네 때문에 토할 것 같아."

카트카가 우리에게 휴지를 건네자 우리는 휴지로 상처를 꾹 눌렀다. 그리고 서로를 바라보았다. 이로써 모든 게 완벽해졌다. 이제 정말 꽤 아프지만 괜찮아. 나도 속이 조금 좋지 않았다.

나는 유리 조각을 닦아 손수건에 싸서 다시 주머니에 넣었다. 우리 중 아무도 페트르가 하고 싶다고 했다가 결국 안 한 걸로 뭐라 하지 않았지만, 카트카가 페트르를 칭찬했다.

"너라도 정상이라서 다행이야." 그러자 페트르가 머쓱하게 웃었다.

우리는 잠시 가만히 앉아서 아무 말도 하지 않았다. 상처에서 아직도 피가 흘러 다리를 타고 신발까지 들어가는 느낌이 들었지만 눈으로 확인하고 싶지 않았다. 하지만 밀라의 상처에는 벌써 피가 멎어서 다행이다.

우리가 있는 방으로 경찰이 고개를 빼꼼 들이밀었다.

"자, 이제 모험은 끝이다. 부모님들이 오셨어. 너희가 내 자식들이었으면 오늘 같은 날 먼지가 나도록 매찜질이야. 이놈들아."

경찰관이 '너흰 이제 죽었다.' 하는 표정으로 고개를 연신 끄덕였다.

우리는 창문으로 다가갔다. 주차장으로 낯익은 차가 들어오더니 안에서 엄마가 내리고 곧이어 아빠가 내렸다. 깜짝 놀랐다. 날 데리러 엄마랑 아빠가 둘 다 왔어. 그것도 같은 차로. 들떠서 심장이 마구 뛰었다. 엄마와 아빠를 모두 봐서 기쁜 마음에 창문을 똑똑 두드리고 부모님에게 해맑게 손을 흔들었다. 부모님의 눈이 날 발견했다. 하지만 둘 중 아무도 내게 손을 흔들어주지 않았다. 엄마와 아빠가 날 보는 눈빛을 보니 오늘 크게 혼날 거라는 게 분명해졌다. 가볍게 넘어가지 않겠지. 하지만 그건 상관없어. 벌은 며칠이면 끝나겠지만 우리의 모험은 남을 테니까. 우리는 다시 우리 아지트에 모여 또 함께 다른 일을 꾸밀 테니까.

"너, 나와." 경찰관이 내게 말했다.

"안녕." 모두에게 한 말이지만 내 눈은 밀라를 보고 있다.

"그럼 다음에 봐." 밀라의 말이 맞아.

다음에 봐.

제1장

이상한
아이들

제2장

함께

이상한 아이들 클럽

페트라 소우쿠포바

초판1쇄 인쇄일 2024년 10월 01일
초판1쇄 발행일 2024년 11월 01일

글	페트라 소우쿠포바
그림	니콜라 로고소바
옮긴이	박효진
펴낸이	방준배
디자인	BBANG
편집	정미진
교정	엄재은
펴낸곳	Atnoonbooks

출판등록	2013년 08월 27일 제 2013-000257호
주소	서울시 마포구 연남로 30
홈페이지	www.atnoonbooks.net
인스타그램	atnoonbooks
페이스북	atnoonbooks
유튜브	atnoonbooks0602
이메일	atnoonbooks@naver.com

ISBN 979-11-88594-34-4 03890

정가 17,500원

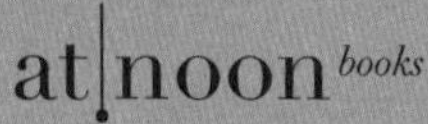

정오의 따사로움과 열정을 담은 책을 만듭니다.

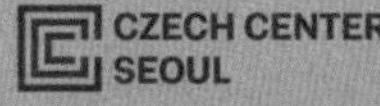

이 책은 체코 문화와 주한체코문화원의 지원을받아 제작하였습니다.

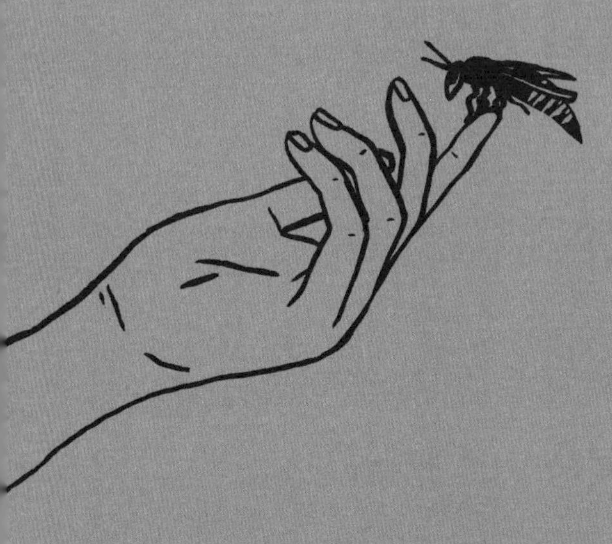